이제 이혼합니다

이제 이혼합니다

가키야 미우 지음
김윤경 옮김

문예춘추사

1

우편함을 열자 상중喪中엽서가 들어 있었다.

"또?"

하라다 스미코는 가만히 읊조렸다. 그러고 보니 지난주에도 받았지.

쉰 살이 넘어가던 무렵부터 11월이 되면 거의 매년 상중엽서를 받는다. 우리 또래는 대개 부모가 80대나 90대이니 그야 그럴 만도 하지만, 역시 마음이 숙연해진다.

그러나 그 심란한 마음도 잠시뿐이다. 그보다 지금은

---

1 일본에서는 상을 당한 사람은 연하장을 보내지 않는 관습이 있어, 11월쯤에 '올해 상을 당해 연하장을 보내지 못한다'라고 알리는 엽서를 보낸다. 상중엽서를 받은 사람도 그 사람에게는 연하장을 보내지 않는다.

팔이 너무 아프다. 팔꿈치 안쪽에 걸린 비닐봉지 손잡이가 살을 내리누르고 있다. 오늘은 아주 실한 무가 오랜만에 싼 가격에 나와 있었다. 또 다른 팔에는 배추와 우유가 담긴 봉지가 매달려 있어 마치 벌칙을 받고 있는 듯 무겁다.

가끔은 단호박조림이 먹고 싶다. 따끈따끈하고 보들보들하니 달콤한 맛……. 하지만 남편 다카오가 단호박을 싫어해서 만든 지 꽤 오래되었다. 내가 먹을 만큼만 따로 만드는 것도 번거롭다. 파트타임 근무와 가사만으로도 이미 너무 바쁜걸.

문패 기둥에 달린 우편함에서 상중엽서를 손가락 끝으로 집어 꺼낸 것까지는 좋았는데, 비닐봉지에 든 짐이 무거워 팔을 올리지 못하는 바람에 내용을 읽을 수가 없다. 하물며 땅거미가 짙어들기 시작할 무렵이라 옅은 먹빛 글씨가 눈에 들어오지 않았다.

눈을 가늘게 뜨고 자세히 보았더니 보낸 사람 이름만 간신히 보였다. 고등학교 때 동급생이었던 마사요가 보낸 것이었다. 연하장만 주고받는 관계가 된 지도 이미 몇십 년이나 지났다. 아이들이 어렸을 때는 사진을 동봉한 연하장도 곧잘 보내오곤 했으나 글자만 적은 연하장으로 바뀐 지도 오래다.

누가 돌아가신 걸까. 마사요의 부모님과 시부모님, 네

분 중 누가 살아 계셨더라. 매년 상중엽서를 몇 통씩 받다 보니 일일이 기억하기도 어렵다. 돌아가신 분이 친정어머 니라면 안 됐지만, 시부모라면 마사요는 편해진 게 아닌가.

아니, 잠깐. 시어머니가 돌아가시고 시아버지 혼자 남으 신 거라면 그것대로 골치 아프다. 누가 시아버지를 보살필 것인가. 역시 며느리인가. 할머니들은 혼자서도 즐겁게 잘 살아가지만 할아버지가 혼자 남았다면 누군가가 챙겨드려 야 한다. 설령 건강하시더라도.

아아, 할아버지들은 이토록 골치 아픈 존재인 것이다. 그래도 최근에는 혼자 생활할 수 있는 할아버지도 늘었다 고 한다. 하지만 우리 집 남편은 절대 무리다. 손가락 하나 까딱하지 않는다. 그런 남자가 언젠가 병들어 몸져눕기라 도 하면 난 어떻게 되는 거지?

이것저것 상상만 해도 남은 삶이 끔찍하다. 머리를 좌 우로 흔들어 생각을 떨쳐냈다.

낮에 내린 비로 땅이 질퍽거렸다. 미끄러지지 않으려고 조심조심 현관으로 다가갔다. 현관 옆에 놓인 비파나무에 자그맣고 하얀 꽃이 활짝 피어 있어, 그 부분에만 빛이 드 는 것처럼 보였다.

현관문을 열쇠로 열고 무늬 유리가 끼워진 미닫이문을 덜커덕 열었다. 지은 지 50년이나 된 주택이다. 손바닥만

한 마당을 포함해도 고작 30평밖에 되지 않지만, 요즘은 오히려 이 정도 크기가 마음에 든다. 두 딸아이가 독립해 나간 터라 부부 둘이서만 살기에는 이만하면 충분하다. 더 넓어봐야 청소기 돌리는 것만도 보통 일이 아니고 마당에 난 잡초를 베는 일도 끝이 없을 테니까.

부엌으로 들어가 식탁 위에 비닐봉지를 내려놓자 드디어 무거운 짐에서 해방되었다. 팔뚝을 달래듯이 주무르면서 다시 마사요가 보낸 엽서를 집어 들었다.

상중이므로 연말연시에 인사를 드릴 수 없게 되었습니다.

틀에 박힌 인사말이 적혀 있었다.

그다음 줄로 시선을 옮겼을 때였다.

"뭐? 말도 안 돼!" 하고 아무도 없는 집 안에서 큰 소리를 내지르고 말았다.

올해 9월에 남편 야마우치 신이치가 58세로 영면했습니다.

이게 무슨 소리야?

부모님이 아니라 남편이 죽었다고?

아직 예순도 안 됐는데?

그 자리에 선 채로 '남편'이라는 글자를 뚫어져라 쳐다 보았다.

……부럽다.

난데없이 솟아난 이 감정이 너무나 당혹스러웠다.

경망스럽기도 정도가 있다. 사람이 죽었다는데.

잘 알면서도 그런 얄팍한 죄책감은 순식간에 사라졌다. 아니, 부러운 건 부러운 거니까 어쩔 수 없지 않은가.

아무래도 나는…… 이렇게까지도 남편이 싫은 모양이다.

빨리 죽어줬으면, 하고 바랄 정도로.

내게 남편은 성가신 존재일 뿐이다. 남편이 출장이라도 가게 되면, 전날 밤부터 너무 좋아서 행여 기뻐하는 표정이 얼굴에 드러나기라도 할까 조심해야 할 정도였다. 그렇다고 해서 남편이 집을 비운 날 저녁에 특별한 즐거움이 있는 것은 아니다. 여느 때와 똑같이 파트타임 근무를 마치고 돌아와 저녁을 만들어 먹고 목욕물에 몸을 푹 담근다. 그러고 나서 텔레비전을 보거나 책을 읽다가 졸리면 잠자리에 든다. 단지 그뿐이다. 하지만 남편이 없는 데서 오는 해방감은 이루 말할 수 없다. 남편이 없다는 사실만으로도 마음이 들뜬다. 좋아서 어쩔 줄을 모르겠다. 1박 2일의 출장이 아니라 영원히 돌아오지 않으면 좋을 텐데, 하는 생각이 퍼뜩 스쳐 지나간 적도 많았다.

정말 미안해, 마사요. 부럽다는 생각을 해서.

그렇지만 말야, 일찍 떠나주는 것만큼 아내를 위하는 길이 또 있겠어? 마사요는 남편이 죽어서 곤란한 일이라고는 하나도 없잖아. 토지도 집도 밭도 네 것이 됐겠지? 유족 연금도 들어올 거고. 혹시 생명보험이나 퇴직금도? 그런데 혹시 약간은 슬펐어? 설마 대성통곡이라도 한 거야? 만약 그렇다면 요즘 보기 드문 아름다운 부부의 모습이겠지만, 그런 건 소설에나 나오는 거잖아. 그게 아니라면 장례식장에서 흘러나온 너무도 구슬프고 엄숙한 음악 탓인 게 틀림없어.

마지막으로 마사요를 만난 게 언제였더라. 마사요가 어떻게 살고 있는지는 연하장 끄트머리에 적혀 있는 몇 줄의 근황 설명으로 알 뿐이었다. 그걸로 추측하자면 두 아들은 이미 독립해서 도시로 나가 살고 있을 것이다. 분명 남편은 셋째 아들로 시부모와는 같이 살지 않았다. 그렇다면 마사요는 9월에 남편이 죽은 후로 혼자 살고 있다는 말이 된다.

내 친정엄마도 몇 년 전에 아버지가 세상을 뜨고 나서야 젊음을 되찾았다. 인생에서 가장 좋은 봄날을 마음껏 누리는 듯 생기가 돌았다. 그전까지만 해도 엄마는 원래 좀 어두운 성격이라고 생각했는데, 지금은 시답잖은 농담에도 깔깔깔 소리를 내고 웃는 모습에 깜짝 놀라곤 한다. 더 놀라운 건, 예전에는 입만 열었다 하면 남의 험담밖에 하지 않더니만 이제는 전혀 그러지 않는다는 사실이다. 갑자기 '좋은 사람'이 되었다. 그리고 무엇보다 멋쟁이가 되었다. 여든이 넘은 나이에도 매일 아침이면 엷게 화장을 하고 빈 과자 상자를 재활용해 쓰는 액세서리 함에서 스웨터에 어울리는 목걸이를 꺼낸다. 최근에는 스카프까지 정성 들여 매기 시작했다.

남편이 죽는다는 건, 아내에게는 오랜 세월 동안 자신을 짓누르던 누름돌 같은 압박에서 벗어난다는 뜻이다. 해방되면 행복해질 수 있다. 그렇게 생각하니 '평생 당신을 행복하게 해줄게'라던 프러포즈의 의미를 전혀 알 수가 없다. 남편이 죽은 뒤 겨우 자유를 얻어 행복해졌기에 아내는 좋은 사람으로 되돌아온다. 엄마의 변화는 바로 그런 것이었다.

나도 하루빨리 혼자 살고 싶다. 예전부터 원하던 일이지만 그건 아주 먼 훗날의 일이라고만 생각했다. 엄마가 그랬듯이, 앞으로 20년이나 30년은 더 참고 남편을 뒷바라지해야 한다고. 그런데 마사요는 이렇게 일찌감치 혼자 살게 되었다니.

내 남편은 언제 죽어주려나. 병 한 번 걸린 적 없을 정도로 건강한 데다 나와는 한 살밖에 차이가 나지 않는다. 하다못해 부모와 자식 정도로 나이 차이가 나는 남자랑 결혼했더라면 지금쯤은······.

그런데 어쩌면 내가 남편보다 더 빨리 갈 수도 있는 게 아닐까? 마사요의 남편은 쉰여덟에 세상을 떠났으니까. 동갑인 나 역시 무슨 일이 생겨도 이상하지 않을 나이다. 만약 내가 당장 내일 죽는다면, 이런 답답한 마음으로 가정부나 다름없는 인생이나 살다가 끝마치는 것이다. 오로지 남편의 비위를 거스르지 않으려는 일념으로 하루하루를 살아왔다. 이런 마음인 채로 죽어가는 걸까.

절대로 안 돼.

하루라도 빨리 자유로워지고 싶다.

그러려면 방법은 딱 하나밖에 없다.

이혼이다.

하지만 내 벌이만으로는 살아갈 수 없을 것 같은 데다, 혼자 세상을 헤쳐나갈 배짱도 없다.

내 인생, 역시 어쩔 수가 없는 걸까.

참고 견디기만 하는 시시한 인생…….

나는 대체 뭘 위해 태어난 걸까.

땅거미가 지려 한다.

해가 지면 기분까지 어두워진다. 하루가 스물네 시간에서 훅 줄어들어 순식간에 내일이 되고 말 것만 같다.

2층에 있는 내 방 커튼을 쳤다.

—휴일에는 남편이 집에 있다. 그래서 주말이 기다려진다.

그런 생각을 한 것은 고작 신혼 일 년쯤뿐이었다.

노조미가 태어나고 나서 하루라도 좋으니 아기를 번갈아 돌봐주기를 바랐지만 남편은 도와주지 않았다. 그로부터 3년 후에 둘째 가나가 태어났을 때는 이미 남편에게 아무런 기대가 없는 상태였다. 기대를 배신당할 때마다 마음이 비명을 질러댔기 때문이다. 내 정신 상태를 정상으로 유지하려면 남편을 아예 존재하지 않는 사람으로 여기고 포기해야만 했다. 아마도 이 무렵부터 조금씩 미움이 깊어지기 시작했던 것 같다. 아이들이 태어나지 않았다면 남편과의 관계도 조금은 달랐을까.

오늘은 토요일이라 남편은 아침부터 내내 집에 있었다. 점심 식사로 미역을 넣어 만든 쓰키미 우동²을 보더니 불평을 터트렸다.

—또 쓰키미 우동이야! 나는 재료가 듬뿍 들어간 먹음직스러운 우동이 좋다니까!

남편이 한 말을 떠올리기만 해도 우울증에 걸릴 것만 같다.

—그럼 직접 하지 그래? 나도 피곤해. 이것도 겨우 만들었다고.

이 말을 차마 입밖으로는 꺼내지 못한 까닭에, 자꾸만

---

2 특별한 재료 없이 날달걀만 넣어 간단히 만드는 우동

머릿속에서 아까 점심때의 광경이 떠올랐다.

휴우, 숨을 내뱉고는 마음을 가라앉혔다. 그리고 간단히 화장을 고친 후 코트를 걸치고 조용히 계단을 내려갔다.

"어이! 이 시간에 쫙 빼입고 어딜 가?"

거실을 가로지르려는데 남편이 못마땅한 기색을 드러내며 물었다.

"말했잖아. 오늘 영락관에 아마추어 만담 보러 간다고."

영락관[3]은 1901년에 생긴 연극 공연장으로 1930년대에 들어 영화관이 되었다가 지금은 시민 행사장으로 사용되고 있다. 일 년에 한 번씩 도쿄에서 유명한 가부키 배우를 초빙해 가부키 공연도 하는데 티켓값이 1만 엔이나 해서 보러 간 적은 한 번도 없다.

"아마추어 만담? 그런 말은 못 들었는데. 그럼 내 저녁은 어떡하고?"

"냉장고에 넣어뒀어. 전자레인지에 돌리기만 하면 돼."

"만담은 또 뭐야. 내 티켓은 없나?"

남편과 함께라면 아무 데도 가고 싶지 않다. 왜 이 남자는 그걸 모르는 걸까.

"아아, 나도 가끔은 기분전환이 하고 싶다고. 맨날 너만 즐기다니 치사해."

---

3   永楽館. 효고 현 도요오카 시에 있는 연극 공연장

남편의 '치사해'라는 말을 들을 때마다 역겹기 짝이 없다. 남자란 원래 더 대범해서 여자가 어디서 뭘하든 '재밌게 놀다 와' 하며 보내줘야 하는 거 아닌가. 남편이 그렇게 남자다운 남자라면 얼마나 좋았을까. 남편이 내게 '여자의 역할'을 강요하고 있으니 나도 남편에게 이 정도의 '남자다움'을 요구해도 문제가 되지는 않겠지. 친정아버지는 강퍅하고 보수적이긴 했지만 그래도 여자들이 하는 일에는 전혀 관심이 없어 엄마와 내가 어딜 가든 묻지 않았다. 그 생각을 하면 남자 운은 나보다 엄마가 조금 더 낫지 않았나 싶다.

"어디 티켓 좀 보여줘봐."

"뭐? 티켓은 갑자기 왜?"

"왜 못 보여주는 거지?"

"누가 못 보여준대?"

숄더백 지퍼에 손을 가져간 순간 후회했다.

—티켓은 지즈루가 두 장 다 갖고 있어.

그렇게 둘러댈걸. 다른 때 같으면 거짓말이 술술 나오는데 오늘은 실패다.

"어디, 봐봐" 하더니 남편이 티켓을 손에 들고 들여다보았다.

"흐응. 오백 엔짜리네. 그리고…… 어디 보자, 다섯 시에 시작해서 일곱 시면 끝나는군. 그럼 일곱 시 십오 분이면 돌아오겠네. 올 때 편의점에서 포테이토칩 좀 사 와."

"응? 그치만…… 끝나고 지즈루랑 차 마시기로 했는데."

두 시간 정도는 꼬박 수다를 떨 생각이었다. 주말이 휴일인 건 남편뿐만이 아니다. 파트타임으로 일하는 나도 일주일 만에 맞는 휴일이니까.

"뭐? 차까지 마신다고? 아, 됐어, 그럼. 나 참."

남편이 날카로운 눈빛으로 노려본다.

"될 수 있으면…… 빨리 오긴 할게."

어느 사이엔가 사근사근하게 비위를 맞추며 웃고 있다. 마치 길들여진 강아지 같다.

남편 다카오는 권위적이기는 하지만 사실은 기가 약하고 혼자서는 아무것도 하지 못하는 사람이다. 아내로서 존경할 수 없는 남자라니…… 남편으로서의 가치는 없다고 봐야 한다. 그런데도 나는 어째서 이 남자 앞에 강아지처럼 꼬리를 흔들고 있는 걸까.

문득 또다시 가슴이 짓눌리는 듯 숨이 막혔다.

40대 중반 무렵부터 건강이 안 좋아졌다. 이상하게 심장이 두근거리고 현기증이 자주 일어나며 기분이 처지곤 했다. 가장 힘든 건 폐소공포증[4]이 생긴 일이다. 창문이 작

---

4 밀폐된 공간에 있으면 두려움과 공포심을 느끼는 강박 신경증

은 카페나 레스토랑에는 들어갈 수조차 없게 되었다. 지하에 있는 가게는 말할 것도 없어서 다카다 정육점이 수요 특판 세일을 해도 갈 수 없다.

게다가 이제껏 경험한 적이 없을 정도로 심한 권태감이 몰려와 병원도 여기저기 찾아가 보았지만 몸 어디에서도 딱히 이상은 발견되지 않았다.

—병원이라면 질색하던 네가 스스로 병원을 찾다니 어지간히 몸이 안 좋은가 보구나.

그 냉담한 시어머니가 다 가엾게 여길 정도로 몸 상태가 최악이었다.

그 후 책을 이리저리 읽다가 갱년기 장애일지도 모른다는 생각이 들었다. 잡지에 여배우의 경험담이 실려 있었고 호르몬요법으로 증상이 거짓말처럼 사라졌다고 하기에 지푸라기라도 잡는 심정으로 내과에서 갱년기 외래 진료로 방향을 바꿨다.

하지만 호르몬요법을 받아도 증상은 좀처럼 호전될 기미가 보이지 않았다. 신경안정제도 효과가 없었고 심지어 수면유도제조차 들질 않아서 잠을 이루지 못하는 밤이 이어졌다. 병원에 갈 때마다 잔뜩 처방받은 약들은 결국 다 먹지도 못한 채 점점 쌓여갔다. 그대로 계속 먹기가 막막하고 두려워져서 복용을 중단하고 병원에도 발길을 끊었다.

근래 들어 그나마 조금 나아진 것은 증상이 누그러져서
가 아니라 내 나름대로 증상을 회피하는 방법을 터득했기
때문이다. 폐소공포증이 일어날 법한 장소에는 절대로 가
지 않았고 느닷없이 불안감이 몰려오거나 우울 증세가 나
오려고 하면 복식호흡을 반복했다. 사실은 크게 소리를 지
르고 싶었지만 이상한 사람으로 보이기 싫어서 꾹 참는다.
도저히 견딜 수 없을 것 같으면 노래방에 가서 목이 터져
라 노래를 불렀다.

　　갱년기 장애는 아무리 오래 가도 쉰다섯 살쯤 되면 끝
나는 거라고 생각했는데, 이미 쉰여덟이다. 대체 어찌된 일
일까. 죽을 때까지 계속되는 건가. 그렇게 생각하자 암담한
심정이 되었다.

　　"어이, 돈가스!"

　　남편의 커다란 목소리에 퍼뜩 정신이 들었다.

　　"어, 뭐? 지금 돈가스라고 했어?"

　　"내일" 하고 남편이 작은 목소리로 중얼거렸다.

　　짜증과 근거를 알 수 없는 공포심 같은 감정을 억누르
려고 가만히 심호흡을 했다.

　　"내일 돈가스가 먹고 싶다는 거야?"

　　"아까부터 그렇게 말했잖아."

　　내일은 일요일이라 오늘과 마찬가지로 남편이 집에 있

다. 그 생각을 하자 위가 따끔따끔 아파오기에 위 언저리를 누르면서 숨을 크게 들이마셨다.

"돈가스는 내일 점심? 아니면 저녁?"

"대낮부터 돈가스를 먹는 놈이 어딨어?"

"그러니까 내일 저녁 식사로 돈가스를 먹고 싶다는 거지?"

"어어."

ㅡ이제 알아들은 거냐, 아둔하기는! 나는 왜 이렇게 멍청한 여자랑 결혼했을까.

그렇게 말하고 싶어 하는 듯 못마땅한 표정으로 쳐다본다.

ㅡ내일 저녁은 돈가스 해줄래?

이렇게 한마디면 끝날 일을, 남편은 늘 단어만 툭 잘라 내뱉는다. 주어도 없고 서술어도 없다. 무슨 말이 하고 싶은지를 내가 헤아려 알아내는 게 당연하다는 듯이. 대체 몇 년째인가.

이제…… 너무 지쳤다고.

젊을 때는 고민도 했다. 눈치가 빠르지 못한 내가 잘못한 걸까, 다른 아내들은 나와 달리 훨씬 더 상냥한 걸까 하고.

남편이 특히 별난 남자일지 모른다고 생각한 적도 있다. 아니면 세상 남편들도 다 비슷하지만 다른 아내들이

나보다 훨씬 더 인내심이 강한 건가 하는 생각도 들었다. 남편과 대화를 나눠도 스트레스가 쌓이지 않는 방법이 있다면 꼭 배우고 싶을 정도였다.

대체 몇십 년이 걸린 걸까, 잘못한 사람은 내가 아니라 이 사람이라는 걸 깨닫기까지.

—얌전하지만 아주 똑 부러져.

어릴 때부터 주위 어른들에게 그렇게 듣고 자라왔는데, 남편에게 무시당하고 하찮은 대우를 받으면서 점점 위축되더니 어느 사이엔가 스스로를 객관적으로 보지 못하게 된 건지도 모른다.

"여보, 요전에도 말했지만 마당에 동백나무 가지가 담장을 넘어서 옆집까지 뻗어 있어. 잘라줬으면 좋겠는데."

"무슨 소리야? 아아, 동백나무 말이군! 깜빡 잊었네. 곧 할게."

벌써 세 번째였다. 동백나무의 마른 잎 때문에 옆집 처마 홈통이 막혀 폐를 끼치지는 않을까 하고 요즘 계속 조마조마하다.

남편은 잘 잊어버리는 게 아니다. 아내가 하는 말을 그저 귓등으로 흘려버릴 뿐이다. 몇 년 전에야 그 사실을 깨달았다. 결혼하고 나서 30년도 더 지나서였으니 내가 생각해도 너무 늦었지만, 남편의 사고방식과 행동이 내가 알고 있는 상식의 범위에서 벗어나 있어 도무지 알아차릴 수가 없었다. 나 같으면 다른 사람이 부탁하는데 적당히 대답하고 곧장 잊어버린다는 건 상상할 수도 없으니까.

남편의 표정을 흘깃 훔쳐보았다. 텔레비전에 온통 정신이 팔려 있다. 조금 전 듣고 대답까지 한 아내의 부탁 같은 건 벌써 한 귀로 빠져나갔겠지. 역시 내가 하는 수밖에 없다. 나는 몸집이 작아서 한껏 발돋움해도 가지치기용 가위가 나무에 닿지 않아 사다리가 필요하다. 마당에 부풀어오른 이끼 위에 접사다리를 놓으면 불안정해서 흔들거리지만 어쩔 수 없다. 내일 옆집 부인에게 사다리를 붙잡아달라고 부탁해봐야지.

텔레비전 쪽으로 돌아앉은 남편의 등 뒤에서 복식호흡을 반복하며 창밖을 내다보았다. 세탁해 널어놓은 옷가지들이 바람에 나부끼고 있다. 빨래를 걷어놓고 외출할 생각이었지만 툇마루로 나가려면 남편 옆을 지나야만 한다.

그 생각을 했을 뿐인데도 온몸이 오싹했다. 그래서 빨래 걷는 건 포기했다. 밤이슬에 눅눅해지더라도 내일 낮이면 다시 마르겠지.

"그럼 다녀올게."

조그맣게 중얼거리듯 말하고 현관으로 나갔다.

남편이 밤길 조심하라든가 잘 다녀오라고 대답해준 게

언제였더라. 이제 남편은 "응"이나 "어" 같은 한마디조차 아끼고 있다.

지금, 남편에게 묻고 싶다.

—자신만 그토록 소중히 여길 거였으면 애초에 가정은 왜 꾸린 거야?

너무 일찍 왔다. 공연 시작까지는 아직도 40분이나 남아 있다.

상점가를 조금 걸어볼까 하고 휘릭 발길을 돌렸다. 인구가 점차 감소하는 과소화를 겪고 있어 한적한 동네지만 이 시기만큼은 활기차다. 크리스마스와 설[5]을 맞이하기 위한 화려한 장식이 길을 온통 뒤덮었고, 여기저기서 다양한 세일 행사가 열리고 있었다.

반짝거리는 전구 장식의 불빛이 깜빡거릴 때마다 마음속에 자리한 응어리가 서서히 사라지는 것 같았다. 젊었을 때는 화려한 장식을 보면 뭔가 엄청나게 즐거운 일이 기다리고 있는 듯한 기분이 들었지만 지금은 그것이 착각에 지나지 않는다는 걸 너무나도 잘 안다.

내가 어릴 때만 해도 남녀노소가 다양한 행사를 즐겼

---

5   일본에서는 양력 1월 1일부터 3일까지를 '쇼가쓰(正月. 정월)'라 하여 새해를 축하하는 행사를 벌이고 조상을 기리는 풍습이 있다. 우리의 '설'과 똑같은 명절로, 대개 연말부터 연휴로 이어진다.

다. 설이 되면 전국의 교통기관과 도로에 귀성객들이 몰려 민족 대이동이라 할 만큼 혼잡했다. 친척들이 시골집에 모이고 부모를 따라 고향에 내려온 사촌들은 도회지의 냄새를 풍겼다. 전쟁이 끝난 후 빈곤의 편린이 아직 남아 있는 생활이었지만 이때만큼은 평소에 볼 수 없는 귀한 음식들이 식탁에 놓였고 아이들은 트럼프나 다이아몬드 게임에 정신이 팔렸다.

고도 경제성장기여서 가계에도 조금은 여유가 있었는지 엄마가 사이다나 환타 그레이프를 상자째로 사오거나 귤을 박스로 들여놓기도 해서, 그 많은 먹거리를 보며 놀랐던 기억이 난다. 나라 전체가 나날이 풍족해져 가던 그 시절은 무척 밝은 분위기였다.

하지만…… 그렇게 즐거운 설은 두 번 다시 돌아오지 않았다.

한껏 부풀어 오르던 즐거운 착각이 순식간에 사그라들었다. 다시 짧은 상점가를 되돌아 나가 영락관으로 향했다.

어릴 때 경험한 즐거운 설을 내 아이들에게는 경험하게 해주지 못했다. 친정엄마처럼 양가의 친척을 집으로 초대해 호화로운 요리를 만들어 대접하고 며칠씩 묵고 가도록 그들을 돌봐주는 일은 도저히 할 수 없다. 엄마는 그 일을 진심으로 즐긴 듯했지만 나는 엄마처럼 큰 그릇도, 체력도,

기력도 갖추질 못했다.

남자든 여자든 가릴 것 없이 사람은 모두 어머니라는 존재를 원할 것이다. 따뜻하고 밝은 가정에서 이것저것 챙겨주는 자상한 '어머니'가 늘 맛있는 식사를 준비하고 기다려주는 그런 이상향을.

그 이상향을 연출하는 사람의 고생도 모르면서…….

터벅터벅 걷다 보니 어느 사이엔가 영락관으로 되돌아와 있었다.

300석 정도 있지만 아직 일러서인지 관람객은 드문드문 보일 뿐이었다. 2층 맨 앞줄의 딱딱한 의자에 앉자 무대의 구석구석까지 바라다보였다. 이 자리라면 분명 어느 누구의 뒤통수에도 방해받지 않고 무대 전체를 관람할 수 있을 것이다. 좋은 자리를 잡아준 지즈루가 고마웠다.

멍하니 앞쪽을 바라보고 있자니 집에서 남편과 나누던 대화가 자꾸만 머릿속에 떠올랐다가 사라졌다. 다른 생각으로 바꾸려 했지만 만담에 카페까지 간다는 말에 마뜩잖아하던 남편의 얼굴이 아무래도 지워지질 않는다.

그때 멀리서 어렴풋이 내 이름을 부르는 소리가 들린 듯해 얼굴을 드니 입구 쪽에서 지즈루가 손을 흔들고 있었다. 그러곤 웃으며 내 쪽으로 다가온다. 억지로 웃음을 짓고 손을 흔들어 답하고 나니 그제야 마음이 약간 진정

되었다.

지즈루는 옆자리에 앉더니 허리에 찬 주머니에서 뭔가를 꺼냈다.

"이거 먹을래? 나카타야[6]의 긴쓰바[7]인데."

"고마워, 이거 진짜 좋아하는데."

그렇게 대답하자 지즈루는 후훗 하고 웃었다.

"우리 완전 아줌마다. 이런 데서 쿠키가 아니라 긴쓰바를 먹다니 말이야. 게다가 오늘은 콘서트가 아니라 만담이야, 만담."

"응. 그러네" 하고 대답하면서 후훗 하고 따라 웃었다.

그 순간, 집을 나설 때부터 가슴에 막혀 있던 시커먼 덩어리가 싹 사라졌다. 친구의 존재를 진심으로 감사하다고 느낀 건 불과 최근 몇 년 사이의 일이다.

하지만 다음 순간에는 벌레를 씹은 것처럼 찡그린 남편의 얼굴이 또다시 떠올라 심장이 마구 날뛰었다.

"스미코, 왠지 표정이 어두워 보여."

"정말 미안한데 지즈루, 이거 끝나면 바로 집으로 가야해."

"왜? 카페에 들렀다 가기로 했잖아. 설마 남편이 안 된

---

6   이시카와石川 현 가나자와金沢 시에 있는 일본 과자점. "긴쓰바 하면 나카타야지"라고 말할 정도로 긴쓰바가 대표 상품으로 유명하다.
7   밀가루 반죽에 팥소를 넣고 구워 만든 과자

다고 한 거야?"

"안 된다고 한 건 아닌데, 신경 거스르면 내가 성가셔지니까. 게다가 기왕 카페에 갈 거라면 맘 편하게 있을 때여야 좋지."

"그래? 하긴, 인상 쓴 남편 얼굴을 떠올리면서 수다 떨어봐야 즐겁지도 않을 거고. 아쉽지만 카페는 다음에 가지 뭐. 네 남편 출장 가게 되면 바로 알려줘. 그땐 카페가 아니라 마음 놓고 피자 먹으러 가자."

"……응."

하지만 남편은 출장 일정을 미리 알려주지도 않는다. 전날 밤이나 그날 아침에 갑자기 통보한다. 아내의 불온한 꿍꿍이를 저지하려는 건가 하고 의심한 적도 있지만, 아마도 그건 아닌 듯하다. 공기 같은 존재인 아내에게 일정을 일일이 알려줄 필요성을 느끼지 못할 뿐이다. 식사 준비를 해야 하는 아내의 고충 같은 건 생각해본 적도 없겠지.

"참, 너도 마사요가 보낸 상중엽서 받았지?"

자꾸만 그 상중엽서가 머릿속에 떠올랐다. 그때 이후로 마사요가 너무나 부러워서 무의식중에 스스로의 처지를 원망하곤 했다. 나도 마사요처럼 빨리 자유로워지고 싶었다. 남편이 주는 위압감에 짓눌려 살아가는 답답함은 나이가 들수록 점점 더 견디기 힘들었다.

언제 찾아올지 모르는 남편의 죽음을 무작정 신에게 빌기보다는 차라리 이혼하는 편이 빠르다는 건 잘 알고 있다. 하지만 돈이 없다. 혼자서 어떻게 먹고살 것인가. 문제는 항상 이것이다.

아아, 돈만 있으면…….

하지만…… 없다.

돈을 벌 만한 자격증도 없다. 어디든 회사에 정직원으로 입사할 실력도 인맥도 없다. 무엇보다 벌써 쉰여덟 살이다. 마흔 언저리라면 그런대로 괜찮을지 모르지만, 쉰여덟은 인생을 다시 출발하기엔 너무 늦은 나이다.

"응, 나도 받았어. 마사요 남편, 고작 쉰여덟이었는데 말이야. 사요코가 그러는데 췌장암이었대."

사요코는 같은 고향에 있는 주류 판매점 집안으로 시집간 동창이다. 남의 말 하기를 무척 좋아해서 동창생들에 관한 일뿐만 아니라 동네의 가십거리는 뭐든지 꿰고 있다. 그래서 동네에서 사요코와 마주치면 웃으며 인사는 나누지만 그 이상 얽히지 않으려고 조심해왔다.

"좋겠다, 마사요는" 하고 지즈루가 불쑥 말했다.

"응. 너무 부러워서 미치는 줄 알았다니까."

주위의 좌석이 점점 차고 있어서 나도 모르게 목소리를 낮췄다. 지즈루도 덩달아 속삭였다.

"우리 남편도 빨리 가주지 않으려나."

지즈루와는 초등학교부터 고등학교까지 쭉 함께 다녔는데 그때는 별로 친하지 않았다. 지즈루는 스포츠 만능에 활발한 성격이었지만 나는 말수가 적은 편인 데다 책만 읽고 있어서 그런지 몇 번인가 같은 반이 되었는데도 그다지 말을 섞어본 적이 없었다. 그런데 둘 다 막내딸이 중학생이 되면서 배구부에 들어간 일이 인연이 되어 학부모로 다시 만나 대화를 나누게 되었다.

처음에는 딸들의 고교 입시와 학교 행사에 관한 이야기만 주고받았다. 집안에서의 갈등이나 싸움 같은 건 절대 꺼내지 않았다. 소문이 금세 퍼진다는 걸 서로 잘 알고 있기 때문이다. 평생 이 동네에서 살 거라면 매사에 조심해야 한다. 남편이나 시부모에 대한 불만도 절대로 말해선 안 된다. 그냥 웃어넘길 수 있는 별것 아닌 일일지라도 이 좁은 마을에서는 과장되어 퍼지기 일쑤였다. 이 마을의 끝에서 끝까지 50분이면 걸어갈 수 있다. 그 옛날 영주의 성을 중심으로 형성된 마을답게 집과 상가가 바둑판 모양으로 빼곡히 모여 있고, 그곳을 벗어나면 아무것도 없는 전원 풍경이 펼쳐진다. 그런 작은 마을이다.

둘 사이의 그 조심스러운 벽을 깬 것은 지즈루였다. 몇 년 전이던가. 그날 지즈루는 성난 파도가 몰아치듯이 남편에 대한 불만을 쏟아냈다. 지즈루는 매일 조깅을 해서인지 지금도 탄탄한 몸매를 유지하고 있다. 키가 크고 성격도 활달하며 시원시원하다. 나와는 모든 것이 딴판이라 공감대도 별로 없는 편이었다.

그런데 어느 날 느닷없이, 남편한테서 역한 냄새가 난다느니 징그럽다느니 하는 말을 꺼냈다. 그 일을 계기로 나 역시 "있잖아, 사실은 나도……" 하고 속마음을 털어놓으면서 우리는 급속도로 친해졌다.

"지즈루 남편은 그래도 나은 편이야. 카페에 들렀다 와도 된다고 한 거잖아?"

나는 왜 이렇게 굳이 마음에도 없는 말을 하는 걸까. 지즈루의 남편이 더 낫다니. 지즈루가 남편에게 가정폭력을 당하고 있다고 털어놓았을 때의 충격을 지금도 잊을 수가 없으면서.

지즈루의 남편은 누가 봐도 점잖은 신사다. 키가 훤칠하고 배도 나오지 않은 근사한 모습에, 항상 웃음을 띠고 있는 데다 말하는 것도 그렇게 온화하고 다정스러울 수가 없다. 사람을 대하는 매너를 보면 산속 가난한 농가 태생이라고는 상상도 하지 못할 정도로 품위가 넘쳐흘렀다. 농협을 정년퇴직하고 나서 시의회 의원으로 일하고 있는데 의회에 나갈 때는 아르마니 양복을 입는다는 소문도 들었다.

—이런 시골에서 아르마니라니. 대체 누구한테 잘 보이려고? 얼마나 나르시시스트인 거야!

　그렇게 비웃던 지즈루의 옆얼굴이 괴로운 듯 일그러졌던 걸 기억한다.

　"우리 집 그이는 오늘 밤에 농협 관계자들하고 회식이 있어. 그래서 굳이 남편 허락을 받을 필요가 없으니 얼마나 잘된 일이니. 아니, 근데 우리가 뭐 호스트바에 가는 것도 아니고 말이지. 이런 시골에 그런 가게가 있을 리도 없지만, 고작 카페 가는 걸 가지고. 그냥 평범한 찻집이잖아. 커피 한잔 마시는 것뿐인데."

　지즈루가 남편의 폭력에 대해 말한 건 그때 딱 한 번뿐이었다. 그날 이후로는 왠지 입 밖에 꺼내지 않았다. 혹시 내게 털어놓은 걸 후회하는 게 아닐까 싶어서 나도 듣지 않은 것처럼 행동하고 있긴 하지만 머릿속에서는 지우려 해도 지워질 리가 없었다.

　딱 한 번 뺨을 후려친 정도일까, 아니면 드라마에서 본 것처럼 주먹으로 배를 내지른 걸까. 구체적인 상황은 물론이고 지금도 그런 일이 계속되고 있는지 아닌지도 알 수가 없다.

　—어쩌다 그런 거고, 그렇게 심한 건 아니지만.

　그렇게 말하며 당장이라도 울음을 터뜨릴 것만 같던 지

즈루는 그때까지 본 적이 없는 표정을 하고 있었다.

아무리 친해졌다고는 해도 뭐든 숨김없이 털어놓을 수 있는 건 아니었다. 무의식중에 누가 더 불행한가 하고 불행의 눈금을 재게 된다. 그리고 자신이 더 낫다고 생각되면 안심한다. 그런 치졸한 생각은 아무리 나이가 들어도 사라지지 않았다.

"우리 남편은 스미코 네 이름만 대면 대개 오케이야. 착실하고 훌륭한 아내라고 생각하는 것 같아."

"왜 그렇게 생각할까? 작고 마른 데다 목소리도 작아서 그런가."

"한눈에도 착실해 보이니까. 늘 차림새도 단정하고 말이지."

"단정하다기보다 그냥 밋밋한 건데. 그보다 말이야, 남편을 빨리 죽게 하는 방법 없으려나. 역시 음식이겠지? 염분이랑 지방분, 설탕을 더 늘려볼까 생각 중이야."

그렇게 말하자 지즈루가 웃음을 터뜨렸다. 그 웃음과 함께 지즈루가 들고 있던 페트병의 녹차가 천장의 조명을 받아 반짝이며 흔들렸다.

"넌 말이지, 얌전한 얼굴로 그런 말을 아무렇지도 않게 하는 거, 그게 너무 좋아."

결코 농담으로 한 말이 아닌데도 지즈루는 웃고 있다.

이럴 때, 역시 마음이 잘 통하지 않는구나 하고 쓸쓸한 기분이 든다. 초등학교부터 고등학교까지 쭉 같이 다녔지만 특별히 친했던 건 아니어서 미묘하게 사고방식이 다른 걸까. 그래도 늘 지즈루를 찾게 되는 건 달리 적당한 친구가 없기도 하고, 서로 입이 무겁다는 걸 믿는 데다, 둘 다 남편에 대한 고민이 있다는 공통점이 있기 때문이다.

물론 그게 다라고 해도 이야기 상대가 있다는 건 감사한 일이기는 하지만…….

그때 문득 미사오의 얼굴이 떠올랐다.

미사오와는 중학교에 입학하면서 친해졌다. 고등학교에서도 같은 반이 되어 절친이라고 부를 만큼 가깝게 지냈지만, 3학년으로 올라갈 때 미사오가 진학반에 들어간 일을 계기로 더 이상 대화를 나누지 않게 되었다.

나와 같은 처지라고 믿었던 미사오가 설마 대학에 진학할 거라고는 상상도 못했다. 설령 대학 진학을 염두에 두고 있다고 해도 이웃 동네에 있는 전문대학이려니 짐작했기에 열등감을 느낄 일은 아니라며 스스로 마음을 고쳐먹었다. 그런데 얼마 지나지 않아 미사오가 도쿄에 있는 4년제 대학교를 목표로 하고 있다는 소문을 듣고 꽤 큰 충격을 받았다. 그때까지 우리 둘 사이에 그런 이야기가 한 번도 나온 적이 없어서 더 그랬다. 경제 형편 때문에 대학은 꿈도 꾸지 못하는 나를 생각해서 배려해준 건지도 모르지만, 내 마음은 배신감으로 가득 찼다.

복도에서 마주칠 때마다 여전히 미사오는 조금도 불편해하는 기색 없이 말을 걸어왔지만 나는 아무렇지도 않게 대할 수가 없었다. 미사오에게는 밝은 미래가 있는데 나는 그냥 여기서 그럭저럭 취직이나 하고 이대로 시골에 파묻혀 살다 갈 거라고 생각하니 몹시도 우울했다. 엄마나 할머니 그리고 동네 아주머니들처럼 남들 험담이나 하면서 나이 들겠지. 머지않아 허리가 어딘지도 모르게 두루뭉술해지고 낯 두꺼워지면서 추하게 늙어갈 것이다. 그런 인생이 뭐가 즐겁겠는가.

나도 화려한 도시로 나가 꿈과 희망으로 가득 찬 대학 캠퍼스 생활을 하며 청춘을 마음껏 누려보고 싶었다. 젊음의 거리 하라주쿠에서 요란한 차림으로 춤추는 젊은이들도 보고 싶었고, 대형 완구매장 키디랜드에도 가보고 싶었다. 어릴 때부터 오랫동안 품고 있던 도시에 대한 동경은 말할 수 없이 컸지만, 부모님은 내가 도쿄에서 취직하는 것을 허락하지 않았다. 우리 형편에 대학 진학은 더더구나 꿈도 꿀 수 없었다.

지금 생각해보면, 고등학생이나 되어서도 사람은 누구나 평등하다고 믿고 있었다니 얼마나 세상을 몰랐던가. 학자금 대출 제도가 없었던 그 시대에 딸들의 인생은 부모가 부자인지 가난한지, 그리고 사고방식이 앞서가는지 고루한지에 따라 크게 좌우되곤 했다. 설령 경제적으로 여유가 있어도 여자는 대학에 갈 필요가 없다고 생각하는 가정이 지금보다 훨씬 많은 시대였다.

4년제 대학교에 진학한 여학생은 우리 학년에서 고작 열 명 정도였다. 그 가운데 두 명은 지금도 초등학교 교사를 하고 있지만, 나머지 여덟 명은 결혼과 출산을 계기로 전업주부가 되었다고 들었다. 그렇다면 고졸인 나랑 뭐가 어떻게 다른 건지 모르겠다. 굳이 부모에게 학비와 생활비를 지원받아 도시로 나가 하숙 생활을 하면서까지 대학을 나온 건 그들에게 어떤 의미가 있는 걸까.

"있잖아, 스미코. 염분이랑 지방분, 설탕을 늘린다고 해도 말이야" 하고 말을 꺼낸 지즈루가 몸을 기대오면서 목소리를 한층 낮췄다.

"덜컥 가주면야 좋지. 하지만 당뇨병이니 뇌경색이니 해서 오래 앓으면 어쩌니?"

"그렇게 되면 최악이네. 그 인간의 배변 시중이라니 죽어도 하고 싶지 않아."

"그러게. 하지만 이 세상 대부분의 할머니들은 그걸 해온 거잖아. 전쟁을 체험한 세대는 우리랑은 근성이 달라."

지즈루의 말에 고개를 끄덕이며 대답했다.

"남편이 존경할 만한 사람이라면 나도 얼마든지 할 수 있을 텐데 말이야."

더 성실하고 자상하고 의지할 수 있는 남편이었다면…….

"맞아. 존경까지는 아니더라도 정상적인 사고를 가진 사람이라면 참을 수 있지" 하고 지즈루도 동의했다.

"뭐, 어떻든지 간에 난 요양원으로 보내버릴 거야."

그렇게 생각하지 않으면 살아갈 수가 없다. 남편이 순순히 요양원에 들어가줄 것 같지는 않지만…….

"스미코, 그렇게 쉽게 요양원 얘길 하는데, 이를테면 어디?"

"변두리에 '사랑의 집'이란 데가 생겼잖아."

"거기 얼마인지나 알아? 적어도 한 달에 18만 엔은 든다더라."

"뭐? 18만 엔?"

남편이 나중에 받게 될 연금과 맞먹는 금액 아닌가? 그게 사실이라면 그런 시설에 보내는 건 무리다. 역시 집에서 간병해야만 하는 걸까?

세상에는 서로 도움을 주고받는 '공생관계'라는 말도 있지만 우리 부부에게는 해당되지 않는다. 만약 내가 병으로 몸져눕는다고 해도 남편이 돌봐줄 리가 없다. 경제적

사정으로 요양원에 보내지 못하게 되면 "남자인 내가 왜 마누라 시중까지 들어야 하는 거야?" 하고 불쾌한 표정을 드러낸 채 아침부터 밤까지 호통을 쳐대고, 그러다가 폭력까지 시작될 게 눈에 보이는 듯 선하다.

"아참, 너 들었어? 미사오 이혼한 거."

"뭐?"

놀라서 손에 든 긴쓰바를 떨어뜨릴 뻔했다. 미사오가 이혼했다고? 정말? 왜?

"사요코가 그러는데 성격 차이라네. 그거 참 편리한 말이지."

"그건 그렇지. 근데 이혼한 진짜 이유가 뭘까? 미사오는 지금 어떻게 지낸대?"

"파트타임으로 일하고 있나봐. 생활이 어렵진 않나?"

미사오는 도쿄에서 대학을 나와 그대로 도쿄에서 취직했다가 직장 동료와 결혼했다고 들었다. 출산 후에는 아마 전업주부로 지내지 않았을까. 교사나 약사 같은 전문직에 취업했다는 말을 들었다면 기억에 남아 있을 테니까. 그 외의 경우는 우리 세대에 대학을 나온 여자들 대부분이 전업주부가 되었다. 그 무렵에는 어린이집이 지금보다 훨씬 부족했고 육아휴직 제도도 없었다. 지방 출신자가 일반 기업에 근무하며 출산과 육아를 겪어내기는 어려운 시대였다.

미사오는 설과 추석 때는 본가에 다녀가는 걸까. 벌써 몇십 년 동안이나 만나지 못했는데.

"파트타임으로 일하면서까지 이혼했다는 건…… 어지간히 심각한 문제가 있었던 거겠지."

"심각한 문제라니, 구체적으로 어떤?" 하고 지즈루가 물으며 나를 쳐다보았다.

"그러니까, 뭐 바람이라든가 빚이라든가……."

폭력이라든가, 하는 말이 튀어나오려는 걸 얼른 집어삼켰다.

"미사오 남편, 그럴 사람으로는 보이지 않았어. 꽤 상큼한 느낌이었거든."

"만나봤어?"

"딱 한 번 본 적 있어. 30년쯤 전에. 피부가 무척 희었던 게 인상에 남아."

"에이, 뭐야 그게. 30년 전이면 누구나 다 상큼하지."

그 증거로 내 남편은 인상도 인격도 젊을 때의 모습을 찾아볼 수 없을 정도로 달라졌다.

"어쩌면 복권에 당첨됐는지도 모르지."

지즈루가 진지한 표정으로 말했다. 미사오의 취미가 복권 구입이라는 건 동급생들 사이에서 유명했다. 평소에는 참 검소한데 복권을 살 때는 한 번에 3만 엔이나 쓴다고 했다.

　—당첨될 리도 없는데 돈이 아깝지 않나.

　고향에서 사는 동창생들이 모였을 때 미사오의 취미는 여러 번 화제에 오르곤 했다.

　"얼마짜리 됐대? 몇억 엔이나?"

　너무나도 부러워서 침착할 수가 없었다. 그러자 지즈루는 작게 웃으며 대답했다.

　"하하, 농담이야. 듣기로는 낡아빠진 연립주택에 산다더라."

　"그래? 낡은 연립에?"

　"비바람만 겨우 피할 수 있을 정도의 목조 건물이라던데."

　"정말? 그런 얘길 누구한테 들었어?"

　"물론 사요코지. 그래서 신뢰가 안 가지만" 하고 지즈루는 딱 잘라 말했다.

　애초에 복권 구입이 취미라는 것도 사요코로부터 나온 말이 아니었던가. 사요코는 미사오랑 친한 사이도 아니었기에 믿을 수가 없다.

　똑똑한 미사오라면 이혼 후의 생활을 충분히 생각한 후에 결단을 내렸을 게 틀림없다. 본가로 돌아오지 않고 도쿄에서 혼자 열심히 살아가고 있다. 그것만으로도 대단한 일이니 나 같은 사람하고는 비교할 수도 없다.

만약 내가 이혼한다면 어떤 생활을 하게 될까. 무엇보다 어디서 살아야 할까.

이혼한 뒤에 뼈저리게 후회했다는 사례를 여성지에서 숱하게 읽었다. 혼자 근근이 월세를 내며 살아가는 비참한 생활에 비하면, 횡포를 부리는 남편을 떠받들면서 살기는 했지만 먹고사는 데는 걱정이 없었던 예전 생활이 더 나았다고 적혀 있었다. 심지어 일상적으로 주먹질을 당하던 여성 중에도 그렇게 생각하는 사람이 더러 있다는 것이 큰 충격이었다. 그 정도로 여자 혼자서는 이 세상을 살아가기가 어려운 걸까. 생각만 해도 몸이 바짝 움츠러들었다.

하지만…… 남편이 너무 싫다.

이 감정은 숨길 수가 없다.

대체 언제부터 이렇게까지 정나미가 떨어진 걸까.

결혼 초에는 사이가 좋았다. 하지만 남편이 그다지 좋은 사람은 아닐지 모른다고 느끼기 시작한 건 둘째 가나가 태어날 무렵이었나. 아니, 어쩌면…… 결혼 전, 약혼 시절이었을까.

지금까지 남편이 주먹을 휘두른 적은 없다. 그리고 "누구 덕에 먹고사는 줄 아느냐" 같은 말로 유세를 부린 적도 없다. 그래서 이 억누르기 힘든 혐오감과 위압감을 남들에게는 설명하기가 어렵다. 같은 방에 있을 때의 숨 막히는 느낌은 경험해본 사람이 아니면 이해할 수 없을 것이다. 어쩌면 나와 같은 세대나 그 윗세대를 살아온 아내라면 대부분이 "알아, 그거 뭔지 너무 잘 알지" 하고 일제히 고개를 끄덕여줄지도 모른다.

남편은 오사카에 있는 조난城南경제대학교를 졸업하고 바로 고향으로 돌아왔다. 그리고 고향의 건축사무소에 인맥으로 입사해 줄곧 인사과에서 일했다. 고졸인 나는 결혼 후에도 다니던 신용금고에서 계속 일했지만, 노조미를 출산하고 나서 어쩔 수 없이 퇴직했다.

"나는 대졸이지만 너는 고졸이다" 이런 식의 비하하는 말도 들은 적은 없다. 하지만 분명히 나를 낮추어 보고 있다는 것은 약혼 당시부터 느끼고 있었다. 그런데 나는 남편이 잘난 척하는 모습을 보며 당당한 사람이라고 여긴 것도 모자라, 남자답다거나 포용력이 있다고 단단히 착각까지 해버렸다. 전부 치기 어린 젊음 탓이었다.

그 당시만 해도 나는 지금과 달리 내 의견을 확실히 말할 줄 아는 사람이었다. 그리고 남편은 셰익스피어의 《말괄량이 길들이기》를 흉내 내기라도 하듯, 도도한 여자의 콧대를 꺾으며 쾌감을 느끼는 데 열중해 있었다. 이러한 밀당이 연애 감정을 한창 달아오르게 한 건 아주 짧은 기간뿐이었다.

결혼한 지 반년이 지나자 나는 더 이상 여자를 무시하는 굴욕을 견딜 수 없게 되었다. 지금 생각하면 그때 이혼했어야 했다. 여자의 행복은 결혼에 있느니 어쩌니 하는 토 나오는 거짓말에 속았음을 깨달은 그때, 이미 머릿속의 세뇌가 풀렸던 것 같다.

엄마에게 그런 상황들을 이야기해봤지만 이해해주지 않았다. 이해는커녕 남편을 성실하고 반듯한 사람이라면서 내가 복에 겨워 그런다고 단호하게 잘라 말했다.

"있잖아, 지즈루. 돈만 있다면 이혼하고 싶다고 생각하는 여자가 꽤 있으려나."

지즈루에게 물어봐도 소용없는 일이지만 묻지 않고는 견딜 수 없는 심정이었다.

"그야 넘칠 정도로 많겠지. 이 나라 중년 여성의 80퍼센트는 그렇게 생각할걸."

지즈루는 그런 건 이미 다 조사를 마치기라도 했다는 듯이 말했다.

"겨우 80퍼센트? 그럼 나머지 20퍼센트는 어떻게 생각하는데?"

"남편이 멋진 사람이겠지, 분명."

"멋진 사람이라니, 예를 들면 어떤 느낌?"

"월급을 꼬박꼬박 집에 가져다주는 건 물론이고, 당연히 빚은 한 푼도 없고 바람도 안 피우면서 폭력도 휘두르지 않는 사람."

"우리 집 남자도 거기엔 해당하지만서도" 하고 말하고 나서 가슴이 철렁했다. 폭력 남편을 둔 지즈루에게 미안한 마음이 들어서였다.

"그것도 그러네" 하고 지즈루는 담백하게 동의했다.

"남들이 보기엔 좋은 남편일지도 모르지. 우리 엄마도 똑같이 말하니까."

그렇게 말하면서 다 먹은 긴쓰바 껍데기를 힘주어 꽉 움켜쥐었다.

"남들은 사정을 모르니까. 내 남편도 겉으로 보기엔 최고잖아. 친척들이 날 만날 때마다 뭐라는 줄 아니? 좋은 남 잘 잡았다면서 나한테는 아까울 정도라고 하서."

지즈루가 그렇게 말했을 때 공연의 시작을 알리는 음악이 나오면서 막이 올랐다.

마을의 만담 클럽에 소속되어 있는 출연자는 초등학생부터 70대까지 두루두루 있었다. 평소에 연습한 성과를 보여주려는 패기가 엿보였다. 모두 깔끔하게 기모노를 입고 있었다.

가끔 관객들 사이에서 와하하 웃음이 터져 나왔지만 나

는 건성으로 들을 뿐, 마지막까지 한 번도 웃을 수가 없었다. 자꾸만 어떤 생각들이 머릿속에 복잡하게 떠올라서였다. 공연이 모두 끝나고 지즈루와 헤어진 뒤에도, 이튿날 아침이 되어 출근 준비를 하는 동안에도 그 생각들은 좀처럼 떠나가질 않았다.

아직 결혼한 지 얼마 되지 않았을 무렵의 일이다.

—남자가 바람피우는 건 어쩔 수 없어요. 남자란 원래 그런 생물이니까. 나한테 들키지만 않으면 돼요.

어느 여배우가 텔레비전에서 자신의 남편을 두고 그렇게 말하는 것을 듣고 믿을 수가 없었다. 남편의 외도를 용서할 수 있는 여자는 대체 어떤 상태인 걸까. 나는 도저히 이해할 수 없을 것 같았다. 남편이 자신보다 훨씬 예쁘고 날씬한 여성과 한 침대 속에 있다는 상상만으로도 심장을 도려내는 것 같은 심정이었다.

하지만 그로부터 세월이 흘러 지금은 그때 그 여배우와 같은 경지에 도달해 있다. 남편의 반경 1미터 이내로 다가가는 것조차 싫다. 담배와 치주염으로 곪은 듯한 냄새, 게다가 나이 들면서 나는 독특한 체취까지 섞인 그 고약한 냄새에 나도 모르게 숨을 참게 된다.

몇 년 전인가부터는 옷도 따로 세탁하고 있다. 어느 날 내 옷에도 그 냄새가 옮는다는 걸 알아차렸기 때문이다.

어떤 책에서, 냄새가 지독하게 느껴지느냐 아니냐는 정신적인 면이 크게 영향을 미친다는 내용을 읽은 적이 있다. 평소에 호감을 갖고 있는 사람의 냄새라면 전혀 신경 쓰이지 않는다고, 오히려 친근하고 편안한 느낌이 들기까지 한다고 했다.

남편이 툭하면 술 냄새를 풍기며 귀가하기 시작한 건 5년쯤 전부터였다. 여성이 있는 술집에 다니는 거겠지. 소중한 노후 자금이 사라져가는 건 아닐까 하고 걱정은 될지언정 질투심 같은 건 눈곱만큼도 일지 않았다. 질투는커녕 아무리 돈 때문이라고는 해도 저렇게 배가 불룩 나오고 고약한 냄새를 풍기는 추접스러운 아저씨를 상대하고 있을 그 여성에게 존경심마저 들었다. 역시 프로는 다르다. 차라리 그 여성이 남편의 진짜 애인이 되어주면 좋겠다는 생각이 들 정도였다. 그러면 증거를 모아 위자료를 받고 바로 이혼할 수 있을 텐데.

—쓸데없는 데 돈 쓰지 말라고.

도저히 그 한마디를 할 수 없었다.

언제나 그랬다. 정작 중요한 말은 하지 못한다. 그렇다고 대화가 없는 것도 아닌데 남편의 기분을 상하지 않게 하려고 아무래도 상관없는 잡담만 하게 된다. 이 세상에서 가장 눈치 보이고, 하고 싶은 말을 할 수 없는 상대가 남편이다. 그러다 보니 부부란 게 대체 뭔지 알 수가 없었다. 아니면 부부가 원래 다 이런 건가.

멍하니 이런저런 생각을 하다 보니 급식 센터에 도착해 자전거를 주차장에 세웠다. 시간제 근무로 조리를 맡은 지 벌써 십여 년이 지났다. 학교와 노인 복지 시설로 보낼 식사를 만드는 일이다. 출근 카드를 찍고 탈의실로 가서 흰색 상의와 흰색 바지로 갈아입었다. 일회용 마스크와 헤어캡을 쓰고 흰색 고무장화를 신은 뒤, 세면실에서 팔꿈치부터 손까지 수세미 타월로 빡빡 닦고 그대로 소독실을 거쳐 조리실로 들어갔다.

하반기에 들어서면서 담당 업무가 재배치되었다. 과일 담당으로 바뀌었을 때는 너무도 기쁜 나머지 게시판 앞에서 엉겁결에 소리까지 지르며 좋아했다. 그전까지는 국물 요리 담당이었는데, 지독한 요통을 유발하는 일이었다. 국이나 수프가 담긴 거대한 들통을 들어 올리려다 허리를 삐끗했기 때문이다. "조심하지 않으면 만성이 될 거예요" 하고 젊고 잘생긴 정형외과 의사가 충고했다. 그는 물건을 들어 올릴 때 허리에 부담이 덜 가는 자세를 시범으로 보이며 이렇게 못을 박았다.

—가능하면 이직하시는 게 좋아요. 무거운 걸 들어 올리지 않아도 되는 일로요.

그런 말을 들었다고 해도 이런 시골에서 그리 손쉽게 옮길 수 있는 직장은 없다. 이 일은 시급만 해도 다른 일자리보다 70엔이나 높고 집에서도 가깝다.

그런 이유도 있기에 과일 담당으로 바뀌었을 때는 앞으로도 이 직장에서 계속 일해야겠다고 생각했다. 하지만 과일 담당이 된 기쁨도 잠시였을 뿐, 과일을 자르는 방법 한 가지만 해도 너무 복잡하고 까다로워서 무척 헷갈렸다. 특히 노인 복지 시설로 들어갈 식사에는 세심한 지침이 있다.

오늘의 과일은 바나나였다. 소독액을 녹인 수조에 대량의 바나나를 껍질째 담았다. 타이머를 맞추고 12분이 지나면 건져 올려 물로 헹군다. 국을 담는 들통보다는 그나마 나았지만 역시 무겁기는 매한가지다. 다 헹군 후에는 각 노인들의 건강 상태에 맞춰 바나나를 자른다. 지침서에 '전량'이라고 되어 있는 것은 바나나 절반을 껍질째 낸다. '과육'이라고 쓰여 있으면 껍질 벗긴 절반의 바나나를 다시 삼등분한다. '45'라고 표기된 것은 '과육'을 다시 4개로 자른 것이다. 그리고 '1/4'이라고 되어 있으면 껍질째인 절반을 다시 1/4로 자른 것을 의미한다. 게다가 '1/4 과육'이라고 되어 있으면 '1/4'의 껍질을 벗기고 다시 두 개로 자른다.

일일이 매뉴얼을 볼 짬은 없다. 머릿속에 기억해두지 않고서는 대량의 바나나를 단시간에 자를 수 없다. 최근 사흘정도, 매일 밤 머릿속에 갖가지 과일을 떠올리고 자르는 방법을 되새기면서 시뮬레이션을 했다. 욕조에 몸을 담그고서도, 잠자리에 들기 전에도 수없이 반복했다.

"준비 다 되셨습니까? 이제 노인식 A를 23인분 담아주세요."

주임이 맨 앞에서 지시하면 일렬로 죽 늘어서서 각자 자신이 맡은 음식을 식판에 올려놓는다. 전동 컨베이어 벨트가 없기 때문에 손으로 식판을 밀어 다음 사람에게 넘겨준다. 과일 담당은 나 혼자뿐이고 맨 끝자리이다. 혹시 실수라도 하면 어쩌나 싶어 아직도 바짝 긴장한다. 이런 상황이라면 허리가 좀 아프긴 해도 국물 담당이 더 나을지 모른다. 국물에는 '스무디', '걸쭉한 스튜류', '장국류', 이렇게 세 가지밖에 없으니까.

착착 식판이 밀려오고 작업이 순조롭게 진행되었다. 줄의 맨 끝에 있는 내가 식판을 뒤쪽으로 밀어주면 그곳에서 대기하고 있는 또 한 명의 주임이 여러 칸으로 된 대형 운반카트에 식판들을 능숙하게 싣는다.

500인분의 식사를 식판에 다 담고 나면 너무 지쳐서 서있기도 힘들 지경이다. 오늘도 무심코 작업대에 몸을 기대고 말았다.

"마지막으로 노인식 G를 5인분 내보냅니다. 준비해주세요!"

주임이 큰 소리로 외쳤다.

G식단용으로 잘라놓은 '1/4 과육'을 가져오면서 재빨리 눈으로 개수를 세었다. 확실하게 5인분이고 자르는 방법도 틀리지 않았다. 적어도 나는 문제 없다.

여기까지 확인하고 비로소 안도했다. 대개는 이렇게 오전 일과가 끝난다고 긴장을 풀겠지만 이곳에서는 반대였다. 마지막 식판 하나만 남았을 때 비로소 실수가 판명된다. 손에 남아 있는 과일이 노인식 G용이 아닐 경우는 전원이 나서서 처음부터 식판을 모조리 확인해야 한다. 각 시설의 점심시간에 맞춰 보내려고 필사적이다 보니 한겨울에도 땀범벅이 되기 일쑤다.

만에 하나 과일을 잘못 자른 식판이 그대로 시설에 납품된다 해도 나중에 사과하면 그걸로 끝날 일이지만, 행여 과일 알레르기가 있는 사람의 식판에 잘못 담기라도 하면 자칫 생명에도 영향을 미칠 수 있기에 굉장히 주의를 기울여야 한다. 나는 이처럼 목숨이 달려 있는 중대한 일을 하고 있는데, 남편도 엄마도 파트타임 근무 같은 건 누구나 할 수 있는 편한 일이라고 우습게 여기고 있어 여간 분한

게 아니다.

낮 휴식을 취하고 나서 오후에는 저녁 식사를 만들고, 그 일이 끝나면 줄지어 조리실을 나온다. 나올 때는 소독실을 거치지 않고 반대쪽 문으로 나와 기다란 복도를 지나 탈의실로 간다. 그곳에는 여러 대의 감시 카메라가 설치되어 있다. 결산 때 장부 수치가 맞지 않는 일이 몇 년째 계속되었다고 한다. 맨 먼저는 재료 납품 담당자가 의심받았지만, 조사 과정에서 채소와 고깃덩어리를 몰래 집으로 가져간 직원과 파트타임 근무자가 많다는 사실이 드러났다. 감시가 엄격해진 건 그때부터다.

나는 학교 급식과 노인 복지 시설의 점심과 저녁을 담당하고 있는데, 아침 식사 준비조가 시급이 가장 높다. 새벽 4시에 출근해야 하기 때문이다. 어차피 같은 시간만큼 일하는 거라면 일찍 자고 일찍 일어나 아침 식사를 담당할까, 몇 번이나 고민했다. 하지만 그 이야기를 꺼내기만 하면 남편이 못마땅한 표정을 지었다. 날도 밝지 않은 꼭두새벽부터 집을 나서면 동네 사람들의 눈에 띈다는 것이다. 대체 그게 뭐가 문제냐고 물었더니, 그렇게까지 아내를 고생시키는 남자로 여길 게 뻔한데 그러면 자기 체면이 말이 아니지 않느냐고 화를 냈다. 도대체 무슨 자존심이 그렇게 강한 건지 화가 나 미칠 지경이었지만 다투기 싫어서 그냥 단념했다.

옷을 다 갈아입고 복도로 나오자 이와부치 나오미가 로비 쪽으로 걸어가고 있는 모습이 보였다. 그녀가 말을 걸까봐 발길을 돌려 화장실에 들렀다 가기로 했다.

남편을 혐오하게 되어 이혼까지 꿈꾸게 된 이후로는, 나오미가 말을 걸 때마다, 전보다 더 위가 쑤시듯 아파왔다. 고교 시절 영어 회화 동아리 후배였던 나오미는 아마가사키尼崎에 있는 여대에 진학해 관리영양사 자격증을 땄다. 지금은 나와 같은 급식 센터에서 일하고 있지만 무거운 들통 같은 건 나르지 않는다. 사무실 책상에 앉아 식단표를 짜는 고상한 업무를 한다. 게다가 나와 달리 정직원이니까 이혼하더라도 생계를 꾸려갈 수 있겠지.

대학에 갔느냐 아니냐로 이렇게나 인생에 차이가 생길 줄은 몰랐다. 오늘날 젊은이들이 학자금 대출을 받으면서까지 대학에 들어가는 심정이 이해가 간다. 우리가 젊었을 때도 그런 대출 제도가 있었다면 나도 진학했을 텐데.

고등학교 때는 영어를 잘했기에 영어 회화 동아리에 들어갔었다. 나오미보다 어휘력도 훨씬 높고 발음도 좋았다. 물론 이제 와서 이런 말을 하며 연연해봐야 아무 소용 없다는 것쯤은 나도 잘 안다.

고등학교 3학년 즈음의 나는 세상을 몰라도 너무 몰랐

다. 같은 고졸이라도 공무원이 된 동급생이 여러 명 있었다. 초등학교나 세무서의 사무직원이 된 여자 동급생들은 결혼과 출산이라는 위기도 잘 극복해 지금까지도 계속 근무하고 있다. 그들은 얼마나 선견지명이 있었던 건가.

그 시절에는 여성이 결혼하고서도 신용금고에서 계속 일한 전례가 없었다. 그렇다고 해서 여자는 결혼하면 그만둬야 한다고 신용금고 규정에 정해져 있던 것도 아니다. 요즘 같아서는 믿을 수 없는 일이겠지만 당시는 모두 관례라든지 분위기라는 애매한 관념과 기준에 따르는 것이 당연하던 시절이었다.

하지만 그 시절의 나는 그만두지 않았다. 남자 상사는 내가 결혼하면 당연히 그만둘 거라고 생각해 이미 중도채용으로 젊은 여성을 후임자로 정해놓기라도 했는지 은근히 퇴사를 종용했지만, 그래도 나는 그만두지 않았다.

상사의 눈 밖에 나며 밉보이면서까지 일을 계속했으나, 결국은 출산을 계기로 그만둘 수밖에 없었다. 운 좋게 아기를 어린이집에 맡길 수 있었지만 아이가 자주 열이 나는 바람에 툭하면 연락이 와 달려가는 일이 거듭되었기 때문이다. 지금도 상사에게 싫은 소리를 듣고 얼굴을 들지 못했던 기억을 떠올리면 가슴이 죄어오듯이 고통스럽다. 실제로 폐를 끼친 것도 사실이다 보니 사죄하느라 바쁜 나날이었다. 당시는 아직 친정 부모가 두 분 다 50대로, 아버지는 직장에 다녔고 어머니는 논과 밭일을 하면서도 전자부품 조립 공장에서 시간제로 일하던 때였기에 육아로 도움을 청할 수는 없는 노릇이었다.

　—휴가 내서 애기 좀 봐줘.

　노조미가 풍진에 걸려 일주일이나 휴가를 내야만 했을 때, 가까스로 용기를 내 남편에게 부탁한 적이 있다. 아직 남편에 대해 체념하지 않았을 때였다.

　—설마, 진심으로 하는 소리는 아니겠지? 남자는 일이 있다고.

　그렇게 한마디 하더니 바로 출근해버렸다. 그 뒷모습을 암담한 심정으로 바라보았던 기억이 어제 일처럼 생생하다.

　지금 생각하면 어떻게 해서든지 정직원이라는 지위를 놓아선 안 되는 거였다. 남편의 협조 따위 바로 포기하고 동네 아주머니나 주부에게 제대로 아기 돌봄 비용을 지불하고서 아기를 맡길 수도 있지 않았던가. 그런 선택지도 있다는 걸 이혼을 생각하기 시작한 최근에야 깨달았다니 얼마나 어리석은가.

　아아, 공무원이 됐으면 좋았을걸. 생각이 짧았던 열여덟 살의 내 뒤로 살그머니 다가가 둘둘 뭉친 잡지로 냅다 머리를 후려치고 싶다.

자전거 주차장으로 가니 나오미가 자전거에 열쇠를 꽂고 있었다. 뭐야, 아직 있었어? 별로 갈 생각도 없던 화장실까지 일부러 들렀다가 나오미가 돌아갔을 줄 알고 천천히 온 건데.

"선배, 고생 많으셨어요."

고교 시절의 습관이 아직까지 계속되어 지금도 나오미는 존댓말을 쓴다.

"나오미도 고생 많았어."

그렇게 대답하면서 습관적으로 내 허리를 툭툭 두드렸다. 그런데 나오미가 그 모습을 보더니 바로 이렇게 말했다.

"균형 잡힌 식사를 고안하는 일도 힘들어요. 영양뿐만이 아니라 예산도 고려해서 식단을 짜야 하거든요."

뜬금없이 무슨 말인가 싶어 쳐다보자 나오미가 계속 말을 이어나갔다.

"그뿐만이 아니에요. 급식 시간에 맞춰 조리할 수 있도록 시간 분배도 생각해야 하고요."

나오미가 요리를 잘하지 못한다는 건 일찌감치 간파하고 있었다. 매주, 매월, 매년, 조금도 달라지지 않는 식단이 몇 년째 계속되고 있기 때문이다. 먹는 걸 좋아하는 사람이라면 제철 채소나 생선을 번갈아 넣는다거나 양념에 변화를 줘 다른 맛을 내는 등 아이디어를 짜냈을 것이다. 나 같으면 값싼 재료로도 다양한 요리를 만들어 초중학교 학생이나 오래 입원해 있는 환자들을 기쁘게 할 수 있는데, 하고 생각하니 너무도 속상했다.

오늘 요리도 여전히 색상 조합은 꽝이고 보기에도 맛없어 보여 그런 급식을 먹을 아이와 환자들이 가엾어 견딜 수가 없었다. 영양사 자격증을 갖고 있다고 해도 애초에 먹는 데 관심 없는 나오미 같은 사람이 식단을 짜는 건 좀 아니지 않나. 게다가 조리 시간을 효율적으로 고려하지 못한 식단 탓에 우리 조리원들은 작업 시간이 늦어져 허둥대는 경우가 많았다.

이런 나오미는 급여를 얼마나 받을까. 이혼한다 해도 노후 연금을 한 사람 몫으로 받을 테니 두려울 게 없을 것이다. 내 한 몸을 먹여 살릴 만한 벌이가 없으면 이렇게나 비참해진다는 걸 전에는 미처 몰랐다.

서른세 살이 된 큰딸 노조미가 결혼할 마음이 전혀 없다고 하는 것도 어쩌면 현명한 선택일지 모른다는 생각을 최근에 하게 되었다.

"참, 마침 잘됐네. 나오미, 제안할 게 있는데."

그렇게 말했을 뿐인데 나오미는 무슨 생각을 했는지 표정이 굳어지며 경계심을 드러냈다.

"과일 자르는 방법을 가리키는 용어 말이야, 다른 동료에게 들은 건데 그거 나오미가 고안한 거라며? 기분 나쁘게 듣진 마. 용어를 바꿔야 신입 직원도 쉽게 외울 수 있지 않을까 싶어서. 이것 좀 봐봐."

<전량 → 절반 껍질째>

<과육 → 절반 껍질 없이 1/3>

<45 → 절반 껍질 없이 아주 얇게>

<1/4 → 절반 껍질째 1/4>

......

그렇게 말하고는 며칠 전부터 썼다 지우기를 반복한 메모를 내밀었다.

그러나 나오미는 내가 내민 메모를 받으려고도 하지 않고 그저 흘끔 눈길을 주더니 딱 잘라 말했다.

"바꿀 필요 없어요. 다들 잘하고 있으니까."

"있잖아, 나오미. 얼마 전에 동남아시아에 진출한 일본 기업이 분투하는 모습을 텔레비전에서 봤거든. 거기서도 업무 개선하는 걸 일본어 그대로 '가이젠改善'이라고 부른대. 그래서……"

"그만 가봐도 될까요? 급한 일이 있어서."

나오미는 페달을 힘차게 밟으며 돌아갔다.

주차장에는 나만 덩그러니 남았다.

유머러스하게 한답시고 '가이젠' 부분을 외국인 억양으로 흉내 내 말한 탓에 비참한 기분이 배가되어 견딜 수 없었다.

나오미는 파트타임 직원에게 지적받는 게 참을 수 없이 싫었을 것이다.

—정직원이 그렇게 대단하냐!

하늘에 대고 큰 소리로 외치고 싶은 충동에 사로잡혔다. 그 충동을 꾸욱 눌러 참자, 그만큼의 스트레스가 가슴에 꽉 차서 숨을 쉬기 어려운 느낌이 들었다.

문득 고개를 들어보니 완전히 해가 저물어 있었다. 어느 사이엔가 계절이 바뀌어 해가 짧아졌다.

강을 따라 난 평탄한 길인데 오늘따라 유난히 자전거 페달이 무거웠다. 어릴 때는 11월이 되면 겨울 내음이 느껴지곤 했지만 지구온난화의 영향인지 이제야 막 산이 물들기 시작했다.

짧은 커트 스타일로 자른 머리칼이 바람에 나부끼자 조금씩 기분이 나아졌다. 언제부터인가 바람은 마음을 안정시켜주는 데 없어서는 안 될 요소가 되었다.

그때 앞쪽에서 자전거 한 대가 다가오는 것이 보였다.

"안녕하세요. 날이 쌀쌀해졌네요."

스쳐 지나가며 인사를 건네온 사람은 오노 이치로다. 그도 역시 영어 회화 동아리 후배로 지금은 모교인 현립 고등학교 교감이다. 느긋한 말투, 온화하고 이해심 많아 보이는 자못 교사 같은 웃음.

갑자기 몹시도 화가 치밀었다.

뭐야, 대체. 오노야말로 그렇게나 멍청했는데, 어째서 지금은 저런 놈이 교감 선생님이고 내가 급식 센터 아줌마인 거냐고.

"어머나, 오노 군. 조심해서 가."

의연하게 대답하고는 무거운 페달을 힘껏 밟았다.

현관 앞에 자전거를 세워놓은 뒤 바로 경차를 몰고 본가로 향했다.

남편은 오늘 1박 2일 일정으로 출장을 가서 내일 밤까지 돌아오지 않는다.

이 시간대는 퇴근하는 차들로 도로가 혼잡하다. 하지만 본가에 가려면 이 강을 따라 난 도로 하나밖에 없으니 어쩔 수 없었다. 그래도 20분 만에 친정에 도착했다.

엄마가 건강하게 살아 계신 한, 내게는 돌아올 집이 있다. 하지만 언제까지 이렇게 편히 본가에 올 수 있을까. 요코하마에 사는 남동생 게이이치慶一가 나보다 두 살 아래이니 정년퇴직할 날도 얼마 남지 않았다. 만약 남동생 부부가 고향으로 돌아와 본가에 살게 되면 올케 에리가 안살림을 맡아 하겠지. 그러면 그리 자주 드나들지는 못할 것이다. 적어도 자고 갈 수는 없다.

"어서 와라, 스미코. 저녁 다 됐다."

식탁에는 생선구이와 단호박조림을 비롯해 내가 좋아하는 음식이 빼곡히 차려져 있었다. 동급생들만 해도 아직 어머니가 이렇게 정정한 친구는 몇 되지 않는다. 이미 양가 부모님이 다 세상을 떠난 친구들이 많고, 개중에는 어머니가 앓아눕거나 치매에 걸린 친구들도 있다. 그런 생각을 하면 정말로 감사한 일이다. 하지만 건강하다고는 해도 벌써 여든이 넘으셨다. 엄마가 돌아가시면 이 세상에는 내가 편하게 쉴 장소도, 마음 붙일 곳도 없어진다. 몇 해 안 있으면 내가 벌써 예순이 되는데도 엄마가 언제까지나 건강하게 살아 계시기를 바라게 된다.

"기노사키城崎 온천 료칸이 싹 리모델링을 해서 아주 근사해졌다는구나. 아범이 정년퇴직하고 나면 부부가 오붓하게 한번 다녀와라."

엄마가 환하게 웃으며 말했다.

"온천……."

상상만 해도 소름이 끼쳤다. 남편과 한 방에서 이불을 나란히 펴고 잠을 자다니 고문이 따로 없다.

─이혼하고 싶어…… 하지만 돈이 없다.

벌써 몇백 번째인가. 같은 말이 주문처럼 마음속에서 되풀이된다.

"아범한테 고마워해야 한다. 지금까지 쭉 성실하게 일하니 정말 좋은 남편이지."

"뭐? 있잖아, 엄마. 우린 맞벌이야. 그런데도 그 사람은 육아나 집안일을 전혀 도와주지 않았다고. 게다가 일요일만 되면 시부모님이 놀러 오셔서는 청소가 제대로 되어 있질 않네 어쩌네 하고 잔소리를 하는 바람에 미치는 줄 알았다니까."

"또 그 옛날 일을 끄집어내서 불평이냐? 남자는 나가서 일하는데 집안일을 못 돕는 게 당연하지. 넌 툭하면 너도 일한다고 그러지만, 기껏해야 파트타임이잖아."

"엄만 파트타임이라고 우습게 보는데, 나도 근무 시간 꽉 채워서 일하거든."

"그래도 여자들이 하는 파트타임 일이야 남자들 일에 비하면 그저 편하지."

"그저 편하지 않아요. 하는 일은 남자 정직원이랑 똑같다니까. 게다가 적은 인원이 시간표를 짜서 일하기 때문에 갑자기 결근이라도 하면 다른 사람한테 금세 폐가 되니 그만큼 책임이 무겁다고. 들통은 또 얼마나 무거운지 허리가 아파서 매일 체력에 한계를 느끼면서 일한다고요."

인간관계만 해도 까다로워서 불쾌한 일이 셀 수 없을 정도로 많다. 그렇게 싫으면 다른 직장으로 옮기면 되지 않느냐고 남들은 쉽게 말하겠지만, 이 동네에서 조건 좋은 파트타임 일자리를 찾기란 여간 힘든 게 아니다. 더구나 자꾸 일자리를 옮겨 다니면 '꾸준히 일하지 못하는 불성실한 사람'이라고 낙인이 찍혀 다음 일자리를 찾기가 더욱 힘들어진다. 그래서 파트타임 일은 엄마가 생각하는 것처럼 쉽지도 편하지도 않다.

아니, 그런데, 사실은 그게 아니다. 그런 문제가 아니다.

훨씬 더 뿌리 깊은 뭔가가 있다. 정직원과 비정규 파트타임이라는 지위 차이로 왜 이렇게까지 무시당해야 하는 걸까. 같은 여자인 엄마까지도 남자 편을 들다니.

원래부터 남편과 아내는 대등한 관계가 아니었다. 대등하다고 생각한 건 나뿐이었다. 너무 늦게 깨달았다. 나란 인간은 얼마나 어수룩한가.

"네가 남자랑 똑같이 아침부터 밤까지 일한다고 생각하는 모양인데, 애초에 급여부터 상대가 안 되잖아."

그래서 뭐가 어떻다는 건데!

급여를 많이 받는 사람이 인간으로서 우월한가? 인간의 가치가 급여 액수로 정해지는 건가?

가사와 육아를 전부 맡길 정도로 신뢰할 수 있는 동거인이 있었다면 나도 당연히 일에만 전념했을 것이다. 그렇다면 신용금고를 그만두지도 않았다.

그치만 이런 얘기…… 해봐야 아무도 알아주지 않는다. 코웃음이나 당할 뿐이다. 그래서 이제는 말을 꺼내지도 않는다.

아아, 정말 재미없다.

모처럼 본가에 돌아와도 엄마랑은 말이 통하지 않아 고독감이 덮쳐온다. 엄마가 바로 남존여비의 화신이다.

"결국 누가 돈을 많이 버느냐, 그거네."

엄마가 간장을 가지러 자리에서 일어났을 때 나도 모르게 중얼거렸다.

"그야 그렇지. 돈을 잘 벌면 두려울 게 없어."

조그맣게 중얼거릴 셈이었는데 엄마에게도 들렸던 모양이다.

"요전번에 여배우 그 누구더라…… 무슨 레이코가 이혼했다잖아."

"야마노우치 레이코?"

"그래, 맞다. 그 이름. 역시 돈 잘 버는 여자는 자유를 선택할 권리가 있는 거지."

"그런가. 역시 돈이구나."

─이혼하고 싶다…… 하지만 돈이 없다.

뒤집어 생각하면 남편과 헤어지기 위해서는 돈만 있으면 되는 거다.

그래, 돈을 모으자.

하지만 어떻게?

무리야. 벌써 쉰여덟 살인걸.

하지만 죽을 만큼 남편이 싫다. 정말로 헤어지고 싶다. 혼자서 자유롭게 살고 싶어.

남은 인생이 점점 줄어들고 있다. 건강하게 움직일 수 있는 것도 앞으로 10년이나 20년쯤일 텐데.

한 번 살다 가는 인생인데 이대로 굴욕적인 생활을 계속할 것인가.

아니, 지금은 아직 괜찮다. 남편은 평일 낮 동안에는 회사에 가 있고 엄마가 건강하시니까. 하지만 남편이 정년퇴직해서 하루 종일 집에 있으면 어떻게 될까. 정신적으로 지금보다 훨씬 힘들 게 분명하다. 그리고 머지않아 엄마가 돌아가시고, 남편 간병이 시작되겠지. 그 고통을 견뎌내고 나면 나도 늙을 테고, 그때는 남은 인생이 고작 몇 년밖에 안 될 텐데.

후우 하고 숨을 크게 내쉬었다.

그런데 예금은 얼마나 있더라.

그보다 얼마가 있어야 집을 나가 혼자 살 수 있는 거지?

밑져야 본전이니까 시뮬레이션을 해보자. 포기하기 전에 모든 수단을 생각해보는 거다.

이혼하고 싶다느니 남편이 싫다느니, 말만 계속해봐야 아무것도 해결되지 않는다. 뭐든지 구체적으로 생각하고 행동으로 옮겨야 한다.

그렇게 생각하자 갑자기 마음이 다급해졌다. 당장이라도 집으로 돌아가 예금 통장을 확인하고 장래에 필요한 생활비를 구체적으로 적어보고 싶어졌다.

"넌 여전히 입이 짧구나. 더 많이 먹어야지."

"잘 먹었어요. 맛있어. 역시 엄마는 요리를 너무 잘한다니까. 고마워요. 그럼 이제 가볼게."

"벌써 가려고? 온 지 얼마나 됐다고. 자고 가면 좋을 텐데."

"나도 이래저래 바빠. 집에 가서 할 일이 많아요."

"바쁜 건 좋은 일이지. 그럼 단호박조림 좀 싸줄 테니 갖고 가."

"응, 고마워."

"어제 오랜만에 게이이치한테 전화 걸었는데, 정년퇴직해도 이리로 돌아오지는 못할 것 같다네" 하고 엄마가 부엌으로 가면서 말했다.

"아, 정말?"

어떻게 된 일일까. 황급히 부엌으로 엄마를 따라 들어갔다.

"제 처가 선뜻 대답하질 않는다더라."

엄마는 내게 등을 보인 채 단호박조림을 밀폐용기에 담으면서 말했다.

"그래? 그럴 만도 하지 뭐. 올케는 요코하마에서 자랐으니 이런 시골에서 지내긴 힘들지."

엄마는 실망한 눈치였지만 나는 속으로 뛸 듯이 기뻤다.

이혼한 후에도 내게는 돌아올 곳이 있다. 이 본가가 있다.

집만 있으면 두려울 게 없다. 식비와 관리비 정도는 벌 수 있다. 그뿐인가, 이혼하면 남편의 낭비가 없는 만큼 오히려 저축을 할 수 있을지도 모른다. 남편이 정년퇴직한다고 고급 술집에 발길을 끊는다는 보장도 없으니까.

"어쩔 수 없어요, 올케는 도시가 어울리는 사람인걸."

평소 자신의 의견을 확실히 말하는 올케에게 진심으로 고맙다고 말해주고 싶은 기분이다.

하지만 그날 밤, 집으로 돌아온 나는 아주 무서운 꿈을

꾸었다.

나는 초등학교 운동장 구석에 이불을 펴고 잠을 자고 있었고, 이불 주변에는 잡초가 무성했다.

미래의 노숙자 생활을 암시하는 것만 같아서 위가 꽉 조여왔다.

이튿날에는 역 뒤편에 있는 이자카야에서 고등학교 때 친구 다섯 명이 모였다.

애들을 다 키우고 난 후로는 두 달에 한 번 정도 여자 동창들끼리 만나고 있다.

남편에게는 엄마가 몸이 안 좋아서 본가에 들렀다 온다고 거짓말을 했다. 결혼한 후로 자주 거짓말을 하게 되었다. 그때마다 마음속의 수정 구슬이 점점 탁해졌다. 젊었을 때는 투명하고 반짝반짝 빛났었는데, 삼십여 년에 이른 결혼 생활 동안 셀 수 없을 정도의 거짓말로 뿌연 층이 두터워지다 못해, 어느 사이엔가 뭐가 진짜고 뭐가 거짓인지 같은 건 아무래도 상관없다는 심정이 되어 거짓말을 하는데 거부감조차 없어졌다. 이럭저럭하는 동안에 불성실하고 경박한 인간으로 추락한 기분이다.

"마사요한테 상중엽서 받았지?"

건배를 하고 나자 사요코가 기다렸다는 듯이 물었다.

"응, 받았어."

"남편이 죽었다며? 우리랑 동갑인데" 하고 히로에가 말했다.

"나, 마사요 만났어. 이틀쯤 전이었나, 우체국 앞에서. 본가에 일이 있어 온 모양이더라고" 하고 사요코가 짐짓 우쭐거리듯이 말했다.

"어떻든? 남편이 죽어서 우울해하디?"

아야노가 묻자 사요코는 갑자기 씨익 웃었다.

"말로는 여러 가지로 힘들었다고 하면서도 눈에는 생기가 돌더라고. 노오란 스웨터를 입고 말이지."

다들 일제히 "흐음" 하고 의미를 알겠다는 듯이 고개를 끄덕이며 눈을 마주쳤다.

"그보다도, 얘기 들었어? 미사오가 이혼했다는 거."

사요코가 몸을 앞으로 쑥 내밀며 모두를 둘러보았다.

"정말? 난 못 들었는데. 미사오네 본가가 우리 집에서 세 집 건너인데, 미사오 어머니는 그런 말씀 없었어" 하고 히로에가 말했다.

"굳이 말 안 하시겠지. 도시로 나가 사는 애들은 이혼해도 입 다물고 있으면 고향에서는 안 들키니까."

사요코가 잘 안다고 빼기는 듯 말하며 작은 콧구멍을 벌름거렸다.

"그럼 이번엔 왜 들통난 거야?"

히로에가 물었다.

"그야 내가 소식통이니까 그렇지" 하고 사요코가 대답
한다.

"역시 사요코! 근데 이자카야 룸은 좋네. 눈치 안 보고
이혼 이야기도 할 수 있어서."

아야노가 즐거워하는 표정으로 말했다. 이 가운데서 유
일하게 시부모와 함께 살고 있다. 저녁 시간에 외출이 허
가되는 건 일 년에 몇 번 안 되는 모양으로, 이런 데 오면
퍼붓듯이 술을 마신다. 술기운과 해방감에서인지 남의 뒷
얘기를 하는 것에도 죄책감을 날려버린 듯, 타인의 불행에
동정심을 가장하는 것도 잊고 신나서 떠들곤 했다.

"오늘 저녁엔 거리낄 것 없이 뭐든지 얘기하자고. 그러
려고 룸을 예약한 거니까."

사요코가 그렇게 말했을 때, 맞은편의 대각선 방향 자
리에 앉아 있는 지즈루와 눈이 마주쳤다. 말없이 보내는
눈빛에는, 방심하고 이것저것 말하면 안 돼, 조심해야 해,
하는 신호가 담겨 있다.

사요코는 당사자가 없는 자리에서 그 사람 이야기하기
를 진짜 좋아한다. 언젠가 아야노가 나오지 않은 술자리에
서, 사요코가 아야노 험담을 엄청나게 한 적이 있다. 그때

지즈루가 무의식적으로 고개를 끄덕였던 모양인데, 나중에는 와전이 되어 지즈루가 아야노의 험담을 한 걸로 말이 돌았다. 그 후 지즈루는 한동안 아야노와 서먹했다고 한다. 이건 뭐 초등학생이 따로 없다. 아니, 오히려 이렇게 표현하면 초등학생한테 실례다. 초등학생 때의 나는 정의감으로 가득한 아이였으니까.

"가엾지만 미사오가 이혼한 사실을 감추는 건 무리 아냐? 어차피 결혼 전 성[8]으로 돌아올 텐데. 동창회 명부에도 바꿔야 할 거고."

그렇게 말한 사람은 히로에였다. 우리 중 가장 늦게 결혼했기에 외아들이 아직 고등학교 3학년이다.

"꼭 결혼 전 성으로 돌아온다곤 볼 수 없지. 법률적으로는 결혼 후의 성을 그대로 써도 괜찮다고 하니까" 하고 사요코가 말했다.

"그렇구나. 그럼 들키지 않을 수도 있겠네" 하고 히로에가 수긍했다.

"이혼이 그렇게 창피한 일일까?"

나도 모르게 솔직한 의문이 입 밖으로 흘러나왔다.

"여자에게는 서열이 있다잖아. 맨 위가 결혼해서 아이가 있는 여자, 이혼한 여자는 그보다 아래, 결혼하지 않은

---

8 일본 여성은 결혼하면 남편의 성으로 바뀌고, 이혼하면 다시 원래의 성으로 돌아온다. 요즘은 결혼해도 자신의 성을 선택해 그대로 쓸 수 있다고 한다.

여자가 맨 아래야."

마치 그것이 세상의 상식이자 불변의 진리라도 되는 양, 히로에가 주저 없이 대답했다. 반론이 나오지 않는 걸 보니 모두 같은 생각인가 보다. 하긴, 이렇게 말하는 나도 실은 줄곧 그렇게 생각해오지 않았던가. 이혼은 창피한 일이라고.

그러나 요즘 들어 생각이 백팔십도 바뀌었다. 황혼 이혼을 하는 여자는 어떤 의미로는 대단하다는 생각이 든다. 이 나이가 되어서 여자 혼자 살아가겠다는 각오를 하고 인생을 다시 시작하는 것이니 보통 일이 아니다. 경제력과 강한 정신력을 갖춘 여자가 아니고는 해낼 수 없는 위업이 아닐까 하는 생각마저 들었다.

"이 중에서 누군가 도시에 사는 동창 집에 놀러 가본 사람, 있어?"

사요코의 물음에 모두 서로의 얼굴을 쳐다보기만 했다.

"뭐야, 아무도 없어? 역시 그렇군. 도시에서 산다고 하면 왠지 화려하고 멋지게 들리지만, 사실은 믿을 수 없을 만큼 좁은 연립주택이나 판잣집 같은 주택에 사는 사람이 많대. 그런 곳에 놀러오라고 말할 수는 없겠지."

그런데, 미사오가 낡아빠진 연립주택에 살고 있다는 건 사실일까.

한편으로는 그게 뭐 어때서? 하는 생각도 든다. 도쿄는 월세가 놀랄 정도로 비싸다던데 낡은 연립이든 뭐든 독립해서 생계를 꾸려나가고 있는 미사오는 어찌 됐건 대단하지 않은가.

"하지만 사람 일은 정말 모르는 거네."

그렇게 말하면서 사요코가 일부러 그러는 듯, 한숨을 내쉬었다.

"친구들 중에서 미사오가 이혼과는 제일 거리가 멀다고 생각했는데 말이야."

동의를 구하려는 듯 사요코가 내 쪽을 바라보았지만 모호하게 미소를 지을 수밖에 없었다.

무슨 근거로 미사오가 이혼과 가장 거리가 멀다는 걸까. 오늘 저녁에 모인 친구들 중에서 그녀와 가장 가까웠던 사람은 나다. 가장 민감한 청소년 시기에 몇 년간이나 절친이었다. 그 무렵의 미사오는 정의감이 강하고 노력파였지만 그것과 이혼이 무슨 인과관계라도 있다는 말인가.

"미사오 남편은 도쿄 출신이고 미남이라고 들었어" 하고 히로에가 말했다.

"그럼 역시 바람일지도 모르겠네" 하고 아야노가 몸을 앞으로 내밀어 모두의 얼굴을 둘러보았다. 동의를 구하려 재촉하는 것 같았다.

아까부터 지즈루는 "흐음" 아니면 "그래?" 하고 적당한 반응을 하고 있지만 결코 쓸데없는 말은 하지 않는다. 오늘 저녁의 지즈루는 노련한 연기파다.

그때 문득 생각했다. 왜 지즈루와 내가 이 자리에 있는 걸까. 사요코를 경시하고 있는 데다, 사요코와 함께 어울려 다니는 아야노와 히로에도 그다지 좋아하지 않으면서.

그 답은…… 깊이 생각할 것까지도 없다. 친구가 별로 없어서다. 친하게 지냈던 친구들은 미사오뿐만 아니라 대부분 도시로 나갔다. 그래서 이렇게 마음이 맞지 않는 동창 모임도 시골에서는 귀중한 사교장이었다. 집과 근무지를 오가기만 하는 생활에서는 새로운 친구가 생길 리도 없다. 과소화가 진행되고 있는 작은 마을이라면 더 말할 것도 없다.

"그래서 결국 미사오가 이혼한 원인이 뭔데? 사요코는 들었어?" 하고 아야노가 물었다.

"바람이나 폭력, 빚, 아니면 알코올 의존증이나…… 설마 약은 아니겠지만."

사요코는 각성제라든지 마약이라고 직접적으로 말하지는 않고 그저 약이라고만 했다. 마치 드라마에 나오는 수사관이라도 된 것처럼.

"역시 바람이네" 하고 아야노가 어쩐지 단정지었다.

"의외로 폭력일지도 몰라" 하고 히로에가 미간을 찌푸리며 맞받았다.

그때 지즈루의 몸이 한순간 굳는 것처럼 보였다.

"폭력? 그건 아닐 거야."

사요코가 당연하다는 듯이 부정했다. 모두들 뭔가 정보가 있나 해서 주시하자, 웬일인지 사요코가 당황하며 눈을 끔뻑거렸다.

"아니, 아내를 때리는 그런 남자가 정말로 있나 싶어서. 아, 물론 세상에 그런 남자가 있다는 건 알지. 뉴스에도 자주 나오니까. 그래도 실제로는 보기 드물지 않나? 드라마를 봐도 폭력 장면이 너무 과장스러워서 난 항상 몰입이 안 되던데."

그렇게 말하던 사요코는 "한 잔 더 시킬까?" 하며 즐거운 표정으로 음료 메뉴판을 펼쳤다.

역시 인간은 누구나 매우 좁은 세상에서 살고 있는 모양이다. 그런 생각을 하면서 사요코의 옆얼굴을 바라보았다. 분명 사요코의 일가나 친척 중에는 폭력을 휘두르는 남자가 한 명도 없는 거겠지. 아니, 어쩌면 있을지도 모른다. 그러나 사요코는 전혀 알지 못하는 것이다. 자신이 실제로 듣지도 보지도 못한 일에 대해서는 '현실감이 없다'는 한마디로 웃어넘기고 만다. 상상력이 부족하면 타인에 대한 동정심도 일지 않는다. 사요코에게만 해당하는 것은 아니다. 나 역시도 지즈루가 남편에게 폭력을 당하고 있다고 털어놓기 전까지는 완전히 남의 일로만 생각했으니까.

"어쨌든 이 나이에 굳이 이혼할 필요가 있을까?" 하고 아야노가 말했다.

"맞아. 이제 와서 풍파를 일으키면 뭐해. 겉보기라도 평온무사하게 지내는 게 옳은 길 아냐?" 하고 히로에도 같은 의견을 내보였다.

아마도 일반적인 중년 여성들은 대부분 이렇게 생각하겠지.

지즈루는 맞장구치고 싶지 않은 건지, 아까부터 계속 벽에 붙어 있는 메뉴만 올려다보고 있다.

"어차피 지금까지 참아온 거, 조금 더 견디면 좋았을 텐데."

사요코가 그렇게 말하며 동의를 구하려는 듯 나를 쳐다보기에 재빨리 화제를 바꿨다.

"남자가 없는 동창회는 편해서 좋아."

"맞아, 맞아" 하고 바로 아야노가 말을 이었다.

"학생 때는 남녀평등이었는데 졸업하자마자 남자애들은 대놓고 여자를 깔보기 시작했잖아. 그 멍청하기로 유명했던 3반 폰타가, 너희 여자들은 모두 주부가 되어 편하게

사니 좋겠다고 했을 때는 어찌나 열받던지 있는 힘껏 후려
쳤지 뭐야."

"말도 안 돼. 그 녀석이 아야노한테 그런 건방진 소릴 했
다고? 그 멍청이 폰타가? 믿을 수가 없네."

지즈루가 처음으로 입을 열었다.

"남자들은 왠지 참 불쾌해" 하고 나도 허공에 대고 한숨
을 섞어 중얼거렸다.

"그러고 보면 지즈루는 좋겠어. 진짜 로또 맞았지" 하고
사요코가 진심으로 부러운 듯이 말하고는 지즈루를 쳐다
보았다.

"그건 그래. 지즈루 남편을 보면, 사람은 나이가 들수록
인격이 얼굴에 나타난다는 말이 진짜라는 걸 알겠더라고"
하고 히로에도 말했다.

"맞아, 언제 봐도 온화하고 다정다감해 보이는 데다 무
엇보다 레이디퍼스트 정신이 투철하잖아. 여름 축제 때도
감탄했다니까. 그렇게 배려심 많은 남편, 별로 없어" 하고
아야노도 거들었다.

지즈루는 살짝 웃기만 할 뿐 아무 말도 하지 않았다.

"그나저나 미사오, 왜 이제 와서 이혼을 한 걸까?"

아야노가 다시 그 이야기를 꺼냈다.

"분명 미사오도 지금쯤 후회하고 있지 않을까?"

사요코가 말을 받았다.

"나도 같은 생각이야. 아무리 생각해도 생활하기가 어려울 테니까. 기껏 대학까지 나왔어도 결국은 전업주부잖아. 우리는 모두 고졸이지만 파트타임으로 일하고 있는데" 하고 히로에가 말했다.

늘 그랬듯이 지즈루와 나는 듣는 쪽이었다. 사요코를 비롯한 세 명은 수다를 떠느라 대화가 끊기는 일이 없다.

"대졸 여성은 자존심이 강해서 슈퍼마켓 계산대 같은 데서는 일 못하지 않을까?"

"못하지, 못해."

"그야 못하겠지."

"분할연금에 관한 법률이 생겼잖아. 그걸 계기로 황혼 이혼이 유행인 모양이던데."

"유행한다고 너도나도 이혼하다니 믿을 수가 없어. 패션도 아니고."

"딱 절반을 받을 수 있는 것도 아니라고 잡지에 나와 있었어."

"그거 나도 읽었어. 분할해서 받을 수 있는 건 결혼 기간 중에서, 그것도 피부양자였을 때의 몫만이래. 게다가 부부가 나눠 가지면 남편도 아내도 가난해진다고 쓰여 있더라."

"그럴 거야. 연금이란 건 부부 둘이서 생활하는 게 기본 전제로 되어 있으니까."

사요코와 아야노, 히로에는 계속해서 술을 시키더니 말이 더 많아졌다. 지즈루와 나는 입을 다문 채 조금도 호응하지 않았지만 세 사람은 그것도 알아채지 못할 정도로 수다에 빠져 있었다.

2

큰딸 노조미가 집에 왔다.

설과 추석 때를 피해 집에 오기 시작한 지 몇 년이 지났다. 노조미는 지구온난화 탓에 시골의 여름이 도쿄보다 훨씬 덥고, 반대로 겨울은 너무 추워서 견디기 힘들다고 했다. 그래서 일부러 그 시기를 피해 집에 오는 거라고. 하지만 사실은 명절 연휴에는 아버지가 하루 종일 집에 있기 때문이 아닐까.

"엄마, 나 2층 재봉틀 있는 방 써도 돼?"

"그럼. 재봉틀 치우고 이불 내놨어."

"고마워요."

"노조미도 설에 맞춰서 오면 좋을 텐데. 그러면 가나네 식구도 만날 수 있잖아."

여행용 캐리어를 들고 계단을 올라가는 노조미의 등 뒤에 대고 말했다.

"아니, 몇 번이나 말했잖아. 너무 추워서 싫다고. 눈도 오고."

"옛날하고 달라서 요즘은 그렇게 많이 안 와. 그렇다고 가을에 오는 것도 아니면서, 지금도 벌써 12월이잖니. 도쿄랑 달라서 추워."

"그러니까 앞으로 1월로 가면서 훨씬 더 추워지잖아. 그나마 지금이 낫지."

"그건 그렇지만. 근데 소타도 안 보고 싶어? 벌써 두 살인데."

그렇게 말하면서 노조미를 따라 계단을 올라갔다.

"그야 보고 싶지. 하지만 제부도 같이 와서 여기서 자고 갈 거 아냐?"

방 한가운데에 캐리어를 펼쳐놓고 노조미가 말했다.

"그렇지. 소타 아빠는 본가가 멀리 있으니까."

"그래서 짜증 난다니까."

"무슨 말을 그렇게 해. 이 마을에서 사위가 함께 와주는 집은 별로 없어. 고마운 일이지."

"나는 가나가 가엾어서 차마 볼 수가 없어. 눈물이 날 것 같다고."

"뭐? 가엾다니 무슨 소리야?"

놀라서 노조미를 쳐다보았다.

"가나는 나랑 다르게 공부를 굉장히 잘했잖아. 대학도 좋은 데 갔고. 그런데 지금은 그냥 산발한 아줌마잖아."

"아니, 가나는 너보다 세 살이나 어리고 이제 갓 서른 살이 됐는데. 가나가 아줌마면 너는 진작에 아줌마가 된 거 아냐?"

"엄마, 그런 의미가 아니야. 뭐라고 해야 하나…… 아, 됐어. 뭐 마실 거 없어?"

노조미는 벌떡 일어나 계단을 사뿐히 내려갔다. 나는 또 그 뒤를 졸졸 따라 내려갔다. 노조미가 냉장고를 열어 안을 들여다보고 있는데 참지 못하고 캐물었다.

"얘, 아까 그거 무슨 뜻이니? 가나가 가엾다니?"

"아, 됐다니까."

말이 안 통한다는 듯이 내뱉고 내 쪽은 돌아보지도 않는다.

혹시 내가 말이 좀 심했나? 그런 게 분명하다. 대체로 항상 내가 잘못이다.

"미안해, 노조미."

"뭐가?" 하고 노조미가 나를 돌아보았다.

"노조미가 가나보다 아줌마라느니 그런 말 해서. 아니, 엄마는 옛날부터 말을 상냥하게 잘 못 하겠어. 눈치도 없는 데다가……."

"그만! 그런 게 아니라니까. 엄마는 반듯한 사람이야."

"응?"

"뭐든지 자신이 잘못했다고 생각하는 습관, 그거 버리는 게 좋아. 그렇게 살면 즐거워?"

노조미의 말은 늘 비약이 심하다. 초등학교 때부터 그랬다.

"엄마는 지금까지 계속 아빠한테 무시당하며 살아와서 스스로에게 자신감이 없는 거야. 그래서 무슨 일이 있을 때마다 엄마가 잘못했다고 생각하는 거고."

"……그럴지도."

"엄마는 급식 센터에서 일하면서 집안일도 빈틈없이 하고, 게다가 우리 도시락도 매일 싸줬잖아. 엄마가 벌지 않았다면 우린 둘 다 대학도 가지 못했을 거야. 그래서 우리 자매는 엄마한테 언제나 감사하고 있어."

느닷없이 그런 말을 듣자 당황스러웠다. 지금까지 이런 말을 들어본 적이 없었다.

찡하고 눈물이 배어 나올 것만 같아서 노조미가 눈치채

지 못하도록 일부러 큰 소리로 말했다.

"그야 어떤 엄마든지 다 하는 건데."

"그럴까? 그럴지도 모르지. 하지만 적어도 나는 그렇게 못해. 일하는 것만으로도 힘들어. 퇴근하는 길에 편의점에서 도시락이랑 캔맥주 사와서 먹고, 씻고 나면 잠자리에 들기 바빠. 그것만으로도 이미 녹초가 되는걸. 그 생각하면 옛날 엄마들은 모두 대단해."

냉장고를 뒤지던 노조미는 어젯밤에 먹고 남은 토란오징어조림을 찾아낸 모양이다. 좋아라 하며 전자레인지에 넣자 위잉 하고 돌아가는 소리가 부엌에 울렸다.

"있잖아, 노조미. 아까 그 가나 얘기 말인데. 가엾다는 게 무슨 말이야? 엄마가 알 수 있게 설명 좀 해봐."

끈질기다고는 생각하면서도 신경이 쓰여 참을 수가 없었다.

노조미는 나를 가만히 바라보았다.

"응, 알겠어. 그럼 오늘 저녁때 역 앞에 있는 패밀리 레스토랑에 갈래요? 상그릴라[9]라도 마시면서 둘이 느긋하게 얘기하게."

"그건 어려울걸. 분명 아빠가 자기도 간다고 나설 테니까."

---

9 레드 와인에 과일이나 과즙, 소다수를 섞어 차게 마시는 음료

"아빠 오시기 전에 나가면 되지."

"말도 안 돼. 그랬다가는 바로 기분이 상할 텐데, 나중에 어떻게 감당하려고."

"뭐? 가끔은 여자들끼리 차분히 얘기하고 싶다고 아빠한테 말하면 되잖아."

"그런 말은…… 못 해."

겨우 그 정도 말도 하지 못한다. 굉장한 용기가 필요하다.

"엄마, 노예 같아."

노조미가 중얼거리듯이 말하더니 크게 한숨을 내쉬었다.

"난, 절대로 결혼 안 해."

얘기는 이미 끝났다는 듯이 전자레인지에서 조림 그릇을 꺼내 들고는 거실 소파에 앉아 먹기 시작했다. 리모컨을 들고 텔레비전을 켜는 뒷모습에서 짜증이 잔뜩 나 있다는 걸 알 수 있다. 남편에게 하고 싶은 말도 제대로 못 하는 엄마가 한심하겠지. 하지만 노조미는 독신이다. 아내의 고충을 알 리가 없다.

차를 끓여 노조미 옆에 앉았다.

"일은 어때?"

"별 탈 없이 잘하고 있어요."

노조미는 도쿄의 구청에서 근무한다. 급여는 적지만 공무원이니까 부모로서는 일단 안심이 된다.

"내가 이래 봬도 이미 요령을 터득했다고. 그런 직장에서는 두드러지지 않고 성실하게 해야 하거든. 너무 잘해도, 너무 못해도 안 돼. 한마디로 개성을 죽이는 게 중요해요."

"그러면 스트레스 쌓이지 않아?"

"그야 물론 쌓이지. 그래서 휴일을 즐기면서 사는 거고. 토요일에는 유명한 유적지를 찾아다니고, 일요일에는 청소랑 빨래하고 슈퍼마켓에 장도 보러 가요. 사흘 연휴일 때는 멀리까지 나가기도 하고, 일 년에 두 번은 장기 휴가를 내서 등산 가고요."

즐거운 듯이 말하는 노조미의 옆얼굴을 보자 나까지 즐거워졌다. 내 아이가 하루하루를 즐겁게 지내는 모습은 무엇과도 바꿀 수 없는 기쁨이다.

최근에 먹었던 맛있는 디저트며 외국인 점원과의 훈훈한 사연까지, 오랜만에 듣는 딸아이의 소소한 이야기가 즐거워서 순식간에 시간이 흘러갔다.

어느새 툇마루 맞은편이 어스름해졌다. 슬슬 저녁 준비를 해야 한다.

"오늘 저녁은 스키야키[10]야. 모처럼 노조미가 온다고 해서 큰맘 먹고 아주 좋은 고기를 샀거든. 아빠한테도 말해놓았으니 오늘은 서둘러 들어오실 거야."

---

10 고기와 야채, 버섯 등을 냄비에 넣어 끓인 전골 요리

"응, 나도 도울게요."

노조미와 둘이서 부엌으로 들어갔다.

대량의 싱싱한 파를 자르는 노조미 옆에서, 나는 힘껏 수도꼭지를 틀어 신선한 쑥갓을 씻었다. 우리는 아무 말 하지 않고도 척척 호흡을 맞춰 솜씨 좋게 음식을 준비해나갔다.

식탁 위에 젓가락과 앞접시를 올려놓고 휴대용 버너 옆에 재료를 가지런히 놓았다. 이제 남편이 돌아오기를 기다리기만 하면 된다.

남편을 기다리는 동안에도 노조미는 혼자 여행 갈 계획을 조잘조잘 얘기해주었다. 3년 후까지의 계획을 짜놓았다고 한다. 얼마나 자유로운가. 직장에서의 인간관계에는 고충도 있는 모양이었지만 사생활은 만족스러운 듯했다.

바로 얼마 전까지 해도 노조미를 하루라도 빨리 결혼시키지 않으면 앞날이 걱정이라는 생각에 초조하기가 이루 말할 수 없었다. 하지만 최근 들어 생각이 조금씩 바뀌고 있다. 요즘 시대는 혼자서 삶을 즐기는 인생도 괜찮겠다는 생각이 들었다.

일자리만 있으면 결혼 같은 거 하지 않아도 별다른 지장은 없을 것이다. 그렇게 치면 나이 따위도 아무래도 상관이 없다. 한 살이라도 젊을 때 결혼시켜야 한다고 안달

이 났던 건 출산 연령의 한계 때문이라기보다, 여자는 젊어야 사랑받는다는 남성의 시각을 의식해서였다. 그런 사고를 배제하면 서른세 살은 아직 너무도 젊다. 인생은 지금부터라고 해도 좋을 정도다. 새로운 직업이나 취미에도 얼마든지 도전할 수 있다. 하지만 결혼하고 나면 자유를 빼앗기고 만다.

만약 내 인생을 다시 시작할 수 있다면…… 하고 허공을 노려보았다.

─아이는 원하지만 남편은 필요 없다.

이게 솔직한 심정이었다. 가능하다면 아이는 말이나 기린처럼 태어나자마자 자립해주면 좋겠지만, 그건 시대가 아무리 진화해도 역시 불가능하겠지.

"아빠, 늦으시네."

노조미의 목소리가 비눗방울이 터지듯 내 공상을 한순간에 깨뜨렸다.

"그러게. 모처럼 노조미가 왔는데. 배고프지?"

벽시계를 보니 벌써 8시가 넘어 있었다.

"노조미, 따뜻한 우유라도 한잔 마시고 공복을 좀 달랠까?"

그렇게 말했을 때 휴대폰에 문자 착신음이 울렸다.

「지금 술집. 저녁밥 필요 없음.」

멍하니 휴대폰을 바라봤다.

"엄마, 누구야?"

노조미가 몸을 기대오면서 휴대폰을 들여다보았다.

"이게 뭐야? 진짜야? 기가 막혀서 말이 안 나오네. 빨리 연락해주면 좀 좋아?"

이럴 줄 알았으면 노조미랑 패밀리 레스토랑에 갈 걸 그랬다.

심장 안쪽에서 쿵 소리가 나면서 증오심이 또 한층 쌓였다.

40대 후반 무렵부터였을까. 그때까지는 어쩔 수 없다고 포기하고 있던 여러 가지 일을 더는 참을 수 없게 되었다. 한번 화가 나면 아무리 시간이 지나도 가라앉지를 않았다. 점점 원망이 더해갔고 웃을 수 없게 되었으며 마음속 깊은 곳에 있는 증오의 층은 갈수록 두터워지기만 했다.

'마귀할멈'이나 '욕쟁이 할머니'라는 말은 있지만 '마귀 할아범'이나 '욕쟁이 할아버지'라는 말은 들어본 적 없다. 왜 그런지 요즘은 알 것만 같다. 시달림을 당하는 쪽만 마귀가 되어 가는 것이다. 같은 인간인데 하녀처럼 우습게 취급받는 나날 속에서 올곧은 마음을 유지하기란 불가능하다.

나는 지금 틀림없이 마귀할멈을 향해 일직선으로 달려

가는 중이다. 결혼하고 나서 30여 년 동안 매일, 셀 수 없이 많은 울분과 굴욕을 느끼다 보니 남편에 대한 원한이 자꾸만 증폭되고 있었다. 스스로도 내가 어떻게 된 게 아닐까 하고 당혹스러울 정도로 분노의 마그마가 끓어올랐다.

"그렇긴 하지만 노조미, 아빠도 힘드실 거야. 회사에서의 위치도 있으니까."

애써 마음에도 없는 말을 했다. 자식 앞에서 아빠 흉을 보는 건 교육상 좋지 않다고 생각해서다. 그래서 딸들 앞에서도 거짓말을 해왔다.

"상사가 앞에 있으면 연락할 수 없을 때도 있을 거고" 하며 다시 거짓말을 보탰다.

분명 남편은 노조미가 와 있다는 사실이나, 오늘 저녁 메뉴가 스키야키라는 게 문득 떠올랐기에 문자를 보낸 거겠지. 평소에는 그런 연락조차 하지 않으니까.

"아무리 바빠도 연락 정도는 미리 할 수 있는 거 아냐? 이 문자 치는 데 몇 초나 걸린다고. 분명 화장실에는 갈 텐데."

"그야 그럴지도 모르지만……."

"게다가 이미 술집에서 마시고 있는 거라며? 최소한 회사에서 나오는 시점에서 연락하는 게 정상이지."

"맞아. 그건 그래" 하고 목소리가 작아졌다.

"술 마시기 시작한 지 한 시간도 더 지났을 거야. 배려가 없어. 엄마를 버러지 정도로밖에 여기지 않는 거라고."

"뭐?"

그런 것쯤은 일부러 말해주지 않아도 너무도 잘 알고 있었다.

하지만…… 버러지라니.

이렇게 확실한 말로 들으니, 게다가 내 딸아이의 목소리로 들으니 마음속에 있던 무거운 돌이 더욱 커진 듯, 가뜩이나 답답했던 위 언저리까지 뻐근한 느낌이 들었다.

"그러니까 난 결혼 안 해."

이걸로 몇 번째인가. 결혼하지 않겠다는 선언은.

"하지만 요즘 젊은 남자들은 다르지 않니?"

"예를 들면 누구?"

무심코 입을 다물고 말았다. 누구 한 사람도 떠오르질 않는다. 친척 조카들이나 사위 요스케도 나이는 젊지만 사고관이 고루하다.

"엄마, 오히려 잘됐잖아."

노조미가 난데없이 밝은 목소리로 말했다. 얼굴을 보니 무리해서 웃음을 짓고 있다.

"우리 둘이서 소고기를 실컷 먹을 수 있으니. 이런 최상급은 오랜만이야."

나는 어느새 나이 들고, 딸에게 위로를 받는 연령이 된 모양이다.

"그건 그러네. 아빠가 없는 게 더 좋아."

딸 앞인데, 나도 모르게 본심이 나오고 말았다.

솔직히 남편과 같은 냄비를 놓고 음식을 먹는 게 너무도 싫었다. 언제부터인지 남편이 자기 젓가락으로 음식을 덜어가는 걸 견딜 수가 없다. 음식 분배용 젓가락이나 국자로 덜어가라고 몇 번이나 부탁했는데도 귀찮다며 사용하지 않았다.

"그럼, 시작해볼까?"

둘이서 식탁으로 자리를 옮겨 불을 켠 냄비의 옆쪽 면을 소고기 기름으로 문지르자 하얀 연기가 피어올랐다. 노조미도 맞은편 의자에 앉아 달걀을 깨뜨려 그릇에 담았다.

"여기에 가나도 있으면 참 좋을 텐데" 하고 노조미가 조용히 말했다.

딸들이 아직 집에서 함께 살던 무렵, 여자 셋이서 식탁에 둘러앉았던 시간이 가장 평온하고 즐거운 한때였다. 하지만 이제 가나에게는 남편과 아이가 있다. 그 시절은 두 번 다시 돌아오지 않는다.

최고급 소고기를 냄비에 쏘옥 집어넣자 슈우, 하는 소리가 났다.

"다들 뭐가 좋아서 결혼하는 걸까" 하고 누군가에게 묻는 것도 아니면서 노조미가 읊조렸다.

"스스로 자처해서 노예가 되다니 정말 어리석어. 게다가 결혼하는 순간, 자신이 선택한 것도 아닌데 원치 않는 혈연관계가 갑자기 늘어나고, 애초에 성이 바뀌는 것도 참을 수가 없단 말이지."

"그렇지만 아이는 낳는 게 좋지 않아?"

"엄마, 그렇게 쉽게 말하지 마요. 아이를 낳는 건 목숨을 건 일이야. 지금도 출산하다가 죽는 사람이 적지 않으니까. 자신의 목숨을 걸면서까지 아이를 원하다니, 나는 그러고 싶지 않아."

"그렇긴 하지만, 나이 들어서 후회했을 땐 늦는다니까. 무슨 말인지 알아?"

"후회하는 건 엄마잖아."

"응?"

"엄마도 가나도 전혀 행복해 보이지 않아. 두 사람 다 후회하는 게 분명해" 하고 노조미가 단정지었다.

"엄만 후회 같은 거 안 해. 우리 시대에는 특별한 기술이라도 있지 않는 한 독신으로 살기에는 경제적으로 어려웠는걸. 더구나 결혼하지 않았다면 노조미도 가나도 태어나지 않았을 거고."

"거봐, 아빠 얘기는 한마디도 안 나오잖아. 가나와 내가 태어난 거랑 돈 얘기뿐이지."

"맞아. 그걸로 좋아. 그게 무엇보다 중요한 거야" 하고 정색을 했다.

"아빠 같은 남자랑 어떻게 그리 오래 같이 살고 있는지 모르겠어. 나 같으면 절대 못 해."

"이를테면 어떤 점이?"

딸들이 아빠를 친근하게 느끼지 못한다는 건 알고 있었지만 실제로 어떻게 생각하고 있는지 직접 물어본 적은 없었다.

"옛날에는 그나마 좀 나았는데, 나이 들면서 이상하게 거들먹거리셔. 대체 왜 저러지 싶을 정도로."

"……그렇긴 해."

"나를 턱짓으로 오라 가라 부려먹는 사람하고 같이 사는 건 상상만 해도 못 견딜 만큼 굴욕적인 일이야."

"하지만 너희들 세대의 남자들은 달라지지 않았니? 그 종묘개발 회사에 다니는 사람하고는 어떻게 됐어?"

"그 사람하고는 진작에 헤어졌지."

"말이 잘 통한다고 하지 않았어? 노조미처럼 정치에 관심이 많아서 같이 데모에 참여하고 그랬잖아."

함께 산 지 일 년쯤 되었을 때, 슬슬 결혼하지 않으려나

하고 내심 기대한 적이 있었다. 상대는 일류 대학 출신이고 직장은 평범하지만 숨겨진 우량 기업이어서 급여도 많다고 들었다.

"그 사람, 지금도 난민 구제니 차별 철폐니 외치고 있어. 그런데 집에 돌아오면 아무것도 하지 않는 남자였어. 진짜 어이없어. 나를 밥 해주는 여자로 여기더라고. '난민을 차별하지 말라'라고 쓴 플래카드를 들고 외치는 주제에 나를 차별한 거지. 남자는 누구나 집에 하녀를 한 명씩 두고 있는 거야. 그러면서도 차별 반대니 어쩌니 외치는 게 웃긴 거지."

생각할 때마다 화가 치미는지, 노조미는 가증스럽다는 듯한 표정으로 구운 두부를 젓가락으로 찔러댔다.

"왜 그런 사람하고 같이 살았는지 지금 생각하면 토가 나올 것 같아. 집회니 뭐니 하면서 집으로 사람들을 우르르 데리고 들어온다니까. 그래서 당연히 나도 그 무리에 끼어 함께 토론하려니 했더니, 글쎄 나한테는 커피를 끓이라느니 샌드위치 정도는 준비하지 않았느냐면서 엄청나게 거들먹대더라고. 두들겨 패주고 싶더라니까."

노조미는 싹 달라진 그의 태도에 놀랐지만 뭔가 깊은 이유라도 있는 게 아닐까 싶어서 그날은 그가 말한 대로 마실 것과 가벼운 식사를 다 만들어주었다고 한다.

"근데 나중에서야 알았어. 친구들 앞에서 '이 여자는 내 말이면 껌뻑 죽는다'는 걸 보여주면서 으스대고 싶었던 거야."

아직도 화를 달래지 못하는 표정이다.

"얼마나 고루하냐고! 수십 년 전 소설에나 나올 법한 사람이 아직도 있다고는 상상도 못 했다니까."

"네 마음은 잘 알겠다만, 그래도 역시 우리는 다른 선진국에서는 찾아볼 수 없는 고루한 사고방식을 지닌 나라에 살고 있으니까. 현실을 받아들이고 타협하지 않으면 편히 살아가기가 힘들어."

"엄마, 가나가 어떻게 사는지 좀 봐. 일과 육아, 가사를 양립하느라 너무 힘들어 보여. 설이나 추석 때 집에 오면 아이를 엄마한테 맡기고 내내 잠만 자잖아. 얼마나 피곤이 쌓였으면 그러겠어."

"그러니까 무리하지 말고 가나도 전업주부가 되면 좋을 텐데."

내 입에서 잘못된 말이 나오고 있음을 모르는 것은 아니었다. 절대로 여자는 일을 그만두면 안 된다. 다름 아닌 나 자신이 그 증거다. 파트타임 일자리로는 수입이 적어서 이혼도 못 하지 않는가.

하지만 그렇게 생각하는 한편으로, 가나의 건강이 걱정

되는 것도 사실이었다. 피로가 누적되면 큰일인데. 스트레스와 피로는 신체뿐만 아니라 정신까지도 갉아먹는다.

가나는 아직 서른 살이다. 하지만 이미 갱년기에 생긴다는 부원병[11]을 향해 가고 있다. 남편에 대한 스트레스와 원한이 축적되기 시작한 게 틀림없다.

"가나한테 전업주부가 되라고? 엄마, 그거 진심으로 하는 말이야? 그런 시대는 이미 끝났어. 여자가 일을 포기하면 위태로운 인생이 기다린다고. 여자가 돈벌이를 못하면 처음에는 좋을지 몰라도 얼마 못 가 비참한 상황으로 내몰린다니까."

그런 건 노조미가 말하지 않아도 잘 알고 있다. 실제로 몇십 년이나 비참한 심정으로 살고 있으니.

"그나저나 노조미는 아는 것도 많네. 독신이면서도 뭐든지 다 아는 것 같은 표정이야."

"여행지에서 만난 아주머니들이 하나같이 남편 흉만 보니까."

"혹시나……."

아까부터 신경 쓰이던 것을 물어보았다.

"가나가 이혼하고 싶다고 너한테 털어놓기라도 한 거야?"

---

11 夫源病. 퇴직한 남편이 근원이 되어 아내에게 생기는 병으로, '은퇴 남편 증후군 Retired Husband Syndrome' 또는 '남편 재택 스트레스 증후군'이라고도 한다.

"그건 아니지만, 그래도 보면 알잖아. 이미 남편한테 정이 떨어졌다는 거."

부정할 수 없었다. 그건 가나네 식구가 집에 올 때마다 느끼고 있었다. 가나가 아이를 돌보느라 쩔쩔매고 있어도 가나의 남편은 끝까지 모르는 척 등을 돌리고 손님이나 다름없이 술을 마시며 텔레비전을 보고 있다. 나는 온 식구가 먹을 식사 준비와 청소, 빨래에 쫓기느라 손자를 봐줄 짬도 나지 않는다. 모처럼 딸이 친정에 와도 느긋하게 이야기를 나눌 수 없어 서글프기 짝이 없다.

"그렇게 우수한 인재였던 가나가 손 하나 까딱하지 않는 남편을 시중드느라 정신없는 거, 나는 차마 못 보겠어. 나까지 굴욕적인 기분이 들어. 엄마는 결혼해서 행복했어?"

바로 대답하지 못했다. 딸 앞에서 남편 험담을 하는 건 좋지 않은 일이다. 그렇다고는 하나 노조미는 뭐든지 꿰뚫어보고 있는 것 같다. 그리고 벌써 서른세 살이나 된 성인이다.

"노조미, 실은 말이야……."

"뭔데?" 하고 노조미가 내게로 얼굴을 돌렸다.

남편과 이혼하고 싶다는 말은 차마 딸에게 해선 안 된다고 생각하고 있다. 이혼한 뒤에 알리는 게 좋지 않을까?

그리고 이유는 성격 차이라고 애매하게 얼버무리는 게 좋을 것이다.

하지만 노조미는 이제 단지 딸일 뿐만 아니라 누구보다도 내 마음을 잘 알아주는 유일한 친구가 되어가고 있다.

냄비에 가느다란 실곤약과 구운 두부를 넣고 나서 수북이 쌓아두었던 파와 배추를 집어넣었다. 거기다 표고버섯까지 넣자 넘칠 듯이 냄비가 가득 차서 유리 뚜껑으로 덮어 눌러야 했다.

문득 이 채소들이 아내라는 존재와 비슷하다는 생각이 들었다. 냄비에서 넘칠 것 같은 싱싱한 채소를 억지로 꾹 눌러서 비좁은 공간에 가두고, 수분이 빠져 숨이 죽어 작아지기를 기다린다…… 그건 바로 여자의 인생 그 자체가 아닌가. 그렇게 생각하자 마음이 얼어붙는 것만 같았다.

"엄마 혹시, 아빠랑 이혼하고 싶은 거야?"

너무도 놀라서 엉겁결에 노조미의 얼굴을 뚫어져라 쳐다보았다. 그러자 노조미는 엇, 하고 표정이 굳어졌다.

"지금, 농담으로 말한 건데. 뭐야, 진짜? 엄마, 정말로 이혼하려고?"

"응…… 요즘 그런 생각을 하긴 해."

"뭐야, 이제 와서!" 하고 노조미는 화난 듯이 말했다.

예상하던 반응이었다.

―그 나이에 도대체 무슨 생각을 하는 거야? 인생을 다시 시작할 나이가 아니잖아요.

듣지 않아도 노조미가 무슨 말을 하고 싶어 하는지 잘 알고 있다.

"나도 잘 알아. 무모하다는 건" 하고 나도 모르는 사이에 딸에게 힘없이 쓴웃음을 보였다.

"응? 무모하긴 뭐가 무모해? 너무 늦었잖아. 지금이라도 빨리 이혼해."

"뭐?"

귀를 의심했다. 빨리 이혼하라고?

"작년이었나, 우리 부장님네 부모님도 이혼했는걸. 일흔여섯, 일흔넷이셨다는데."

"아, 진짜? 그 나이에도 이혼하는 사람이 세상에 있다고?"

"나도 처음 들었을 때는 놀랐어. 근데 뭔가 멋있다는 생각이 들더라고."

시대의 흐름은 좋은 방향으로 향해 가고 있는 걸까, 아니면 나쁜 방향인 걸까. 몇 살이 되어서든 자유를 추구해도 좋다는 풍조라면 대환영이지만.

"엄마, 이혼에 나이가 무슨 상관이야!"

노조미는 결혼도 안 해봤으면서 아무렇지도 않게 말을

이어갔다.

"그렇잖아, 엄마. 병이나 사고로 일찍 죽는 사람도 있는가 하면, 반대로 백 살까지 사는 사람도 이젠 흔히 볼 수 있는데."

"그렇지, 정말 그건 그래. 그래도 돈이……."

"의외로 어떻게든 되지 않겠어? 저금해놓은 돈도 조금은 있을 거 아냐?"

"있기는 좀 있지만, 노후까지 편안히 살기에는 어림도 없는 금액인걸. 게다가 이혼하면 온 동네에 소문이 쫙 퍼질 텐데 어떻게 살아."

"동네 소문 같은 건 무시해. 시간이 남아돌아 남 뒷말이나 하고 다니는 인간들을 진지하게 상대해서 뭐하려고?"

"넌 고등학교를 졸업하자마자 바로 도쿄에 있는 대학으로 갔으니까 시골에서 사는 답답함을 모를 거야."

"그건…… 그럴지도" 하고 노조미는 순순히 인정했다.

"이 동네에서 산 게 고등학교 3학년 때까지였으니까. 어른으로 여기 정착해 산 경험은 없지."

"게다가 소문이 퍼지면 너희들까지도 이런저런 마음고생을 하게 될 테고."

"나는 도쿄에 있고 가나는 나고야에 사는데 뭘. 우리 세대에 남의 부모 이혼에 관심 두는 애들은 없어."

"그래? 그런 건가? 요즘 젊은 애들은 다른가 보네."

"만약 엄마가 소문의 표적이 되는 게 도저히 싫으면 큰 맘 먹고 도쿄로 오는 건 어때?"

"응? 정말? 네 아파트에 살게 해주는 거야?"

그렇다면 도쿄든 뉴욕이든 두려울 게 없다. 갑자기 미래가 활짝 열린 기분이 들었다.

"설마! 엄마, 농담은 하지 말고. 나 사는 덴 원룸이야. 둘이서 살면 숨 막혀. 엄마도 제대로 방 구해서 자립해야지."

"그…… 그렇겠지."

노조미가 사는 원룸이라는 방은 여섯 평 정도밖에 되지 않는데도 월세가 6만 엔이나 한다고 들었다. 나는 도저히 낼 수 없을 것 같다. 설령 낼 수 있다고 해도 대도시에서 혼자 살 용기가 없다.

역시 무리다. 시골에서 파트타임으로 일하는 주부가 이혼하는 건 도저히 불가능한 일이다.

그때 노조미가 후훗 하고 슬픈 눈으로 웃었다.

"지금 엄마가 어떤 마음인지 나도 알아. 젊을 때와 달리 나이 들면 용기가 안 날 거야."

"무슨 소리야. 아직 젊은 네가 엄마 마음을 어떻게 알겠니?"

"안다니까. 내가 대학생 때 배낭 짊어지고 혼자 인도 여행 갔던 거 기억나?"

"물론 기억나지. 어찌나 걱정이 되던지 말도 못 했다. 그렇게 반대했는데도 기어코 떠났잖니."

"그런데 말야, 지금 혼자서 인도 일주를 하라고 하면 지금의 나는 절대 못 가. 상상만 해도 무섭거든."

"왜? 대학 때는 그렇게 과감히 도전했으면서?"

반사적으로 이렇게 되물었지만 동시에 그럴 수도 있겠다는 생각이 들었다. 아마도 나이가 든 만큼 여러 가지 경험을 했기 때문이겠지. 젊을 때의 몇 배나 더 위험을 상상할 수 있게 되고 무슨 일이든 신중해진다. 그게 꼭 나쁜 일은 아니겠지만.

"최근에는 겨우 1박 2일짜리 출장도 20대 때와는 달리 짐이 늘어났어. 의외로 추울지도, 아니 더울지도 하면서 고민하고 또 고민하다가 카디건이랑 스타킹을 캐리어에 잔뜩 집어넣는다니까. 예전에는 현재 입은 옷 외에는 아무것도 없어도 어디든 갔었는데. 나이 먹을수록 용의주도하게 준비하게 되더라고. 뭐, 좋은 점도 있지만."

용의주도라…….

이혼을 무모하지 않은 인생의 선택으로 하려면 대체 무엇을 어떻게 준비해야 좋을까. 나는 무얼 준비할 수 있을까.

"어쨌거나 결혼은 골치 아픈 거야. 연애할 때는 어느 한

쪽이 싫어지거나 달리 좋아하는 사람이 생기면 차고 차이면서 쉽게 헤어질 수 있잖아? 그런데 혼인신고를 하면 성가시게 돼. 그게 싫어서 프랑스 같은 나라는 사실혼이 많다더라고."

노조미의 말에 의하면 프랑스에서는 이혼할 때 쌍방이 합의하더라도 재판소를 거쳐야 하는 모양이다. 일본처럼 절차가 간단해서 종이 한 장에 서명하면 끝인 나라는 세계에서도 드물다고 했다.

"아무래도 동거가 편하지. 애정이 식으면 그걸로 끝이니까. 이사 비용이 들긴 하겠지만, 성을 바꿔야 하는 번거로움도 없고. 집이니 저축 같은 공유 재산도 없으니 정말 간단하네."

"결혼 안 한 내가 말하긴 좀 그렇지만, 애정이 식는 순간 그걸로 끝이라면 이 세상 부부들 대부분이 끝나는 거 아냐?"

"글쎄, 그럴지도 모르지."

젊은 시절의 연애를 생각해보면 한 사람을 계속 좋아하기는 어렵다. 그게 가능한 건 짝사랑으로 멀리서 바라보는 경우뿐이었다. 나는 특별히 쉽게 뜨거워지거나 쉽게 식는 편은 아니다. 그래도 금세 상대의 결점이 보여 3개월 만에 헤어진 적도 있다. 그런데 결혼하면 그리 쉽게는 헤어지지 못한다.

상대를 잘못 봤다는 생각은 남녀 모두의 가슴속에 자리하고 있을 것이다. 세상은 따라갈 수 없을 정도로 빠르게 변하고 사람들의 생활도 변화해가는 가운데 사람의 마음이 달라지는 건 당연하다. 모두 어릴 때부터 부모 사이의 불화나 체념을 보고 자랐으면서 젊은 시절에는 어리석게도 영원한 사랑 같은 걸 맹세하고 결혼을 결심한다. 자신은 예외라고 믿으면서.

꼭 결혼이 아니어도 이 같은 일은 무척이나 많다. 나만은 결코 암에 걸리지 않을 것이다, 적어도 나는 큰 재해가 일어나도 무사히 도망칠 수 있다……라고 생각하지 않는가. 인간이란 얼마나 어리석은 존재인가.

"하지만 부부 간의 애정은 연애 때와는 깊이가 달라."

굳이 이런 말을 하는 건 마음속 어딘가에 그래도 노조미가 평생 독신으로 늙지 않고 좋은 사람과 결혼했으면 하는 마음이 있기 때문이다. 공무원이니 조금은 안심이 되기는 하지만, 그래도 여자 혼자 살아간다는 것에 대한 불안감을 떨칠 수가 없다. 그 정도로 이 나라가 아직도 남존여비 관념이 강하고 서구에 비해 사고가 너무도 뒤처져 있기 때문이다.

"그럼 하나 물어볼게요. 엄마가 아는 사람들 중에, 진심으로 서로 사랑하는 부부가 있어?"

"뭐?"

"누가 있는지 이름을 말해봐."

그런 부부는…… 한 쌍도 떠오르지 않는다.

그런 건 TV 드라마나 외국 영화에서밖에 본 적이 없다.

그날 밤, 꿈속에서 현관 벨이 울렸다.

몇 번이고 몇 번이고 끈질길 정도로…….

다음 순간, 침대에서 벌떡 일어났다.

아아, 또야. 꿈이 아니다. 남편이 곤드레만드레 취해 돌아와서는 가방에서 열쇠도 제대로 꺼내질 못하는지 벨을 사정없이 눌러대는 소리다. 최근에 이런 일이 부쩍 늘었다.

잠옷 위에 겉옷을 대충 걸쳐 입는 동안에도 현관문을 쾅쾅 두드리는 소리가 들려왔다.

아, 진짜! 옆집까지 다 들릴 텐데.

황급히 방에서 나가자 노조미가 쓰고 있는 건넌방에도 불이 켜지는 것이 보였다.

계단을 뛰어 내려가 짧은 통로를 잰걸음으로 지난 뒤 현관으로 나가 문을 열었더니 남편이 호통을 쳤다.

"왜 이렇게 늦게 나와? 내가 감기라도 걸리면 어쩔 거냐고!"

—미안해요.

　남편은 당연히 내가 그렇게 사과할 거라고 생각하는 모양이었다.

　하지만 나는 아무 말도 하지 않았다. 노조미가 2층에서 듣고 있을지도 모른다고 생각하자 절대로 여기서 사과할 수는 없었다. 노조미에게 더 이상 여자라는 입장에 절망감을 안겨주는 건 죄악이라는 생각이 들었다.

　평소에 나는 지독한 체취에 더해 술과 음식 냄새까지 섞여 있다. 나도 모르게 숨을 참고 뒷걸음질을 쳤다. 누렇고 탁한 흰자위에 빨갛게 핏줄이 서 있다. 양복도 마구 구겨져 있어 구질구질하다.

　가까운 사이라도 예의가 있어야 하는데, 그렇게까지는 바라지도 않는다. 다만 최소한의 매너는 있어야 하지 않을까. 오랜 세월을 함께 살아온 부부 사이에는 조심성도 매너도 없어지는 게 당연한 걸까. 인간이란 원래 노년을 맞이할 무렵이 되면 그때까지 꾸미고 가장해온 것들이 조금씩 벗겨지고 본래의 품성이 드러나는 걸까. 나이가 들면 철없는 아이가 된다고 하던데, 바로 이런 걸 두고 하는 말은 아닐까.

　"뭘 그렇게 쳐다봐?"

　남편은 한마디를 툭 내뱉더니 날 밀쳐내듯 하면서 구두를 벗었다. 그때 내 팔에 남편의 팔이 닿았다.

순간적으로 닭살이 좌악 돋았다. 아주 잠깐인데도 살이 닿는 걸 참을 수가 없었다.

나, 이 사람하고는 도저히 안 되겠어.

그런 생각이 들자 앞으로의 생활을 견뎌낼 자신이 없어지고 불안하기가 이루 말할 수 없었다.

—이혼하고 싶어. 하지만 돈이 없어…….

늘 외우던 주문을 읊조리며 2층으로 올라갔다.

다음 날 아침, 식탁 위에 놓아두었던 곶감이 사라졌다.

옆집 부인이 노조미가 집에 와 있는 걸 알고 얼굴을 보러 오면서 갖고 온 것이었다. 사실 나는 매년 이 곶감을 몹시 기다리고 있다. 옆집 큰아들 료이치는 가나랑 같은 나이로, 초등학교에 입학했을 때 네 살 위인 노조미가 가나와 료이치를 돌봐주던 시기가 있었다. 등교할 때도 매일 옆집으로 데리러 가곤 했다. 그래서인지 지금도 노조미가 집에 돌아오면 옆집 부인이 꼭 곶감과 함께 인사를 건네온다. 손바닥만큼 커다란 감인데 곰팡이도 피지 않고 아주 잘 영글어서 달기만 한 게 아니라 감의 깊은 맛까지 배어 나왔다.

"여보, 여기 있던 곶감 못 봤어?"

"어젯밤에 배고파서 먹었어."

"아, 그랬어? 그럼 나머지 두 개는?"

그렇게 묻자 남편의 얼굴이 불쾌하다는 듯이 일그러졌다. 불길한 예감이 들었다.

"설마, 세 개를 다 먹은 거야?"

"쯧, 또 저런다. 그 호들갑스러운 말투! 겨우 곶감 가지고 남편을 몰아세우고. 뭐가 그렇게 신나는 건데? 세 개쯤이야 한 입 거리지. 바보 아냐?"

기척이 나 돌아보니 어느새 노조미가 등 뒤에 서 있었다.

노조미는 크게 한숨을 쉬었다.

결혼을 선택한 여자는 참 어리석어. 그렇게 말하는 듯이 보였다.

이웃이 나눠준 곶감 정도로 눈을 치뜨고 따지는 행동을 무척 어리석다고 여기는 사람도 있을지 모른다. 하지만 결혼한 여자라면 누구나 알 것이다. 그런 사소한 일이 결혼 생활 전부를 고스란히 상징한다는 걸.

아내는 항상 남편과 아이를 먼저 생각하지만, 남편은 자신밖에 생각하지 않는다. 그렇지 않고서는 곶감을 세 개나 다 먹어치울 수는 없다. 더구나 그 곶감을 아내가 해마다 얼마나 고대하고 있는지를 헤아려본 적도 없다.

"그보다, 양배추는 어떻게 했어?"

노조미의 등장에 형세가 불리하다고 느꼈는지 남편이

화제를 돌렸다.

"양배추라니 무슨 얘기야?"

"다쓰히코가 준 커다란 양배추."

다쓰히코는 남편의 사촌으로 겸업농가다.

"그 양배추는 진작에 다 먹었지."

"그렇게 큰 걸 벌써 다 먹었다고?"

"받은 지 벌써 이주일이 지났는걸. 돈가스에 곁들이기도 하고 볶음 요리에도 썼으니까."

"그렇군. 그럼 다행이지만."

버렸다고 말하길 기대한 모양인데 예상한 대답이 나오지 않으니 어쩐지 불만스러워 보인다. 버렸다고 하면 왜 그 아까운 걸 버렸냐고 또 한바탕 설교를 늘어놓을 작정이었겠지. 이제 그런 수법에는 안 넘어간다. 결혼한 지 삼십여 년이나 지나면 남편이 뭘 생각하고 있는지 정도는 다 안다.

하지만 사실은 버렸다.

그렇게 크고 새하얀 양배추는 신선하지도 않고 보기에도 맛없어 보인다. 사분의 일은 어찌어찌 먹었지만 나머지를 그대로 내버려 뒀더니 잎끝이 점차 갈색으로 변해갔다. 그게 아까워서 수프로 만들거나 볶음 요리에도 넣는 등 다양하게 궁리해 식탁에 올렸을 때 "또 양배추야?" 하고 불평을 터뜨린 사람은 오히려 남편이었다.

아아, 오늘도 또 거짓말을 했다.

거짓투성이다, 내 인생은.

지즈루가 운전하는 경차를 타고 카페 무라타로 향했다.

조수석에서 문득 바라보니 감나무에 매달려 있는 농익은 감만이 마치 수묵화처럼 색이 없는 겨울에 색채를 더해주고 있었다. 지난주부터 추위가 꽤 느껴진다. 특히 오늘은 우중충한 구름이 잔뜩 끼어 있어 기분마저도 자꾸 가라앉는다.

"미사오 말인데, 이혼하고 나서 바로 외국으로 갔다네" 하고 지즈루가 말했다.

"그 얘긴 누구한테 들었어?"

"요전번에 슈퍼마켓에서 사요코를 만났는데 그때 그러더라고. 미사오가 상심을 달래려고 떠난 힐링 여행에서 비행기 창밖으로 구름 융단을 물끄러미 바라보았대. 근데 사요코는 정말 어디서 그런 얘길 듣는 건지 모르겠어. 자기가 직접 본 것처럼 말한다니까."

"외국이라니, 어디?" 하고 물었다. 사요코가 한 말이니 진짜인지 아닌지 미심스럽기 짝이 없지만 외국에 갔다는 말이 신경 쓰였다. 미사오는 이혼해도 경제적으로 여유가 있는 걸까.

"아, 혹시 한국이나 대만?" 하고 재차 물었다.

그 정도는 나도 갈 수 있다. 2만 9800엔짜리 총알투어 광고를 신문에서 본 적이 있다.

"이탈리아 아니면 캐나다라는데?"

"이탈리아랑 캐나다는 전혀 다르잖아. 혹시 미사오 부자야?"

"그렇진 않은 거 같은데. 아마 심기일전하려던 게 아닐까? 얼마 안 되는 저금을 탈탈 털어 과감히 쓰는 경우가 누구나 있으니까."

"그런가?"

미사오와는 그렇게나 친하게 지냈는데 내가 옹졸하게 고집부리는 바람에 지금은 사요코를 통해서 소문으로만 듣게 된 것이 못내 마음 아팠다.

그 당시는 미사오가 진학반에 들어갔다는 말을 듣자 멀리 있는 사람처럼 느껴졌고, 내가 상처받고 싶지 않아서 스스로 거리를 두었다.

―어차피 우리 집은 가난해. 대학 같은 건 꿈도 못 꿔.

미사오 앞에서 주눅 든 모습을 들키지 않고 아무렇지도 않은 척할 자신이 없었다. 솔직하게 마주하지를 못했다. 고교를 졸업한 후에는 한동안 미사오가 연하장을 보내왔지만, 내가 보내지 않아서였는지 얼마 안 가 그마저도 끊겼다.

지금 돌이켜보면 끊어선 안 될 소중한 인연이었다. 미사오만큼 마음이 잘 맞는 친구는 그 이후로 생기지 않았다. 미사오는 어땠을까? 대학에서는 친구가 많이 생겼으려나. 도시는 사람이 많으니까 마음 맞는 친구쯤이야 쉽게 찾을 수 있지 않을까?

이제 와 새삼스럽지만 미사오가 보고 싶었다. 이혼했다는 말을 듣고서야 드디어 그리워지다니. 나와 같은 수준으로 내려와 이젠 비슷하게 불행해졌다고, 그러니 이젠 안심하고 만나도 되겠다고, 설마 내가 그렇게 생각하기라도 하는 걸까?

벌써 30년도 더 된 일이지만 미사오가 본가로 와서 출산했을 때 상점가에서 우연히 마주친 적이 있다. 그때 선 채로 몇 마디 주고받은 게 마지막이었다. 보고 싶다고 한들 지금 어디 사는지 주소도 모르고, 미사오는 동창회에도 한 번 나온 적이 없다. 그러니…… 아마도 평생 다시는 만날 일도 없겠지. 그런 생각이 들자 마음이 몹시 괴로웠다.

카페 무라타는 미사오네 본가의 창고를 개조해서 지은 것으로 몇 달 전에 오픈했다. 역시 창고에는 크리스마스의 전구 장식이 어울리지 않는다고 생각했는지 평소와 다름없이 깔끔한 흰색 벽에 세련된 분위기 그대로였다. 도쿄에서 살던 미사오의 오빠가 정년퇴직하고 고향으로 돌아와 시작한 카페다. 건조 과일이 듬뿍 들어간 메밀 파운드케이크가 맛있다고 평판이 자자했다.

손님으로 카페에 가본다고 해도 미사오가 이혼한 경위라든지 요즘 어떻게 지내는지를 알 수 있을 것 같지는 않지만, 그래도 조금은 미사오와 가까워지는 기분이 들어서 지즈루와 함께 가기로 한 것이다.

오후에 찾아간 카페에는 손님이 한 명도 없었다. 가게의 평판을 두고 이러쿵저러쿵할 것도 없다. 인구가 두드러지게 줄어들고 있는 시골에서는 어쩔 수 없는 일일 테니.

주방 가까이에 있는 4인용 자리에 지즈루와 마주 앉았다.

"어서 오세요."

미사오의 어머니가 물을 가져다주었다.

"뭘 드실지 정해지면 불러주세요."

메뉴판을 놓아두고 안쪽으로 들어가려고 돌아서는데 지즈루가 황급히 말을 걸었다.

"아주머니!"

어머니는 놀란 듯이 돌아보더니 눈을 동그랗게 뜨고 지즈루와 나를 번갈아 바라보았다.

"어머, 지즈루였구나. 아, 넌 스미코 아니니? 오랜만이네. 이게 얼마 만이야."

"미사오는 가끔 와요?" 하고 지즈루가 물었다.

"바쁜지 자주 못 와. 이미 아는지 모르겠다만, 그 애 이혼했단다."

어머니가 후훗 하고 즐거운 듯이 웃기에 놀라서 쳐다보았다.

"미사오 잘 지내요? 괜한 참견일지도 모르지만 왠지 걱정이 돼서……."

큰맘 먹고 그렇게 말해보았다.

"그 애라면 즐겁게 잘 지내지."

어머니는 또다시 후훗 하고 웃었다.

"역시 사람은 싫은 데서는 빨리 도망치는 게 좋은 거 같아. 우리 애도 이혼하고 나서는 몰라보게 생기가 돌더라고."

어머니는 무슨 생각에선지 지즈루의 옆 의자를 끌어당겨 앉았다. 그리고 주방 쪽을 돌아보며 몸을 쭉 펴 목을 빼고는 "요시유키, 나 커피 좀 줄래?" 하고 큰 소리로 외쳤다.

"참, 깜빡했네. 너희는 뭘로 마실래?"

"저도 커피로 주세요."

"저도요."

고민하지 않고 재빨리 대답했다. 뭘 마시든 중요하지 않았다. 어머니에게 더 많은 얘길 듣고 싶었다.

"아, 저는 파운드케이크도요" 하고 지즈루가 덧붙였다.

"저도요" 하고 허둥대며 얼른 따라 말했다. 오래 앉아 있으려면 케이크 정도는 먹어야 시간을 벌 수 있다고 판단해서다.

그때 미사오의 오빠가 당황한 듯 잰걸음으로 주방에서 나왔다. 허리에 검은색 에이프런을 두르고 있는 모습은 여전히 호리하다. 우리보다 두 살 위로, 중학교 때는 농구부 주장이었기에 지즈루에게는 동아리 선배이기도 하다. 나도 중고등학생 때 미사오네 집에 자주 놀러가서 오빠랑도 잘 아는 사이다.

"어머니, 안 돼요. 손님을 방해하면 어떡해요?"

"아냐, 미사오 친구들이야. 고등학교 때 동창."

"그건 알지만 가게에서는 관계없죠. 아, 미안해요. 자자, 엄마는 어서 주방으로 들어가시고."

오빠가 어머니를 다그치자 우리는 적극적으로 말리기 시작했다.

"선배, 괜찮아요. 저희도 아주머니랑 오랜만에 이야기하고 싶으니까."

"정말이에요. 아주머니와 옛날이야기를 하고 싶어서 온 걸요."

지즈루도 나도 행여 이 좋은 기회를 놓칠까 싶어 필사적이었다.

"그래요? 그럼 다행이지만. 그래도 미안하군요."

후배이기는 하지만 손님이라고 의식해서인지 오빠는 정중하게 머리를 숙이더니 주방으로 들어갔다.

"요시유키, 파운드케이크 내 것도 부탁하마."

어머니가 안쪽에 대고 외치는 순간, 무심코 지즈루와 눈이 마주쳤다. 오랫동안 이야기를 들을 수 있을 것 같다는 안도의 눈빛이었다.

"미사오는 말이다, 전에는 검은색 옷만 입더니 요전번에는 산뜻한 블루 스웨터를 입고 왔더라고. 40대라고 해도 될 만큼 젊고 예쁘더구나."

"아, 그랬어요?"

"시대가 바뀌었어. 지금은 이혼이 조금도 창피한 일이 아니니까."

어머니는 딱 잘라 그렇게 말했다.

"아닌 게 아니라 요즘은 부부의 삼분의 일 이상이 이혼한다잖니."

"그런가 보더라고요."

"맛있게 드세요" 하는 인사와 함께 미사오 오빠가 커피와 케이크를 내왔다.

어머니는 커피에 설탕 두 봉지를 털어 넣은 뒤 밀크를 듬뿍 부었다.

"인생은 포지티브하게 살아야 돼."

'긍정적'이라고 말해도 되는데도 어머니는 굳이 '포지티브'라고 힘주어 말했다.

"네…… 맞는 말씀이에요" 하고 지즈루가 당황하면서도 얼른 맞장구쳤다.

우리 엄마는 아마도 포지티브라는 말을 모르겠지. 그런 생각을 하면서, 스푼으로 커피를 젓는 미사오 어머니의 검버섯 난 손등을 가만히 바라보았다.

"이혼이란 건 말이야, 그러니까…… 어라? 뭐였지. 아, 반환점! 그래, 반환점에서 내 지난날을 다시금 바라보고 인생의 궤도를 수정하기 위한 거지."

"아주머니, 아까부터 어려운 말만 쓰시네요. 그거 혹시 미사오가 한 말이에요?"

지즈루가 거침없이 묻자 어머니는 크게 입을 벌리고 웃음을 터트렸다.

"뭐야, 눈치챘어? 왜 들킨 거지? 너희들은 머리가 참 좋아. 내가 아는 할머니들은 전부 깊이 감탄한 것 같은 표정으로 듣더구면."

"네? 설마 지금 저희한테 하신 말들, 혹시 다른 사람들에게도 똑같이 말씀하신 거예요?"

걱정이 되어 물었다.

시골에서는 자식이나 손주가 도쿄대에 합격했다거나

대기업에 취직했다는 소문은 늦게 퍼진다. 늦을 뿐만 아니라 아예 소문이 돌지 않는 경우도 있다. 반면 나쁜 소문만은 전광석화처럼 퍼져나가곤 한다. 그러니까 지금 이 순간에도 미사오가 이혼했다는 소식은 순식간에 퍼지고 있을 것이다. 특히나 이런 시골에서는 이혼이 절대악이며 창피한 일로 여겨지고 있으니까.

"나는 미사오가 이혼했다는 걸 누구한테든 다 얘기하는 걸. 소문이 엉뚱하게 나기 전에 먼저 당당하게 밝히는 게 시골에서 살아가는 요령이야."

그렇구나. 그런 방법도 있구나 싶어 묘하게 감탄하고 말았다.

"미사오가 또 뭐라고 했어요?" 하고 지즈루가 물었다.

"어, 뭐라더라. 이번에야말로 무슨 패턴을 끊어낸다나 뭐라나……."

"패턴이요? 아주머니, 그 '무슨'이란 게 뭐예요?"

지즈루가 집요하게 파고들자 주방 안쪽에서 "네거티브 패턴이야" 하고 미사오의 오빠 목소리가 들려왔다. 세 사람이 이야기하는 소리가 안쪽까지 다 들리는 모양이었다.

"선배, 고마워요. 그렇군요, 네거티브 패턴. 그게 패턴이었구나……. 확실히 주기성이 있네요" 하고 지즈루는 확인하듯이 천천히 말을 이었다.

"몇 번이고 같은 곳을 빙글빙글 도니까 말이에요."

무슨 말을 하는 건지 나는 전혀 이해가 되지 않았지만 왠지 나 말고는 전부 이해하는 눈치여서 괜히 고개를 크게 끄덕이면서 "맞아, 빙글빙글 돌면서 반복되지" 하고 맞장구쳤다.

"미사오가 그러더구나. 남편이 기분 좋을 때는 어쩌면 좋은 사람일지도 모른다고 생각을 고쳐먹는다고. 하지만 바로 또 배신당한다고. 그러길 대체 몇 번이나 되풀이해야 정신을 차릴 셈인지, 그렇게 당하고도 되풀이하는 자신이 바보 아닌가 싶었다고 말이야."

"그래서 그 영원한 반복 패턴에서 빠져나오려고 이혼했다는 거구나……."

그제야 모든 말이 이해가 되었다.

"미사오는 지금 뭐해서 먹고살아요? 이제까지는 전업주부였지요?"

실례라고 생각하면서도 묻지 않을 수가 없었다. 미사오의 모습은 내일의 내 모습이다.

"그야 일하고 있지."

어떤 일? 급여는 얼마나? 정규직인지 아니면 파트타임인지?

궁금해 견딜 수 없었지만 그렇게까지 캐묻는 건 실례인

것 같아 잠자코 있었다.

"파트타임 일이지만 열심히 하는 것 같아."

흘끔 지즈루를 쳐다보자 서로 눈이 마주쳤다.

"그러면…… 아파트는, 받은 거예요?" 하고 지즈루가 침을 꿀꺽 삼키며 물었다.

"속상하게도 못 받았어. 사위를 참 좋은 사람이라고 생각했는데 그럴 때 본성이 나오더라고."

"재판도 했어요?" 하고 물어보았다.

"그런 건 안 했어. 둘이 얘기해서 합의한 것 같더군."

"미사오는 지금 어디서 살고 있어요?" 하고 지즈루가 물었다.

"도쿄 교외에서 아파트를 빌려 살고 있어."

"하지만 도쿄는 월세가 비싸지 않아요? 파트타임으로 일하면서 월세를 낼 수 있어요?"

지즈루는 눈치 보지 않기로 작정했는지 자꾸만 곤란한 질문을 던졌다. 하지만 어머니는 전혀 난처한 기색이 없었다.

"뭐라고 했더라. 룸 뭐라고 하던데, 두 사람이 같이……."

"혹시 룸쉐어 말인가요?"

"아, 맞다. 그래, 그거. 방 두 개에 거실하고 식당 겸한 부엌이 있는 아파트에서 대학 친구랑 둘이서 살아."

도쿄에서는 혼자 방을 빌리기 어려운 걸까. 혼자 살든 둘이 살든 이혼 후에는 생활하기가 **빡빡한** 게 틀림없는 모양이다.

"뭐, 정 힘들면 집으로 돌아오면 되는 거고" 하고 어머니가 말했다.

그리 쉽게 말하지만, 실제로는 오빠 부부가 귀향해 본가에서 함께 지내고 있으며 카페까지 열었다. 본가의 안살림은 올케언니가 꽉 쥐고 있으니 마냥 편하게 돌아올 순 없다.

"본인은 길에서 죽어도 상관없다고 했지만 말이야."

어머니는 그렇게 말하더니 밝게 웃었다.

미사오의 말을 농담으로 받아들이는 듯했지만 나는 웃을 수 없었다. 사람들은 쉽게 '길에서 죽어도 상관없어' 하고 말하지만, 구체적으로 어떤 상태를 가리킬까. 살 곳도 없고 먹을 것도 없는 신세. 거기다 죽는 것은 어디 말처럼 쉬운 일인가. 그런 상황을 상상하기만 해도 두려움이 덮쳐 온다.

문득 얼마 전에 꾼 무서운 꿈이 떠올랐다. 초등학교 운동장 구석에서 이불을 깔고 자고 있던 내 모습. 이불 주변에는 잡초가 무성했다.

하지만 미사오는 객사조차 두렵지 않을 정도로 남편과

헤어지고 싶었던 걸까. 나처럼 막연한 불만과는 다른, 폭력이라든지 좀 더 명확히 심각한 이유가 있었던 걸까.

"저어, 아주머니."

미리 준비해온 메모를 꺼냈다.

"제 전화번호와 메일 주소인데요, 혹시 기회가 있으면 미사오에게 전해주세요. 연락해주면 좋을 텐데."

"그래, 고맙다. 스미코와는 줄곧 친하게 지냈지. 그 애도 좋아할 거야. 이번에 택배로 채소 보낼 때 이 메모도 같이 넣을게."

"고맙습니다. 부탁드려요."

카페에서 나온 뒤, 지즈루의 차를 타고 대형 슈퍼마켓으로 가 넓은 주차장 구석에 주차했다. 노래방 외에는 이곳이 유일하게, 누구에게도 의심받지 않고 비밀 이야기를 할 수 있는 장소다.

"미사오 정말 대단하네. 어머니까지 세뇌시켰어. 어머니는 마치 이혼이 멋진 일인 것처럼 말씀하시잖아" 하고 지즈루가 말했다.

"응, 맞아. 의외로 딸을 자랑스러워하는 느낌이었어. 그치만 역시, 어머니 말씀대로 미사오가 멋진 걸지도. 적어도 배짱이 있잖아."

"그건 그래. 생활이 힘들어질 걸 알면서도 이혼을 선택했으니까 용기가 대단하지. 결과적으로 지금은 즐겁게 지내고 있다고 하면 아주머니도 안심이고" 하고 지즈루가 말했다.

"음, 하지만…… 실제론 어떨까?"

그렇게 말하면서 앞유리창 너머로 하늘 높이 날아가는 솔개를 눈으로 좇았다.

"어쩌면 어머니를 안심시켜 드리려고 즐겁게 지내는 척하는 걸 수도 있지."

연로한 어머니를 낙담시키지 않기 위해서라도 이혼한 지금이 몇 배나 더 행복하다고 말할 수밖에 없는 게 아닐까. 말만 하는 게 아니라 실제로 밝게 행동해서 증명해야 한다. 꼭 어머니만을 위해서는 아닐 것이다. 스스로를 납득시키기 위해서라도, 힘내기 위해서라도 즐거운 인생을 연기해야만 하는 것은 아닐까.

미사오를 직접 만나서 확인해보고 싶었다.

하지만…… 확인해서 뭐할 건데?

미사오가 후회하고 있다면 나는 이혼을 단념할 것인가? 반대로 미사오가 행복해 보인다면 나도 이혼을 감행할 용기를 얻기라도 한다는 건가?

뭐야 그게. 줏대 없이.

자신을 생각하면 10대 때가 더 나은 인간이었던 것 같다. 누가 뭐래도 지금보다 더 올곧고 주관 있는 사람이 아니었던가. 오랜 세월 동안 굴욕을 견디며 남편을 떠받들다 보니 어느새 길들여지고 노예근성이 뼛속까지 스며든 걸까. 항상 주인님의 눈치부터 살피고 어떤 일이든 스스로 결단을 내릴 용기를 잃어버린 것 같다.

"이제 빨리 장 봐서 돌아가야지" 하고 지즈루가 말했다.

"그러게, 시간이 벌써 이렇게 됐네."

결혼한 후로 항상 남편의 귀가 시간에 맞춰 행동해왔다. 휴일이면 아침부터 밤까지 남편의 변덕에 휘둘린다. 반면에 남편은 어떤가. 아내의 상황 같은 건 안중에도 없다.

남편은 감기에 걸려 열이 나면 중병이라도 걸린 듯이 호들갑을 떤다. 아내가 회사에 휴가를 내고 간병하는 걸 당연하게 여긴다. 하지만 내가 몸이 안 좋기라도 하면 바로 못마땅한 기색을 드러내기 일쑤였다.

친정아버지는 전쟁 전에 태어나서 '남존여비 사상의 표본'이라고 해도 좋을 정도로 사고가 고루했지만, 그래도 엄마가 감기 들어 열이 나면 엄마를 위해 죽을 쑤어주곤 했다. 그 기억을 떠올릴 때마다 남편이 못마땅해하는 까닭을 이해할 수 없었다.

하지만 지금은 그 이유를 너무도 잘 안다. 50대는 좋은 나이이면서도 한편으로는 서글픈 나이다. 지금까지 모르던 여러 가지 일들이 명확해진다. 누가 알려준 것도 아닌데, 어느 한순간에 우연히 머릿속에서 퍼뜩 답이 떠오른다.

한마디로 남편에게 아내는 언제나 쓸모 있는 하녀여야 한다. 병에 걸리면 부려먹기 번거롭기 때문이다. 그래서 아내가 아프면 동정하기는커녕 화가 나는 것이다. 얼마나 무서운 일인가. 이 사실을 상기하다 보면 역시 헤어지고 싶어 견딜 수가 없다. 하루라도 빨리 남편 얼굴을 보지 않는 삶을 살고 싶다.

지즈루는 시동을 걸고 슈퍼마켓의 입구 가까이에 있는 주차 공간까지 천천히 차를 움직였다. 차에서 내려 지즈루와 둘이서 슈퍼마켓의 자동문 안으로 들어서자 밝고 화려한 세계가 눈부시게 펼쳐졌다. 크리스마스 장식 덕분에 내부가 휘황찬란했다. 가본 적은 없지만 도시의 슈퍼마켓도 이런 느낌일까, 하고 생각했다.

이곳은 동네에서 상품이 가장 많이 갖춰져 있고 드넓은 매장 면적을 자랑하는 마켓이다. 다양한 조미료와 빵을 둘러보기만 해도 기분이 좋아진다. 오락 시설이 거의 없는 시골 동네에서는 이곳에 오는 일이 몇 안 되는 즐거움 가운데 하나였다.

채소 코너를 지나려는데 어딘가에서 아이의 울음소리가 들려왔다.

주위를 둘러보니 세 살쯤 되어 보이는 남자아이가 큰 소리로 울고 있었다.

"사……줘. 한 개만…… 사 줘어……."

흑흑 흐느끼고 있다.

젊은 엄마를 쳐다보니 짜증이 날 대로 난 표정으로 아이의 조그만 손을 막무가내로 잡아끌면서 출구 쪽으로 가고 있었다.

안쓰러워서 나도 모르게 발걸음을 멈췄다.

그때 지즈루가 내 팔꿈치를 꽉 붙잡고는 빠르게 앞쪽으로 걸어가는 바람에 나는 할 수 없이 끌려가고 말았다.

─못 본 척해. 그렇게 뚫어져라 쳐다보면 아이 엄마가 가엾잖아.

지즈루가 하고 싶어 하는 말이 뭔지 잘 안다.

목구멍 안에서 치밀어 오르는 무언가를 참고 있었다. 힘들었던 육아 시절이 생생히 떠올랐다. 육아에는 일절 나 몰라라 하던 남편은 아이들이 밤중에 울기라도 하면 "울리지 좀 마!" 하고 버럭 화를 냈다.

분명 지즈루도 같은 광경을 떠올렸겠지.

지즈루가 작은 목소리로 나직이 말했다.

"난 나쁜 엄마였어. 아이가 어렸을 때 시끄럽다고 크게 소리 지르기 일쑤였고, 머리를 때린 적도 셀 수 없이 많아."

그렇게 말하는 옆얼굴은 금세라도 울 것만 같았다.

"…… 응, 알아. 나도 마찬가지야."

그런 죄책감을 평생 끌어안고 살아가는 건 여자뿐이다. 옛일들이 떠오를 때마다 아이들에게 미안한 마음에 눈물이 배어 나왔다. 그때그때의 방 안 모습까지 마치 어제 일인 양, 뇌 속의 정밀한 녹화 기능이 반복 재생된다. 아무리 시간이 지나도 암갈색으로 바뀌질 않는다. 딸들은 이미 서른 살이 넘었는데, 나는 지금도 한밤중에 느닷없이 옛 기억이 떠올라 눈을 번쩍 뜰 때가 있다. 가슴 언저리가 누름돌이 올려져 있는 것처럼 옥죄여와서 위까지 묵직하니 아파온다. 그런 과거 회상 현상이 한층 더 심해진 것은 50대에 들어설 무렵부터였다.

이 증상은 평생 계속되려나.

하지만 남편은 그런 죄책감 같은 건 눈곱만큼도 없겠지.

최근에는 남편에 대한 원망이 수도 없이 튀어나온다. 젊을 때는 이 감정을 어떻게 마음속에 봉인해둘 수 있었던 건지, 이제 생각하면 신기할 정도다.

50대는 인생을 총결산하는 시기인 걸까. 좋든 싫든 지나온 세월을 돌아보게 하고 반성하게 하는 건 하늘의 의지인 걸까.

집요한 여자다, 원망투성이 여자다, 여자란 존재는 언제나 피해 의식으로 꽁꽁 싸여 있다……. 누군가 나를 그렇게 비판해도 상관없다. 나이가 들수록 끝없이 넘쳐나는 원망을 스스로 억누를 수가 없는 게 사실이니.

그때 문득 어떤 전경이 머릿속에 떠올랐다.

집안일과 육아로 지친 나머지 울어대는 아기를 내버려둔 채 머리 꼭대기부터 이불을 뒤집어쓰고 혼자 울던 날들……. 항상 일이 바쁘다는 말만 달고 살던 남편은 매일 귀가가 늦었다. 지독한 술 냄새를 풍기던 날도 많았던 것을 떠올리면 원한이 더욱 깊어진다.

"있잖아, 지즈루. 아기가 말을 듣지 않을 때 이불 뒤집어쓰고 소리내서 운 적 있어?"

"엄마라면 누구나 있지. 나도 셀 수 없이 많았어."

아아, 다행이다. 한 번도 없어, 이런 대답이 나왔다면 한층 더 우울해질 뻔했다.

"역시 남편이 도와주지 않았지? 그 사람은 애가 우는 걸 보고도 못 본 척했거든."

"우리 집 그이는 보고도 못 본 척하지는 않았어."

"앗, 그랬어?"

의외로 지즈루의 남편은 젊었을 때는 자식을 끔찍이 사랑하는 면도 있었던 걸까.

"나를 때렸지. 애 좀 조용히 시키라고."

"말도 안 돼……."

"비겁한 놈……. 절대로 용서 안 해. 죽이고 싶어."

지즈루는 허공을 노려보았다.

카페 무라타를 찾아간 날 이후로, 미사오 생각이 머리에서 떠나지 않았다.

미사오를 만나고 싶다. 그리고 이야기를 듣고 싶다.

그런 갈망이 점점 더 심해지던 어느 저녁이었다.

「오랜만이야. 스미코, 잘 지내? 요전번에 카페 무라타에 왔다며? 고마워. 엄마가 분명 쓸데없는 말까지 줄줄 다 했겠지? 내가 이혼했다는 얘기도 들었지? 다시 만날 수 있으면 좋겠네.」

내용은 그뿐이었지만 너무 기뻐서 몇 번이나 읽었다.

「연락 고마워. 정말 기다렸어. 미사오에게 상담하고 싶은 게 있는데 도쿄에 한 번 만나러 가도 괜찮을까?」

앗, 하고 생각했을 때는 이미 하고 싶은 말을 다 써서 보내기 버튼을 누른 후였다.

생각해보면 미사오와 절친으로 지낸 건 고등학교 2학년 때까지였다. 그 후의 생활은 서로 모른 채 40년이 흘렀다. 시골 생활과 도시 생활은 느끼는 것도 다를 테고 사고관에도 분명 큰 차이가 벌어져 있을 것이다. 그게 아니면, 혹시 이 나이가 되었어도 여전히 10대에 그랬듯이 마음이 잘 맞으려나.

메시지를 보내고 난 뒤 후회가 엄습해왔다. 대체 나는 미사오를 만나서 어쩔 셈인가. 수십 년 만에 만나 뜬금없이 이혼에 관해 상담할 생각인가.

애초에 혼자서 도쿄에 갈 수나 있을까. 도쿄는 중학교 수학여행 이후로 가본 적이 없고 길도 전혀 모른다. 역에 내린 순간, 어쩔 줄 몰라 앞이 캄캄해지지는 않을까. 대도시 한복판에서 나이도 먹을 만큼 먹은 아줌마가 길을 잃으면 나쁜 사람에게 목이 졸려 금품을 빼앗기는 일이 일어나지 않을 거라고는 장담할 수 없다. 아니, 그 이전에 여기서 산인혼센[12]을 타고 교토역에 도착한 다음에 과연 신칸센 승차장까지 갈 수나 있을까.

상상만 해도 겁이 났다.

그때 메시지 착신음이 울렸다.

「나도 오랜만에 만나고 싶어. 대학교 때 친구랑 함께 살고 있어서 아쉽지만 우리 집에서 재워주기는 어려워. 하지만 느긋하게 얘기할 수 있는 레스토랑이라면 여러 군데 알고 있으니까 거기서 그동안 못다 한 얘기 많이 하자. 네가

---

12 山陰本線. 교토역~야마구치 현 하타부역을 오가는 기차로 교토 부, 효고 현, 돗토리 현, 시마네 현을 지난다.

오기를 기대하고 있을게. 일정이 정해지면 최대한 빨리 알려줘. 회사에 휴가 신청하고 레스토랑도 예약해놓을 테니까.」

어? 재워주지 않는 거야?

당연히 재워줄 거라고 생각했다.

어떡하지? 어디서 묵지?

노조미가 사는 아파트에는 간 적이 없지만 비좁은 원룸이라고 들었다. 일하고 돌아와 지쳐 있을 딸에게 폐를 끼칠 수는 없다.

그렇다면 저렴한 호텔에 묵자. 여성 전용 캡슐 호텔이 있다는 걸 얼마 전 텔레비전에서 봤다. 1박에 3000엔 정도라는데 샤워실도 밝고 청결해 보였다.

그래, 그렇게 하자.

이렇게 결정한 순간부터 또다시 불안이 엄습해왔다. 혼자서 호텔에 묵은 경험이 없었다. 무엇보다 도쿄역에 도착해서 혼자 호텔까지 찾아갈 수 있을까. 생각만 해도 불안해서 몸이 움츠러들었다.

이봐, 스미코. 그렇게 나약해서 되겠어?

나 자신에게 용기를 주려고 마음을 굳게 다잡아보았다. 쉰여덟이나 되어서는 혼자 도쿄에 가기가 불안하다고, 그런 부끄러운 말을 차마 남들에게 할 수는 없다. 혼자 어떻게든 불안한 마음을 다스려야 한다. 이혼해서 혼자 살아가고 싶다면 더욱더 용기를 내야 한다.

급식 센터의 근무시간표를 펼쳐보았다. 월요일에 휴가를 내면 주말을 이용해 다녀올 수 있다. 굳이 연말이 다가오고 있는 이런 시기에 가지 말고 새해에 가도 좋을 텐데. 그렇지만 남편에게서 해방되고 싶은 바람이 나날이 간절해져서인지 이상하게 마음이 조급했다.

그 후 미사오, 그리고 노조미와도 여러 번 연락을 주고받은 끝에 상경 일정을 정했다. 2박 3일로 잡아서 첫날은 노조미를 만나고 이틀째에는 미사오와 식사를 하는 거다. 노조미가 사는 집도 보고 싶었다. 어떻게 살고 있는지 부모로서 알아두고 싶다.

미사오는 재빨리 레스토랑을 예약했다고 한다. 노조미는 도쿄 구경을 시켜주겠다며 도쿄역까지 마중 나오기로 했다.

—엄마가 길을 잃기라도 하면 큰일이니까 도쿄역에서 호텔까지 바래다 드릴게.

노조미가 그렇게 말해주어서 이제 마음이 든든했다. 생각해보니 혼자서 신칸센을 타본 적도 없었다. 이래서야 어디 제 몫을 하는 어른이라고 할 수 있겠나. 어쩌다 이 정도로 한심한 인간이 되어버렸지? 마치 날개를 뜯긴 새처럼 혼자서는 아무 데도 가지 못한다.

지즈루는 어떨까. 사요코나 아야노 그리고 히로에는?

그 애들은 혼자 도쿄에 가서 약속한 레스토랑까지 잘 찾아갈까? 부인회에서 전세버스로 가는 단체 여행에 참가했다는 이야기는 자주 들었지만 혼자 멀리까지 다녀왔다는 말을 들은 적은 없다.

이토록 한심한 시골 여자가 과연 이혼해서 혼자 살아갈 수 있을까? 무모한 일이 아닐까? 그렇다면 지금 이대로 남편의 그늘 아래서 살아갈 수밖에 없다.

엄마처럼 남편이 먼저 세상을 떠난 후에 혼자 사는 거라면 이 정도로 불안하지는 않을 것이다. 사는 곳도 인간관계도 그대로고, 슈퍼마켓도 미용실도 지금까지 다니던 곳으로 다닐 수 있다. 생활에 거의 변화가 없다. 사별은 이혼에 비해 큰 타격이 없으니까. 하지만 이혼이라면 상황이 다르다. 이 동네에서 살기가 불편할 테니 결국 이웃 동네로 이사해 연립주택 같은 데 방을 빌려 모르는 사람들 속에서 처음부터 생활 기반을 만들어나가야 한다. 생각하면 할수록 내게는 불가능하게만 느껴진다. 심지어 난 사교성과는 거리가 먼 사람인데…….

하지만 행동으로 옮기지 않으면 현재 상황을 바꿀 수 없다. 게다가 내 성격으로 볼 때 이대로 가다간 정신적으로 병이 들 것만 같다. 남편의 얼굴을 보기만 해도 오싹해지고 만다.

어쨌든 단단히 마음먹고 도쿄로 가보자. 노조미가 마중을 나와준다고 하니 이번만 의지하기로 했다.

그날 밤, 남편이 풀풀 술 냄새를 풍기며 들어왔다.

뭔가 기분이 좋아 보이니 이때 얼른 도쿄에 다녀오겠다는 말을 꺼내보자.

"차 들어요."

남편은 대답도 하지 않고 찻잔을 입으로 가져갔다. 내 잔에도 차를 따르고 있는데 남편이 내 옆얼굴을 가만히 들여다보고 있는 게 시야에 들어왔다. 진짜 싫다.

"너 말야……."

"왜?"

"으응, 넌 코가 참 낮구나 싶어서."

그렇게 말하더니 천박하게 웃었다.

누군가 다른 여자와 비교하고 있는 것 같다. 아마도 술집에 있는 여자겠지. 아무래도 그 여자는 콧날이 오똑한 모양이다. 요즘 젊은 사람들은 여자나 남자나 윤곽이 뚜렷한 생김새가 많아졌다.

남편은 정말로 변했다. 아니면 지금까지 숨겨왔던 일면을 노골적으로 드러내는 것뿐일까. 아내는 공기 같은 존재이기에 최소한의 배려심도 잃어버린 듯하다.

그보다도, 어서 도쿄에 다녀온다는 얘길 해야 하는데.

마음 약해지지 마.

깊이 숨을 들이마셨다가 힘주어 단번에 토해내면서 말을 꺼냈다.

"이번에 고등학교 동창네 집에 놀러 가려고 하는데, 괜찮을까?"

"동창 누구?"

남편은 센베이[13]를 깨물면서 물었다. 누렇고 탁한 눈은 텔레비전 화면을 향해 있다.

남편이 과자를 씹는 소리에 소름이 돋는 듯했다. 평소 같으면 바로 2층으로 도망쳤을 테지만 오늘은 어떻게든 이야기를 해야 한다고 스스로 타일렀다.

"지즈루 집에 가는 거야?"

지즈루라니……. 남편이 내 친구를 이름으로 다정스레 부를 때마다 비위가 뒤틀린다.

"지즈루 말고. 무라타 미사오라는 친구야."

"그런 이름, 처음 들었는데?"

"카페 무라타라는 데가 생겼잖아."

"아, 그 집에도 동창이 있었어? 알아서 가면 될 거 아냐."

---

13 밀가루나 쌀가루를 반죽해 얇게 늘려 철판에 구운 일본 전통 과자

그렇게 말하고 의아하다는 듯이 나를 돌아보았다.

"그 카페는 본가야. 미사오는 지금 본가에 사는 게 아니고……."

"그럼 어디 사는데? 여기서 멀어? 와다야마나 후쿠치야마?"

고작 50킬로미터 정도 떨어져 있는 지명을 꺼내는 남편에게 도쿄에 간다고는 좀처럼 말을 꺼낼 수 없었다.

"더 먼 데야?"

답답하기 이를 데 없는 대화였다.

"그게, 도쿄……거든."

숨을 몰아쉬며 과감히 말했다.

"뭐? 도쿄? 어처구니가 없네. 관둬라. 교통비가 아깝다. 어차피 아무 쓸모도 없는 이야기를 여자들끼리 나불거리려는 거잖아."

그렇게 내뱉더니 더는 할 얘기가 없다는 듯 다시 텔레비전 쪽으로 몸을 돌렸다.

빨리 죽어버렸으면…… 하루라도 빨리.

너무도 분하고 슬퍼서 아무런 대꾸도 하지 못했다.

마치 아버지와 중학생 딸이 나누는 대화 같다.

급식 센터에서 비정규직으로 일하면서 한 달에 12만 엔은 벌고 있다. 그 돈에서 신칸센 표값과 캡슐 호텔 비용을 내면 되지 않는가. 왜 일일이 남편의 허가를 받아야 한단 말인가. 왜 내가 원하는 대로 행동할 수 없는 걸까.

"애초에 네가 혼자 도쿄에 갈 수나 있을 것 같아? 도쿄역이나 신주쿠역은 굉장히 복잡해서 어디가 어딘지 몰라 현기증이 난다던데. 너, 전철 갈아타는 방법이나 알아?"

"잘 모르면 사람들한테 물어보면 되지."

그렇게 대답하자 남편이 갑자기 웃음을 터뜨렸다. 웃기지도 않는데 일부러 아하하하, 하며 큰 소리로 웃었다. 비웃으려고 작정을 한 모양이다. 아내를 깔보는 게 남편의 스트레스 해소에 도움이라도 된다는 듯이.

깊은 증오심이 얼굴에 드러날 것만 같아 고개를 숙이고 차를 마셨다.

"난 말이야, 대학 다닐 때 4년간 오사카에서 혼자 자취를 했거든. 그래서 도시에 대해선 빠삭하게 잘 알지. 하지만 넌 전혀 모르잖아."

그렇게 말하고는 센베이를 또 하나 집어 들더니 입안 가득 밀어 넣었다. 그 씹는 소리에 양손으로 귀를 틀어막고 싶은 충동이 일었다. 남편에게서 나는 냄새와 소리에 나날이 혐오감이 커졌다. 상대에게 호감이 있을 때는 냄새도 소리도 전혀 신경 쓰이지 않는 걸 보면, 사람이란 얼마나 정신적인 생물인가 하고 요즘 새삼스럽게 놀라곤 한다.

"역시 사람은 혼자 산 경험이 있어야 한다니까. 그 4년 동안 나는 크게 성장했거든."

또 시작이다. 툭하면 혼자 자취한 일을 자랑삼아 떠벌린다.

"너는 자립하지 못하고 계속 본가에서 살았기 때문에, 그래서 안 되는 거야."

수도 없이 들었다. 귀에 딱지가 앉았을지도 모른다. 대체 본가에서 식구들과 함께 산 것이 뭐가 나쁘단 말인가. 시골을 떠나 도시 생활을 하고 싶었지만 부모가 허락해주지 않았다. 대학 진학도 시켜주지 않았다. 남편은 대학 생활 4년 동안 방을 빌려 혼자 살았을 뿐, 졸업 후에는 바로 부모 밑으로 돌아갔다.

— 학생 시절에 혼자 사는 건 홀가분하고 편하지.

노조미가 그렇게 말하며 위로해준 적이 있었다.

— 부모가 보내주는 돈으로 도시 생활을 만끽할 수 있으니 천국이 따로 없어. 진짜 고생은 취직하면서 시작되지. 나도 혼자 사는 게 힘들다는 걸 뼈저리게 느낀 건 일을 시작하면서부터였거든. 아빠 말은 절반만 들으면 돼.

아아, 더 자상한 남자랑 결혼할 걸 그랬어. 적어도 툭하면 너는 안 돼, 라고 말하지 않는 남자랑.

"뭐 어쨌든 혼자 도쿄를 간다느니 하는 농담은 그만둬.

절대로 안 되니까. 정 가고 싶으면 정년퇴직하고 나서 내가 데리고 가줄 수도 있고. 도대체 자기 혼자만 도쿄에 놀러 가겠다니 치사하네. 나는 뭐 놀러 가고 싶지 않은 줄 아냐."

남편과 함께라면 아무 데도 가고 싶지 않다. 분명 가정생활의 연장일 텐데 지금까지 하는 걸 보면 온천이든 관광지에서든 턱으로 획획 가리키며 나를 부려먹을 건 뻔한 일이다. 그리고 사사건건 "그런 것도 모르냐" 하고 핀잔을 줘서 굴욕감이 더해지겠지.

그다음 날. 미사오에게 메시지를 보냈다.

「미사오, 미안. 갈 수 없게 됐어. 레스토랑까지 예약해주었는데 정말로 미안해.」

아침 일찍 보냈는데 오후가 되도록 답장이 오지 않았다. 화가 난 걸까. 내가 먼저 얘길 꺼내고서 멋대로 취소를 하다니, 무책임하고 우유부단하다고 질려버린 걸까.

나는 또다시 소중한 친구를 잃게 될 것이다.

「알겠어.」

저녁 늦게 온 회신은 그 말뿐이었다. 노조미에게도 같은 문자를 보냈지만 며칠이 지나도 답이 없었다.

울고 싶었다.

늘 만나는 여자 동창들끼리 송년회를 하자는 연락이 왔다.

매년 참가하다 보니 그 모임에 가지 않으면 일 년이 마무리된 기분이 들지 않는다. 이렇게 아무래도 상관없는 시답잖은 이유로 이번에도 모임 장소로 향했다.

그러나저러나 나이가 들수록 일 년이 순식간에 지나간다. 올해도 이제 열흘밖에 남지 않았다니 믿을 수 없는 심정이다. 하지만 새로운 해가 시작된다고 생각하면 왠지 가슴이 설레는 것도 매년 똑같다.

그냥 여느 때처럼 시간이 흘러갈 뿐인데 뭔가 새로운 희망이 기다리고 있을 것 같은 착각에 빠진다. 송년회라는 말만으로도 묘한 해방감이 들어 모두 평소보다 더 떠들어댔고, 잘 먹고 많이 마셨다.

"나는 남편이 죽으면 홍콩에 가보고 싶어. 물론 가이드 있는 투어로. 아무래도 영어를 못하니까" 하고 아야노가 말했다.

"나는 프랑스. 하지만 돈이 많이 들겠지?" 하고 사요코가 말을 받았다.

"나는 아리마 온천이 좋아" 하고 히로에가 말했다.

"뭐? 아리마 온천은 바로 옆인데 지금도 갈 수 있잖아."

"갈 수 있을 것 같아? 남편 빼놓고서?"

"아, 그런 뜻이었구나. 그야 불가능하지."

"남편님은 어디든지 빠짐없이 따라가십니다."

누구를 흉내 내는 건지, 히로에가 코멘소리로 익살을 부리자 분위기가 한껏 달아올랐다.

"역시 남편이 죽은 다음이 아니면 자유를 되찾을 수 없나봐."

"그렇지. 치사하게 너만 온천에 가냐! 나도 갈래, 그럴게 분명해."

"자기도 누구든 다른 사람하고 가면 될 텐데 말이야. 하긴 남편은 친구가 한 명도 없으니까."

여자들의 경쾌한 수다가 끝없이 이어졌다. 한순간도 틈이 생기질 않는다.

"하지만" 하고 마음먹고 끼어들었다.

"꼭 남편이 먼저 죽는다는 보장은 없겠지?"

그렇게 당연한 걸 물어서 뭐하려고. 그렇게 생각하면서도 너무나 태평스럽게 남편이 죽은 후의 즐거움을 이야기하는 모습을 보고 있자니 그 점을 어떻게 생각하는지 확인하지 않을 수 없었다.

반드시 남편이 먼저 죽어서 아내에게 혼자만의 시간을 듬뿍 남겨준다는 인류의 규칙이라도 있다면 이대로 참으면서 부부 생활을 계속해도 좋다. 남편의 목숨이 앞으로 1년이라든가 3년이라든가 기한이 정해져 있다면 어떻게든지 참고 견딜 수 있을 것이다.

그러나 현실은 그렇지 않다. 아내가 먼저 세상을 떠날수도 있다. 앞으로의 시대는 아내를 먼저 보내는 남편이급증할 게 분명하다. 부모 세대와는 달리 부부의 나이 차가 적어졌다. 동갑인 부부도 얼마든지 있고 남편이 연하인부부도 늘었다. 게다가 옛날에는 대부분의 남자가 담배를피웠지만 요즘은 피우지 않을뿐더러, 등산이나 조깅으로몸을 단련하고 건강 보조 식품을 챙겨 먹으면서 건강을 중요시하는 남자도 늘고 있다.

"안 돼, 스미코. 자기가 남편보다 먼저 죽을지도 모른다는 말은 금지야."

"맞아. 그런 생각하면 안 돼."

"그러면 앞날이 캄캄하잖아. 뭘 위해서 인생을 살아왔나 싶다고."

사요코, 아야노, 히로에가 차례로 한마디씩 했다.

생각하고 싶지 않은 건 생각하지 않는다, 그렇게 말하는 여자들을 많이 봐왔다. 하지만 나는 예전부터 그렇게끝내고 마는 사고방식을 도저히 이해할 수 없었다.

괴로운 일은 최대한 생각하지 않으려고 애쓰지 않으면더 괴로워진다, 그런 뜻인 걸까. 혼자서 생계를 꾸려갈 방도가 없다면 자신의 마음을 직시하지 않고 어물쩍 속이면서 살아갈 수밖에 없다. 그것이 여자의 처세술인지도 모른다. 만약 서른 살이라면 다를지도 모르지만, 남은 인생이 그리 남지 않은 이 나이에는 그 편이 현명한 거겠지.

"그래도 부부 중에서 누가 먼저 죽을지 생각해보면……."

"그런 거 생각해봐야 아무 해결도 안 나잖아" 하고 아야노가 내 말을 가로막았다.

"맞아, 생각해봐야 무슨 의미가 있겠어. 어차피 신이 결정하는 거니까" 하고 히로에도 거들었다.

"결국은 말이야, 결혼이란 인내의 연속이지" 하고 사요코가 결론을 맺었다.

"그래. 결혼은 수행이야. 특히 난 시부모님이랑 함께 사니까 그야말로 수행이 장난 아니거든" 하고 말하는 아야노는 약간 자랑스러워하는 것처럼 보였다.

"나도 큰일났어. 우리 집 양반이 정년퇴직하고 계속 집에 있으니까."

히로에의 남편은 오래 근무한 일본고속철도JR를 지난달에 정년퇴직했다.

"우리는 고령 출산이었기 때문에 아들 녀석한테 아직도 학비가 들어가거든. 그래서 촉탁 직원으로 남아 5년만 더 일하길 바랐는데 이젠 더 일하고 싶지 않다지 뭐야."

"남편이 집에 계속 있는 생활은 어떤 느낌이야?" 하고 물어보았다. 오늘 이 모임에 온 이유 중 하나가 그걸 알고 싶어서였다는 게 퍼뜩 떠올랐다.

"최악이야" 하고 히로에는 쓴 걸 삼킬 때 같은 표정으로 대답했다.

"퇴직했으니까 아침에는 느지막하게 일어나면 좀 좋니? 어떻게 된 게 출근하던 때보다 더 일찍 일어나. 그러고는 아침밥은 아직이냐고 물으면서 내 방을 몇 번이나 기웃거리는 거 있지?"

"으앗, 싫다" 하고 사요코가 소리를 지른 뒤 다시 물었다.

"그래서 너희 남편, 낮에는 뭐하는데?"

"아침부터 밤까지 뒹굴거리면서 텔레비전만 봐. 근데 그것뿐이면 괜찮지. 지금까지는 아내 같은 건 눈곱만큼도 관심 없더니만 내가 가방을 손에 집어 들기만 하면 그 순간 소파에서 벌떡 일어나서는 어디 가냐, 누굴 만나냐, 몇 시에 돌아오냐, 내 밥은 어떻게 하냐…… 하아, 정말!"

히로에가 후우 하고 크게 숨을 내쉬었다. 그러고는 불쑥 "빨리 죽으면 좋을 텐데" 하고 중얼거렸다.

그 순간 사요코와 아야노가 웃음을 터뜨렸다.

"웃을 일이 아니라니까. 우리 집 양반은 지금까지 가족을 위해서 열심히 일해왔다는 자부심이 굉장히 강해. 이렇게 말하면 어떨지 모르지만, 나도 상당히 독하게 맘먹고 애써왔다고. 아들 키우고 집안일도 다 하면서 지역 모임 임원까지 했잖아. 그리고 지금도 일주일에 닷새나 파트타임으로 일하는데 남편은 집에서 뒹굴거리기나 한단 말이지."

"응, 그렇지" 하고 모두가 고개를 끄덕였다.

"그런데도 100퍼센트 나만 봐라, 남은 인생은 나한테 온 정성을 쏟는 게 너의 본분이잖냐, 그 남자 분명 그렇게 생각할 거야."

"진짜? 소름이 다 돋네" 하고 사요코가 말했다.

"남의 일이 아니야. 늦든 이르든 정년퇴직은 누구나 다 하게 되니까."

아무렇지도 않은 얼굴로 말하긴 했지만 그렇게 될 날을 상상만 해도 우울해졌다. 아침부터 밤까지 남편과 얼굴을 마주 볼 각오는 되어 있지 않다.

"우리는 주류 판매점을 하니 다행이야. 정년이 없으니까 남편을 죽을 때까지 일하게 하려고" 사요코가 말했다.

"좋겠다, 자영업은" 히로에가 한숨을 섞으며 말을 이었다.

"그래도 난 말이야, 결혼할 때 절대로 이혼은 하지 않겠다고 맹세했어. 왠지 이혼이란 걸 하면 20대 시절의 나 자신을 배반하는 것 같아서."

딱히 배반해도 상관없지 않나?

중년이 되어서도 줄곧 젊은 날의 미숙한 생각에 얽매여 있는 게 무슨 의미가 있을까. 그런 생각이 들었지만 말로 하지는 않았다.

어쩌면 앞을 보고 살아가는 사람은 이혼한 미사오뿐이 아닐까?

모두 이혼하지 않는 게 아니라 이혼할 수 없는 거다.

돈 없는 삶이 두려우니까.

여자 혼자 몸으로 살아갈 자신감과 강인함을 겸비하지 못했으니까.

그리고 무엇보다 세상 사람에게 불행한 여자로 여겨지는 게 창피하니까.

정말로 창피를 느껴야 하는 사람은 이혼한 미사오가 아니라 남편의 죽음을 애타게 기다리고 있는 자신들이 아닐까. 미사오는 스스로 해방되는 길을 선택했다. 아직 30대라면 이해한다. 40대 중반이라도 그나마 이해할 수 있다. 하지만 우리는 얼마 안 있으면 환갑을 맞이한다. 취직 하나만 해도 쉽지 않을 것이다. 한마디로 이미 인생을 다시 시작할 수 없는 나이다. 그렇게 생각하면 미사오는 역시 대단하다.

그때 어디선가 들어본 적이 있는 곡이 유선방송에서 흘러나왔다.

"왠지 옛날 생각나네. 이 노래, 뭐였더라" 하고 누군가가 말했다.

"그러게, 뭐더라. 쓰리 디그리스였나? 그 미국의 여성 3인 조 그룹."

"맞다, 쓰리 디그리스! 댄스 따라 한 적 있어."

"천사 뭐 어쩌구 하는 노래."

"속삭임이야. 천사의 속삭임[14]."

다음 순간, 그렇게나 수다를 떨던 모두가 조용해졌다.

노래에 귀를 기울이고 있는 동안 고등학생 때의 광경이 생생하게 떠올랐다. 산으로 둘러싸여 전파 상태가 고르지 못한 시골 마을에서는 당시 라디오 수신도 원활하지 못했다. 하지만 FM 방송만은 또렷하게 들렸기에 방과 후 교실에서 누군가가 가져온 라디오 카세트 플레이어를 둘러싸고 함께 노래를 듣곤 했다.

빛나는 미래가 펼쳐질 거라고 믿어 의심치 않던 그 시절⋯⋯.

"어쩐지 눈물이 날 것 같아" 아야노가 말했다.

"그때는 참 좋았는데" 하고 히로에도 고개를 끄덕였다.

곡이 끝나자 모두 한숨을 내쉬었다.

오늘은 한 해의 마지막 날이다.

점심을 먹고 나서, 어젯밤부터 오늘 아침까지 졸여놓은

---

14 원제는 <When Will I See You Again>이다.

야채조림이며 검은콩조림 등 설 음식을 찬합에 담기 시작했다.

회사가 사흘 전부터 설 연휴에 들어가서 남편은 오늘도 아침부터 거실을 차지하고 줄곧 텔레비전을 보고 있다. 노조미는 매해 그렇듯이 귀성할 예정이 없다. 가나네 식구만큼은 이번에도 올 거라고 생각하고 있었는데, 올해는 사위의 본가에만 가기로 했다고 직전에서야 연락해왔다. 나도 빨리 친정에 가고 싶었다. 남동생이 올케는 두고 혼자 본가로 올 거라고 엄마한테서 전해 들었다. 엄마랑 남동생하고 오랜만에 세 식구가 오붓하게 올해의 마지막 날을 함께 보낼 수 있다면 얼마나 즐거울까. 자상한 성격의 남동생과는 두 살 터울로 어릴 때부터 사이가 좋았다. 어떻게든 시간을 봐서 엄마 집에 가고 싶다.

그나저나 올해는 손주 소타도 못 만난다니…….

쓸쓸한 정초가 될 것 같다. 혼자라면 편하게 보내는 즐거움이라도 있을 텐데 남편이 주구장창 집에 들어앉아 있으면 최악의 연말연시가 아닐 수 없다.

딸아이들이 아무도 집에 오지 않는다면 사실 명절 음식은 안 해도 그만이다. 나 혼자라면 된장국에 밥만 먹어도 괜찮으니까. 하지만 남편 한 사람을 위해서 해넘이 국수[15]

---

15 일본에서는 12월 31일에 해넘이 국수를 먹는다.

부터 시작해 정초 연휴 사흘 동안 매일 삼시 세끼를 차려야 한다. 게다가 명절 음식만 먹어서 질린다며 남편이 불평을 해대는 것도 매년 있는 일이다.

지긋지긋해. 아, 정말 넌더리가 난다.

남편에게 큰 소리로 외치고 싶다.

―자기가 먹을 것 정도는 직접 만들라고!

이건 아마도 부부 관계의 말기 증상인 거겠지. 아니면 이런 건 흔히 있는 일이고 아내들은 모두 참고 있는 걸까.

텔레비전은 연말연시 특집 방송으로 한창 떠들썩하다. 동네 상점가도 활기로 가득 차 있다. 그와 반비례하듯이 내 기분만은 점점 가라앉았다.

"자, 그럼 오늘은 일찌감치 한 해 묵은 때를 벗겨볼까나?"

남편은 내 쪽을 흘끔 쳐다보더니 욕실 쪽으로 걸어갔다.

―올 한 해도 고생 많았어요.

남편은 그런 말을 듣고 싶은 게 분명하다. 오랜 세월 부부로 살다 보면 남편이 원하는 말쯤은 손바닥 들여다보듯 훤히 안다.

그런 말은 절대 해줄 수 없지. 남편도 똑같이 수고 많았다거나 고맙다는 말을 해준다면 또 모르겠지만, 결코 그럴 일은 없다. 급여는 적지만 나 역시도 일을 다니고 있다. 허리가 아파도 참고 견디면서 일한다. 게다가 퇴근하고 나면 가사도 전부 혼자 도맡아 하느라 휴일도 없다. 어찌 보면 남편보다 더 많은 시간을 일하고 있는 셈이다. 그뿐인가. 실제 노동뿐만 아니라 가정을 꾸려가기 위한 온갖 일—가계 관리를 비롯해 이웃과의 교류나 반상회 당번 등—을 처리하기 위해 하루 종일 생각하고 고민한다. 고생했다는 말을 들어야 하는 것은 오히려 내 쪽이다.

남편이 목욕하는 동안 저녁 준비를 했다. 그래봐야 찬합에 담고 남은 검은콩조림과 고기야채조림, 당근과 무로 만든 초무침 등을 밀폐 용기에서 꺼내 접시에 담아 식탁에 올려놓았을 뿐이다. 그러고 나서 젓가락과 앞접시, 유리컵을 놓으면 된다. 사케는 1.8리터짜리 병째로 내놓았다.

앗, 그렇지. 아직 현관 청소를 하지 못했다. 이웃 사람들이 새해 인사를 하러 찾아올지도 모른다. 게다가 새로운 해를 맞이한다고 생각하면 깨끗하게 청소해두고 싶었다.

현관 미닫이문을 활짝 열자 생각보다 차가운 공기가 흘러들어왔다. 황급히 2층으로 올라가 노조미가 예전에 입던 다운재킷을 꺼내 앞치마 위에 걸쳐 입었다. 현관 바닥을 빗자루로 대충 쓸어낸 다음 버려도 되는 낡은 타월을 뜨거운 물에 적셔 물걸레질을 하자 마음도 개운해졌다. 그때 문득, 며칠 전에 직장 동료가 준 대나무 숯이 생각났다.

악취를 없애는 데 효과가 있어 신발장에 넣어두면 좋다고
했다.

천장까지 닿아 있는 신발장을 열자 약간 곰팡내가 났
다. 무심코 들여다보니 신발장 구석에 놓아두었던 에코백
이 몹시 구겨져 있다. 재해에 대비해서 긴급 피난용으로
준비해둔 가방으로, 손전등과 라디오, 비상식량 따위가 들
어 있다. 혹시라도 피난소 생활이 오래 계속되어 더 이상
버틸 수 없게 될 때를 대비해서 교통비와 호텔비로 쓰려고
30만 엔을 넣어둔 지갑도 들어 있다.

에코백을 꺼내어 그 안을 확인했다. 남편이 생각 없이
건전지나 뭔가를 꺼내 썼다면 보충해둬야 한다. 그런 생각
으로 들여다보았는데 새 건전지 팩은 뜯지 않은 채 그대로
있었다.

무심코 지갑을 열어보았다.

"어?"

나도 모르게 소리가 튀어나왔다. 2만 엔밖에 없다. 나머
지 28만 엔은 어디로 간 거지?

"어어, 시원하다."

남편의 목소리가 욕실 쪽에서 들려왔다.

"여보, 잠깐만."

현관에 선 채로 남편을 불렀다.

"왜 그래, 큰 소리를 내고. 으으, 추워. 현관은 춥네."

남편이 목욕 타월로 머리를 싹싹 털면서 현관 앞으로 나왔다.

"여기 있던 30만 엔, 못 봤어?"

남편은 움찔한 얼굴을 보였다가 이내 다시 아무렇지도 않은 듯 표정을 바꾸었다.

"아아, 그거? 말 안 했나? 잠깐 좀 빌렸어."

"빌렸다고? 언제? 어디에 썼는데?"

"이런저런 일이 많지. 남자가 사회에서 일하는 건 보통 힘든 게 아니거든."

그렇게 말하더니 휙 등을 돌렸다.

"돌려줘!" 하고 큰 소리가 튀어나왔다.

"안다니까."

"언제 돌려줄 거야?"

"바로 줄게. 애초에 내가 번 돈이잖아. 소란 피우기는."

아아, 이제 그 돈은 다시 돌아오지 않는다.

남은 2만 엔을 재킷 주머니에 쑤셔 넣었다. 다시는 신발 장에 현금을 두지 않겠다고 마음먹었다.

혼자 살고 싶다. 내일부터라도, 아니, 당장 오늘 저녁부 터라도.

남편이란 존재는 필요 없다.

나 혼자라면 쓸데없는 낭비도 하지 않을 거고 돈 관리를 착실히 할 수 있다. 가끔은 호사를 부리더라도 한도라는 걸 알고 있다.

보나 마나 또 여자 있는 술집이나 그런 데서 써버렸겠지. 그리고 분명 회사 후배에게도 호기롭게 한턱냈을 것이다. 아무튼 허세가 심하다. 그 후배가 자신을 존경이라도 하는 줄로 여기는 걸까. "우리랑 똑같이 박봉인 주제에 멋있는 척 폼 잡고 있네" 하고 경멸할 게 뻔하다. "하지만 부인도 아무 말 안 하나봐" 하고 나까지도 우습게 여기겠지.

두 딸이 다 독립해 나간 후로는 점점 돈이 모였어야 정상이다. 결혼하고서 줄곧 남편은 예금 통장과 현금 인출 카드를 내게 넘기고 가계를 맡겼고, 나는 거기서 남편의 용돈을 떼어 건네주었다. 그런데 가나가 대학을 졸업하고 취직했을 즈음부터 남편은 급여에서 먼저 자신의 용돈을 몽땅 빼내고 나서 그 나머지를 내게 건네주고 있다.

왜 그렇게 용돈이 많이 필요한 건지, 어디다 쓰는 건지, 수차례 물었지만 남편은 대답조차 하지 않았다. 그뿐만 아니라 현금서비스까지 받아 썼다는 걸 카드회사에서 온 사용명세서를 보고 알았다.

이런 식으로 하다가는 정년퇴직 후의 생활이 어떻게 될지 걱정하지 않을 수 없다. 인간은 한번 사치하는 습관이 들면 원래의 절약 생활로 돌아오기는 어렵다고들 한다. 이 대로라면 연금 생활이 시작되어도 얼마 안 되는 연금에서 자신이 쓸 돈 먼저 마음껏 떼어놓고 남은 금액을 내게 건 네는 게 아닐까. 그렇게 하면 도저히 생활을 꾸려나갈 수 가 없다.

생각하면 할수록 불안감이 커져만 갔다.

몸과 마음이 모두 정갈하고 소박한 생활을 하고 싶다. 나 혼자라면 식비는 한 달에 2만 엔으로 충분하다. 가끔 지 즈루와 카페에서 마시는 커피값이라야 남편이 쓰고 다니 는 술값에 비하면 아주 보잘것없는 금액이다.

어라?

나 혼자라면 식비가 2만 엔으로 충분하다고?

그렇다면 이혼해도 먹고살 수 있지 않나?

아무도 없는 추운 현관에 가만히 선 채로 머릿속에서 바삐 계산기를 두드렸다.

혼자 살면 광열비와 수도요금을 다 해도 1만 5000엔 정 도면 된다. 옷도 원래 싼 것밖에 사지 않는 데다 휴대전화 가 있으니 집 전화는 필요 없다. 세제와 티슈, 랩 같은 일회 용품은 아무리 넉넉히 견적을 내봐도 기껏해야 1만 엔 정 도다. 미용실은 서너 달에 한 번 가면 되고…… 여차하면 내가 직접 자르면 된다.

역시 부담이 되는 건 월세로군. 본가에 들어가 살 수 있으면 좋을 텐데…….

남동생 부부가 퇴직 후에 고향으로 돌아오지 않는다는 건 정말일까. 그 점을 명확하게 확인해둘 필요가 있다.

하지만 본가에서 살게 되면 좁은 마을인 만큼 '이혼하고 친정으로 돌아왔다'는 소문이 금세 퍼질 테고, 동네에 나갔다가 이혼한 전남편이랑 얼굴을 마주칠 수도 있다. 그런 일들을 생각하면 역시 주저하게 된다. 하지만 그렇다고 도시로 나가 살 용기도 돈도 없다. 아니, 도시라면 그나마 괜찮을지 모르지만 아무런 연고도 없는 어딘가의 시골 마을에서 산다면 그 고장에서 느낄 소외감은 상당할 것이다.

거실에서 느긋하게 쉬고 있는 남편의 등을 힐끗 쳐다보고 나서 2층으로 올라갔다.

오늘 나의 아침 식사는 남편이 일어나기 전에 미리 준비해서 2층으로 가져다 놓았다. 손바닥 크기만 한 2단 찬합에는 내가 만든 명절 음식이 들어 있다. 노포의 화과자와 제과점의 맛있는 빵도 나를 위해 사두었다. 인스턴트 커피도 전기 포트도 있다. 북쪽으로 난 재봉틀 방에는 우유와 케이크가 놓여 있다. 북향 방은 지독하게 추워서 겨울이 되면 냉장고 대신 쓸 수 있어 아주 편리하다.

설은 내게도 일 년에 몇 번 안 되는 연휴다. 몸도 쉬어주고 싶고 아무한테도 방해받지 않고 자유롭게 시간을 쓰고 싶었다. 나 역시도 느긋하게 지낼 권리는 있을 터이다. 남편과 달리 술을 마시지 않으니 그 대신 약간 값이 나가는 빵이나 케이크 한두 개를 산다고 해서 벌이 내리진 않을 것이다.

—올 한 해 정말 고생 많았어. 허리가 아픈데도 잘 이겨 냈어, 스미코.

마음속으로 스스로 격려의 말을 건넸다.

2층에 혼자 틀어박혀 있는 데 대해서는 남편이 아무런 불평을 하지 않았다. 술과 안주만 있다면 아내는 없는 편이 좋은 모양이다. 아니, 있든 없든 상관없겠지.

미사오 생각이나 도쿄에 가지 못한 일이 머릿속을 맴돌 때마다 우울해져서, 그럴 때는 바로 기분 전환을 하려고 전혀 다른 일을 떠올리려 애썼다. 가령 어제까지는 명절 음식을 만드는 데 집중했다. 음식을 다 만든 후에는 NHK 홍백가합전[16]에 나올 가수를 떠올렸다.

지금까지 인생을 살아오면서 싫은 일이 있을 때마다 머릿속의 스위치를 바꿔 다른 생각을 하는 훈련을 해왔다. 이렇게 하지 못했다면 벌써 마음이 병들지 않았을까.

---

16 매년 12월 31일 일본에서 열리는 TV 가요제로, 남녀가 홍팀과 백팀으로 나뉘어 노래 대결을 펼친다. 연말의 정석으로 불리던 국민 프로그램이나, 요즘은 TV 시청자가 줄면서 이 프로의 인기도 시들해지고 있다.

텔레비전을 켜고 홍백가합전을 하고 있는 NHK로 채널을 돌렸다. 거기서 흘러나오는 노래를 BGM 삼아 들으면서 도서관에서 빌려온 추리소설을 펼쳤다.

첫째 줄부터 냅다 빠져들었다. 여자가 살인 현장에서 도망치는 장면으로 시작되었기 때문이다. 그것도 젊고 늘씬한 미인이라는 흔해 빠진 설정이 아니었다. 둥그스름한 얼굴을 한 50대 주부가 남편을 무참히 찌르다니 그 이유가 궁금해서 책장을 넘기는 손이 멈추질 않았다.

생각해보면 지금까지 수도 없이 책의 도움을 받았다. 괴로운 현실을 잊게 해주는 책의 존재가 정말로 고마울 따름이다.

어느 사이엔가 텔레비전 소리가 전혀 신경 쓰이지 않을 정도로 독서에 몰입했다. 다음 순간, 책을 든 손에 나도 모르게 힘이 들어갔다. 주인공이 경찰에 금세 붙잡힐 듯 아슬아슬했기 때문이다.

빨리 도망쳐, 빨리!

속으로 외치며 두근두근 가슴을 졸이고 있을 때 휴대폰 메시지 착신음이 울렸다.

「어제 본가에 왔어. 1월 4일까지 있을 거야. 시간 괜찮으면 만나자. 연락 기다릴게.」

세상에, 미사오가 보낸 것이었다!

책을 팽개치고 휴대폰 화면을 구멍이 뚫릴 정도로 들여다보았다.

기뻤다. 몇 주 만에 마음속이 활짝 갠 것만 같았다. 바로 그 순간, 이미 소설 속 중년 여성의 앞날 따위는 아무래도 상관없었다.

분명 미사오는 화가 나 있을 거라고 생각했다. 경멸할 게 틀림없다고 낙심해 있었다. 그런데 설마하니 미사오가 먼저 만나자고 연락해올 줄이야.

짧은 문장을 여러 번 반복해 읽었다. 아아, 드디어 미사오를 만날 수 있다.

「미사오, 연락 고마워. 난 언제든지 좋아.」

정초 사흘 동안은 남편에게 명절 음식을 주지 뭐. 질린다고 할 때를 대비해서 냄비 한가득 카레를 만들어놓으면 된다. 남편은 하루 종일 텔레비전 앞에서 홀짝홀짝 술을 마실 것이다. 추워서인지 아무 데도 가지 않으려 한다.

5년쯤 전까지는 남편의 본가에 인사하러 가야만 했으나 시부모가 두 분 다 돌아가신 지금은 대물림받은 시아주버니 부부가 살고 있다. 설이나 추석에는 도시에 나가 사는 자녀들이 찾아오는 모양인지 우리에게는 아무 연락도 없다. 어쩌면 큰동서도 자기네 식구끼리만 오붓하게 보내고 싶을 것이다.

나 역시 남편의 본가와는 엮이고 싶지 않은 마음이 컸다. 시어머니가 대퇴골 골절로 재활 치료를 받던 중에 뇌경색까지 와서 쓰러졌을 때, 직장에 휴가를 내고 시어머니를 간병한 사람은 나뿐이었다. 큰동서는 친정어머니가 쓰러졌다면서 이웃 현에 있는 친정으로 가버렸고, 그 후 시어머니가 세상을 떠날 때까지 집으로 돌아오지 않았다. 들어보니 친정어머니는 완쾌되어 건강해졌다고 한다. 큰동서 말은 어디까지가 진실인지, 지금도 여전히 불신감이 사라지지 않았다. 남편도 시아주버니도 며느리가 간병을 하는 게 당연하다고 생각했는지, 끝까지 '고맙다'는 말 한마디조차 해주지 않았다.

"어이, 이봐! 듣고 있는 거야?"

계단 아래서 남편의 다급한 목소리가 크게 울렸다.

무슨 일인지 놀라서 계단을 뛰어 내려가 물었다.

"무슨 일이야?"

"텔레비전 리모컨 좀 집어줘" 하고 턱을 치켜올린다.

"뭐?"

남편은 3인용 소파에 드러누워 텔레비전에서 눈을 떼지 못한 채였다. 남편의 턱이 가리키는 곳을 눈으로 좇았더니 테이블 끝에 리모컨이 놓여 있었다. 누워 있는 남편이 손을 뻗어도 아슬아슬하게 닿지 않을 위치다. 남편은 자신이 소파에서 일어나기보다는 하녀를 부르는 편이 빠르고 편리하다고 판단한 모양이다.

속이 뒤집어질 것만 같았다.

"직접 집으면 되잖아."

"왠지 몸이 좀 찌뿌드드해서. 일 년치 피로가 몰려온 건지, 올 한 해 열심히 일했으니까."

나를 돌아보며 후후 하고 밝게 웃었다.

……빨리 죽었으면.

사람은 스트레스로 요절하기도 한다고 들은 적이 있다.

더 이상 스트레스가 쌓이면 안 돼, 스미코.

가슴속에 차오르는 울분덩어리를 토해내듯이, 오늘 몇 번째인지 모를 심호흡을 했다.

이 인간보다 절대 먼저 죽을 순 없어.

카페 무라타 앞에 미사오가 서 있는 모습이 보였다.

젊을 때에 비해서 몸이 전체적으로 둥그스름했다. 부러웠다. 동년배 여성 대부분이 날씬해지고 싶다느니 지금 다이어트 중이라느니 하고 말한다. 동창 중에서 비쩍 마른 사람은 나밖에 없다. 누군가는 부러워하지만 얼마 안 있으면 예순, 한 번도 여자다운 몸매가 되어보지 못한 채 인생을 마치게 될 것 같다.

―여자는 섹시해야지.

남편의 그 말에 몇십 년이나 상처받으며 살았다. 섹시하지 못한 내 몸뚱이가 문제라고 줄곧 자책했다.

―살 좀 찌워.

남편은 걸핏하면 그렇게 말했다. 하지만 나는 살이 찌지 않는 체질이다. 애써 많이 먹으면 꼭 체한다. 서점에 가면 다이어트 책이 놀랄 정도로 많지만 살찌는 비결을 알려주는 책은 왠지 찾아볼 수가 없다. 하지만 남편은 막상 텔레비전에 살찐 여성이 나오면 자기 주제는 전혀 생각지도 않고 헐뜯기에 바빴다.

―저 정도면 여자가 아니라 아줌마지. 뒤룩뒤룩하잖아.

결국 남편은 살찐 여자를 좋아하는 게 아니라 말랐으면서도 가슴과 엉덩이만 유난히 큰 여자를 좋아하는 거다. 중세 이후 유럽에서 유행한 코르셋도 남자들의 그러한 기호에 맞춰 만들어졌다고 한다.

―나는 지금 이대로가 좋아.

이렇게 생각하게 된 건 최근의 일이다. 애초에 배 나온 아저씨에게 내 체형이 이러네 저러네 핀잔 듣고 싶지 않다.

남편은 40대 초반에 머리가 벗어지기 시작했다. 그리고 살도 찌기 시작했다. 머리는 자주 잘라 깔끔히 하면 좋으련만, 남편은 대머리를 조금이라도 감추려고 9:1 가르마를 하고 있다. 어찌나 지저분한지 솔직히 말해서 함께 길을 걸어가고 싶지 않을 때도 있었다. 하지만 그런 생각을 할 때마다 스스로를 부끄럽게 여겼다. 나는 이해심이 부족한 아내라고 반성하기도 했다.

하지만 남편은 거침없이 말했다.

—사실은 나, 통통한 여자가 좋아.

아, 더 이상 남편은 생각하고 싶지도 않다. 시간이 아깝다.

머릿속에서 남편의 모습을 몰아내려고 심호흡을 하는데 미사오가 나를 알아보고는 크게 손을 흔들었다.

더 속도를 줄이고 미사오 옆쪽으로 경차를 미끄러지듯 세웠다.

"오랜만이야" 하고 미사오가 미소를 띠며 조수석에 올라탔다.

"깜짝 놀랐어, 스미코! 젊네. 고등학교 때랑 하나도 안 변했어."

"설마, 농담 그만해. 벌써 손자도 있는 할머니인걸."

"아니, 고등학교 때 체중 그대로인 것 같은데 뭘 그래."

사실은 고등학생 때가 인생에서 몸무게가 가장 많이 나갔다. 지금은 그 당시보다 오히려 4킬로그램이 덜 나간다.

"그보다…… 있잖아, 미사오. 요전번에는 미안했어. 도쿄로 놀러간다고 해놓고 멋대로 취소해서, 정말 미안해."

단숨에 쭉 말했다. 계속 사과하고 싶어 견딜 수가 없었다.

"그런 거 신경 안 써도 돼. 네 탓이 아니라 남편이 반대해서 그런 거지?"

"앗, 어떻게 알았어?"

"그야 알지. 어느 집이나 다 비슷하니까."

"그런가······. 그렇게 말해주니 마음이 좀 편하네. 고마워."

그렇게 말하면서 자동차 시동을 걸었다.

옆 동네에 있는 노래방에 갈 생각이었다. 남들에게 우리 이야기가 들리지 않는 곳이어야 하니 카페나 레스토랑은 위험하다. 우리가 얼굴을 모르는 사람이라도 그쪽에서 우리를 아는 경우도 있다. 미사오와 얘기하는 중에 이혼 같은 단어가 들려오면 누구나 귀를 바짝 기울일 게 뻔하다.

"너도 이혼하고 싶은 거야?"

"엇, 왜 그렇게 생각했어?"

"내가 이혼했다는 말을 듣고 나서 바로 만나고 싶어진 거잖아? 사요코처럼 흥밋거리로 시시콜콜 캐묻고 싶은 건 아닐 테고."

"응····· 맞아. 남편이랑 헤어지고 싶은데 그 후의 생활이 불안해서. 먹고살 수 있을지 없을지가."

"으응."

앗, 미사오. 대답은 그뿐인 거야?

반응이 냉담하게 느껴져서 운전하면서 미사오를 옆눈으로 흘끔 바라봤다.

분명 어처구니가 없는 거겠지. 오랜만에 만난 옛 친구가 너무나도 어린애 같다고, 만난 지 겨우 몇 분밖에 지나지 않았는데 이미 질려버렸을지 모른다.

나는 변명처럼 말했다.

"미사오가 하고 싶은 말, 잘 알아. 내가 세상 물정 모른다고 질린 거지? 헤어질까 말까 하고 망설이는 것 자체가 이상할 거야. 대개는 폭력이나 빚 또는 바람이라든가 그런 확실한 이유가 있는 사람들이 이혼하니까. 나처럼 옆에서 보기엔 이렇다 할 문제가 없는 경우는 여자가 복에 겨워서 그런다는 둥 제멋대로라는 말을 들어도 어쩔 수 없고 말이지."

"그건 아니지."

미사오는 앞을 바라본 채 딱 잘라 말했다.

"나도 너랑 똑같아. 전남편은 폭력도 도박도 하지 않았고 바람도 피우지 않았어. 게다가 술 담배도 하지 않는 사람인걸."

"정말이야?"

"하지만 하루하루가 굴욕적이어서 견딜 수가 없었어.

정신적 학대인 거지."

"그랬구나. 나도 그래."

"그런 건 사람들이 좀처럼 이해해주지 않아."

"하지만 너희 어머니는 이해해주셨잖아? 미사오가 세 뇌한 느낌도 들었지만."

그 말을 들은 미사오가 아하하 하고 유쾌하게 웃었다.

"우리 엄마는 남의 의견에 금세 영향을 받는 사람이야. 그래서 내 생각이 순식간에 물든 거지."

"역시 그런 거였구나. 우리 엄마라면 뭐라고 하실까."

"부모가 뭐라고 하든 상관없어. 생각해봐, 우리도 이제 2년만 있으면 환갑이야. 단순 어른 정도도 아니고, 아줌마 는커녕 할머니라고."

"응. 그렇지."

"있잖아, 스미코. 우리가 건강하게 자유로이 움직일 수 있는 시간이 앞으로 몇 년 정도라고 생각해? 얼마 전에 여 배우 유키 로라가 암으로 죽었잖아. 탤런트 스즈하라 나쓰 요도 우리보다 다섯 살이나 어린데 뇌경색으로 반신불수 가 됐고."

"어, 알아. 나도 엄청 쇼크였어. 그 뉴스를 볼 때도, 지금 당장이라도 이혼하고 새로운 생활을 시작하고 싶다는 생 각이 들더라."

"내 생각에는 말이지, 남편의 외도나 빚 때문에 이혼하는 사람들도 진짜 이유는 그게 아닌 것 같아. 외도나 빚이 계기가 된 것뿐이지 그보다 훨씬 전부터 싫었던 거야."

"그러네. 정말 그럴지도."

"가령 남편이 다른 사람들 앞에서 자신을 우습게 대했다거나, 자신보다 시부모를 우선했다거나. 그런 일 하나하나를 남자들은 사소하게 여길지 몰라도 당하는 사람은 자꾸만 굴욕감이 쌓여가니까. 그런 일은 시간이 지나도 잊히지 않거든. 말하자면 영구불멸 포인트야."

"맞아. 학교에서 일어나는 집단 따돌림이랑 같아. 괴롭힘을 당한 사람은 평생 잊지 못한다더라."

"그래, 바로 그거야. 여자가 특히 원한이 많아서 그런 게 아니라고. 남자도 괴롭힘을 당한 경험이 있는 사람은 평생 원한을 삭이지 못해 괴로워하잖아. 그래서, 남편한테는 말했어? 이혼하고 싶다고."

"아직 못 했어."

"그건 잘했네. 아직 말하지 않는 게 좋아. 작전을 짜서 노후 대책도 확실히 세우고 재산 분배도 깔끔하게 할 수 있는 방향으로 이끌어내야 하니까. 모르는 게 있으면 뭐든지 물어봐."

노래방에 도착했다.

평소에는 텅텅 비어 있었는데 명절 연휴라 그런지 주차장이 거의 꽉 차 있었다. 접수대에 있는 아르바이트 학생에게 회원 카드를 보여주자 "마침 방이 딱 하나 남아 있어요" 하며 싱긋 웃었다.

"올해는 운이 좋을 징조인데" 하고 미사오가 말했지만 정작 나는 올 한 해의 운을 고작 이런 데 써버린 것 같은 불길한 예감에 기분이 울적해졌다. 최근에는 무슨 일이든지 좋지 않은 쪽으로 생각하는 버릇이 점점 더 심해졌다.

"몇 시간 하시겠어요?" 하고 아르바이트생이 물었다.

미사오는 아무 말 없이 나를 바라보았다. 본인은 의식하지 못하겠지만 나를 향한 눈이 말하고 있었다.

―나는 몇 시간이라도 괜찮아. 여차하면 아침까지 있어도 좋고. 나는 이혼해서 지금은 자유의 몸인걸. 하지만 스미코는 그렇게 안 되잖아? 남편에게 허락받은 시간이 어느 정도야?

그렇지만 미사오도 어머니나 오빠 부부와 밀린 얘기도 있지 않을까? 오랜만에 집에 돌아온 거니까. 그렇게 생각하면서 혹시나 해서 물었다.

"넌 몇 시까지 괜찮은데?"

"나는 몇 시까지라도 괜찮아. 오늘은 카페 무라타 영업일이라 엄마랑 오빠네 부부 모두 일하고 있어서 나랑 만날 시간도 없어. 아침까지도 상관없어."

숨을 삼키고 미사오를 바라보았다. 그런 거 나는 당연히 안 되는데 미사오는 태연하게 말하고 있다.

그 표정에서는 아무것도 읽어낼 수가 없었다.

아침까지라…….

남편은 회식이 있으면 2차, 3차, 거리낌 없이 자정이 넘어 귀가하는 일이 다반사였다. 하지만 나는 한 번도 그래본 적이 없다. 급식 센터 동료들과의 송년회도 늘 1차가 끝나기 무섭게 집으로 돌아왔다.

남편이 밤늦게까지 술 마시지 말라고 한 적은 한 번도 없다. 1차만 빨리 끝내고 돌아오라는 말을 들은 적도 없다. 하지만 무언의 압박은 확실히 존재했다. 그것을 나의 지나친 오해라든가 착각이라고 말하는 사람이 있다면 아마도 억압받으며 생활해본 경험이 없는 사람일 것이다.

"그러면…… 한 시간 반은 어떨까?"

무의식중에 미사오의 안색을 살폈다.

두 시간은 너무 길어서 분명 "늦었군" 하는 남편의 불평을 피해갈 수 없다. 남편이 무서운 건 아닐뿐더러 남편을 배려해서도 아니다. 단지 그 정도의 접촉마저도 극도로 피하고 싶을 뿐이다.

아무것도 잘못한 일이 없는데도 의심을 받거나 따가운

시선을 감당해야 한다. 굴욕감을 느낄 때마다 빨리 죽으면 좋을 텐데 하고 증오심을 불태우게 된다. 화가 도저히 가라앉지 않아 좋아하는 책도 집중해서 읽을 수가 없다. 소중한 인생의 남은 시간을 그런 쓸데없는 일로 낭비하고 있다는 데 넌덜머리가 날 뿐이다.

집을 나설 때, 식탁 위에 찬합과 술안주를 차려놓았다. 명절 음식에 질렸을까봐 카레도 만들었고 컵라면도 놔두고 나왔다. 제발 오늘은 그걸로 넘어가줬으면 좋겠다.

미사오와는 몇십 년 만이다. 솔직히 목이 쉴 때까지 이야기를 나누고 싶었다.

"있잖아, 미사오. 아까 차 안에서도 말했지만 이혼을 선뜻 결심하지 못하는 건 돈이 없어서야."

룸으로 들어가 소파에 앉자마자 이야기를 꺼냈다. 한 시간 반밖에 함께 있을 수 없다고 생각하니 초조해서 말이 빨라졌다.

"재산은 부부가 절반씩 나눠 갖는다고 법률에 정해져 있어. 부부의 급여 차이와도 관계없고 집이나 예금의 명의도 관계없어. 어쨌든 결혼한 후로 지금까지 모은 재산은 반씩 나누게 되어 있는 거야."

"정말? 그렇다면……."

우리 집은 얼마에 팔 수 있을까. 오래된 단독주택은 남편의 친척에게서 사들였다.

하지만 시골의 땅값은 점점 떨어지고 있다. 예금은 300만 엔 정도밖에 없다. 딸을 둘 다 대학에 보냈기 때문이다. 학비보다도 생활비로 보낸 돈이 훨씬 더 많았다. 그 무렵 여대생을 먹잇감으로 노린 수상한 아르바이트가 텔레비전에서 화제가 된 일도 있고 해서 내 급여 전액을 딸들의 생활비로 충당했다. 노조미가 대학교 4학년이 되었을 때 세 살 아래인 가나가 대학에 입학했다. 둘 다 대학생이었던 그 일 년이 가장 힘들었다. 평일은 그때까지와 마찬가지로 파트타임 근무를 계속하면서 주말과 공휴일에는 슈퍼마켓에서 계산원으로 일했다.

내가 대학에 진학하지 못한 한이 떠올라 딸들에게는 그런 일을 겪게 하고 싶지 않아서 죽을힘을 다해 일하고 궁상맞을 정도로 절약했다. 그 시절, 내 옷은 한 벌도 사지 않았으며 립스틱도 100엔 숍에서 중국제를 사서는 조심스럽게 발라본 적도 있다.

이런저런 사정으로 지출이 많다 보니 이 나이가 되었는데도 한심할 정도로 저축액이 적다.

"그럼 너는 이혼할 때 재산의 절반을 받았겠구나?"

도쿄에 있는 아파트라면 시골과는 비교할 수도 없을 정도로 비싸게 팔릴 거고, 도쿄 샐러리맨은 급여도 많다고 들었다. 절반으로 나눴다면 미사오는 경제적으로 안정되었을 것이다. 그런데도 대학 때 친구랑 룸쉐어를 하고 있는 건 미래를 대비한 절약인 걸까.

"나는 받지 않았어. 아무것도."

"왜? 조금 전에 법으로 절반씩이라고……."

"그래서 이제야 후회하고 있다고!"

느닷없이 큰 목소리였다. 놀라서 몸이 움찔 떨렸다.

"큰 소리 내서 미안."

"……으응. 괜찮아."

큰 목소리가 무서웠다. 이따금 남편이 크게 소리칠 때가 있기 때문이다. 손은 대지 않지만 크게 소리 지를 때마다 무서워서 마음도 몸도 경직된 듯 긴장하고 만다. 특히 식사 중에 그런 일이 잦아서, 가뜩이나 소식하는 나는 점점 더 위가 음식을 받아들이지 못하게 되어 금세 젓가락을 내려놓기 일쑤였다.

"정말 바보였어, 나."

무슨 말인지 몰라 미사오를 쳐다봤다.

"실은 말이지" 하고 미사오는 이혼을 결심하고 나서의 일을 이야기하기 시작했다.

방음벽이 되어 있다고 한 것치고는 다른 방에서 나는 음악 소리가 다 들렸다. 연휴라 모두 들떠서 그런지 시끌

벅적했다.

"어, 정말이야?"

들어보니 애정이 다 식은 부부였는데도 미사오의 남편은 이혼에 동의하지 않았다고 한다. 합의가 순조롭게 진척되지 않아 변호사에게 무료상담을 받으러 갔더니 별거한 지 5년이 지나면 부부 관계의 파탄이 인정된다면서 하루라도 빨리 집을 나오라고 권했다고 한다.

"그럼 5년 동안은 이혼하지 못한 채로 그냥 있는 거잖아?"

"배우자가 부부 관계를 회복하고 싶어 하는 경우는 그렇다나봐. 외도나 폭력 같은 중대한 원인이 없으니까."

"말도 안 돼……."

내가 이혼하자는 말을 꺼내면 남편은 뭐라고 할까. 절대로 이혼에 동의하지 않겠다고 끝까지 버티면 어떡하지. 상상만 해도 폐소공포증 발작이 일어날 것만 같았다. 도망치고 싶어도 도망칠 수 없는 새장 안의 새가 된 듯한 기분이 들자, 갑자기 방 안에 공기가 옅어진 것 같아서 무심코 심호흡을 되풀이했다.

5년 후와 지금은 상황이 또 다르다. 지금은 그래도 50대다. 하지만 남편이 정년퇴직한 후에는 가계 상황도 달라질 것이고, 생활면에서도 정신적인 면에서도 남편의 아내에 대한 의존도가 훨씬 높아질 게 뻔하다. 그렇다면 정년퇴직한 후 남편은 더더구나 이혼을 거부할 게 아닌가.

"그럼 정신적 학대를 호소하지 그랬어? 그러면 바로 이혼할 수 있는 거 아냐?"

의아해서 묻자 미사오가 오히려 내게 되물었다.

"정신적으로 학대했다는 증거가 어딨어? 설마 넌 녹음테이프나 뭐 그런 걸 갖고 있는 거야?"

"그런 건…… 없지만."

아마 녹음해도 소용없을 것이다. 미묘한 압박을 정신적인 학대라고 인정해줄 사람은 별로 없을 테니. 직접 겪어본 여성이 아니라면 알지 못할 것이다. 만약 재판으로 갈경우, 재판관이 남자라면 절대로 이해하지 못하겠지.

"그럼 미사오는 5년 동안 별거하고 나서야 간신히 이혼한 거야?"

"아니, 나는 바로 이혼했어. 남편에게 어떤 조건이라면이혼해주겠냐고 물었지. 그랬더니 아파트도 예금도 가재도구도 전부 두고 몸만 나간다면 당장 헤어져주겠다고 하더라."

"말도 안 돼……."

심장이 벌렁벌렁 뛰었다. 내 남편도 그렇게 말할까.

"그럴 때 인간의 본성이 나와. 이상한 표현이지만, 언쟁이 시작되면 결국 교양 있고 착한 사람이 지게 되어 있어."

"교양이라…… 역시 그런 면은 있겠네."

사실은 교양까지 운운할 필요도 없이, 그저 여자가 남자에게 지는 게 아닐까. 대부분의 경우, 혹여나 남자의 원한을 살까 두려워하는 건 여자 쪽이다. 결국 그렇게까지 인정사정없는 요구 조건을 들이밀 수 있는 건 남자뿐이 아닌가.

"그래도 그렇지 너무한 거 아냐? 오랜 세월을 같이 산 아내한테 한 푼도 주지 않다니, 아무리 인정머리가 없어도 그렇지."

그렇게 말하자 미사오가 하핫 하고 마른 웃음소리를 냈다.

"나도 처음엔 너랑 똑같이 생각했어. 지금 너처럼 생각이 너무 물렀던 거야."

"말도 안 돼…… 무르다니. 내 사고방식은 지극히 상식적인 범주라고 생각하는데."

"생각이 무르다는 건 나쁜 게 아냐. 생각하기에 따라서는 인간미가 있다는 뜻이니까. 나는 말이야, 이혼한 후에도 몇 년에 한 번은 애들 부부랑 손주까지 모여서, 남편도 함께 식사할 수 있을 정도로 편한 관계를 이어가면 좋겠다고 생각했거든."

"응, 이상적이네. 나도 그건 좋다고 생각해."

이혼하고 나면 두 번 다시 만나고 싶지 않은 게 당연하다. 하지만 그래도 애들이나 손주를 위해서라면 참아야겠다는 생각이다. 몇 시간 정도야 생글생글 웃으면서 그 자리의 분위기를 맞출 수 있다. 헤어져서 집에 오는 길엔 분명 소름이 끼치겠지만.

"난 남편에 대한 원망도 많았고, 어쨌든 잠시도 함께 있기가 싫었어. 하지만 적어도 서로가 노후에 고생하지 않도록 원만히 재산을 나누고 각자 행복하게 살게 되기를 바랐거든."

미사오의 말에 고개를 세차게 끄덕였다. 만약 이혼 후에 남편이 생활고에 시달려 스토커처럼 따라다닌다거나 빚을 갚아달라고 달라붙으면 곤란하다. 아내에게도 여유가 없다는 것을 알면 남편은 딸들에게까지 손을 벌릴지도 모른다. 그런 의미에서는 남편이 가난하게 살기를 원치 않았다.

"그 맘 너무 잘 알아. 나도 미사오랑 똑같은 생각을 했으니까."

그렇게 말하자 미사오는 한껏 입을 일그러뜨리면서 씨익 웃었다. 이제껏 본 적이 없는 표정이었다. 고등학교 때의 인상을 완전히 바꿔버릴 정도로 어둡고 칙칙한 그런 느낌.

미사오도 나처럼 결혼 후에 인격을 부정당하면서 마음

이 비틀린 채로 살아온 걸까. 그 자신감 넘치던 미사오에게 이런 표정을 짓게 만든 미사오의 남편이 미워서 견딜 수가 없었다. 한 번도 만난 적은 없지만.

"여자란 생물은 있잖아, 사람이 좋다 못해 어리숙해. 이혼 후에도 윈윈 관계로 지내려고 생각하고 있는 사람은 나뿐이었어. 상대는 나를 무일푼으로 쫓아내려고 한 거야. 진심으로."

"그래도 설마 30년이나 함께 살아왔는데 남편도 정이란 게 있지 않을까?"

"없어."

미사오는 즉시 대답했다.

"상상 이상으로 잔인한 남자였어. 그런 남자인 줄은 몰랐지. 그때까지 나, 그 인간의 뭘 봤던 걸까. 지금 돌이켜봐도 인간에 대한 불신감이 다시 도질 것 같아. 그런 사람하고 30년이나 같이 살았다니……. 그래서 너는 나 같은 실수를 하지 않길 바라는 거야. 그러려면 남편에게 이혼하자는 말을 꺼내기 전에 변호사에게 상담해보는 게 좋아. 무료로 상담해주는 사무소도 많으니까."

"변호사?"

그렇게까지 해야 한다고는 생각도 하지 못했다. 아는 변호사가 한 사람도 없거니와 그런 직업을 가진 사람과 접

할 일은 평생 없을 거라고 여겨왔다.

일이 커지는 게 아닐까.

그런 생각만 해도 갑자기 더럭 겁이 났다. 이대로 참고 결혼 생활을 지속하는 편이 좋지 않을까 하고 마음이 흔들렸다. 어쨌든 딸들의 아버지이기도 하고……. 어느 사이엔가 마음속에서 스스로에게 변명을 하고 있었다.

"내가 이혼 얘길 꺼냈더니 남편이 집요하게 묻더라. 너 사실은 남자가 생긴 거지, 하고 말이야."

미사오는 힘껏 빨대를 빨았다. 유리컵 안에서 진한 노란빛을 띤 진저에일이 쑥쑥 줄어들었다.

"남자가 생겼냐고? 도대체 어디서 그런 발상이 떠오르는 걸까. 남자라면 아주 지긋지긋한데."

"그렇지. 하지만 여자들한테 많이 듣는 말이 있어. 내가 다니는 직장에는 70대 여성이 몇 명 있는데 내 얼굴을 볼 때마다 빨리 재혼하라고 성화를 해대지 뭐야. 그 연배에서 보면 아직 나도 젊은 부류인 건가 싶어서 왠지 기분이 묘하더라."

"재혼이라니 상상할 수 없어. 하고 싶은 맘도 없고."

"말도 안 되지. 노예 생활은 이제 사양이야. 여자친구들하고 있는 게 몇십 배 더 즐겁고, 힘든 일이 있을 때에도 정말 의지가 되는 건 친구니까. 물론 이렇게 말은 해도 난 절친이라고 부를 만큼 친한 친구가 없지만."

룸쉐어 하고 있는 대학 친구와는 그 정도로 가까운 사이가 아니라고 한다. 그렇기에 서로 간섭하는 일 없이, 단지 월세 부담을 반으로 줄이기 위해 함께 살고 있다고 했다.

"나는 재혼은 물론이고 애인도, 남사친도 필요 없어."

"맞아. 나도 이혼한 초창기에는 그렇게 생각했어."

"어? 그럼 지금은 아니야?"

"조금은 바뀌었어. 세상에는 여자를 우습게 보지 않는 선량한 남자도 있지 않을까 하고 생각하게 됐거든. 게다가 남자든 여자든 관계없이 사람을 알고 지낸다는 건 좋은 거니까. 지식이나 경험이 풍부한 남자라면 대화가 잘 통하고 즐겁잖아."

"그래? 그렇구나. 내 남편만 보고 살았더니 남자는 다 변변치 않을 거라고 생각되던데, 그렇지 않은 사람도 분명 있겠지?"

"지적이고 자상한 남자는 얼마든지 있지. 하지만 함께 살면 어떻게 될지는 보장할 수 없어. 우리가 보살펴야 하는 쪽이 되는 건 피할 수 없을 것 같아."

"그렇다면…… 역시 난 필요 없어."

물방울이 맺힌 유리컵을 들어 올려 콜라를 마셨다. 얼음이 녹아 탄산도 다 날아갔다.

"그런데 미사오가 다니는 직장은 뭐 하는 데야? 아까 70대 여성도 일하고 있댔지?"

궁금했지만 좀처럼 묻지 못하던 말을 어렵게 꺼냈다. 직종을 물으면 생활 수준이 드러난다. 그래서 예의가 아닌 것 같아서.

"메밀국숫집이야. 홀하고 계산대를 맡고 있어. 왜 그래? 그렇게 놀란 얼굴로. 왜, 멋있는 커리어우먼이라도 되는 줄 안 거야?"

"……그건 아니지만, 그래도 미사오는 대학도 나왔고."

"아줌마한테 학력은 관계없어. 오히려 방해가 될 뿐인 걸. 그 증거로 나도 이력서 낼 때는 고교 졸업까지밖에 적지 않았거든. 국숫집 주인장이 대학까지 나온 아줌마를 고용할 것 같아?"

대답할 수가 없었다. 왠지 그냥 울고 싶어졌다.

"내가 일하고 있는 가게는 독신 여성이 많은데 모두 나름대로 그럭저럭 살고 있어. 남들 눈에는 가난하고 비참해 보일지 모르지만, 본인들은 굉장히 밝게 일하고 있어."

"그 말을 들으니 안심이 돼. 방에서 굶어 죽은 채로 발견되었다느니 그런 뉴스를 가끔 접하다 보니 내심 불안했거든."

"혼자 사는 여자가 생각했던 것보다 훨씬 많더라. 지금까지는 아이들 친구의 엄마나 이웃 아주머니들과만 교류했으니까, 그 외에 독신 여성하고는 만나볼 기회가 거의 없었던 탓일 거야. 혼자 저녁을 먹고 크리스마스나 설 명절에 혼자서도 즐겁게 지내는 여성이 나 말고도 많다는 걸 안 순간 아무렇지도 않아지더라고."

"혼자 살면 오히려 편하고 좋을 거야. 남편 기호에 일일이 신경 쓰지 않아도 되고, 내가 좋아하는 것만 먹을 수 있을 테니."

"그나저나 희한한 건, 전남편이 내가 얘기한 이혼 사유를 전혀 이해하지 못했다는 거야. 나는 30년도 더 전부터 폭발하기 일보 직전인 걸 여태껏 참아왔는데 그 사람에게는 아닌 밤중에 홍두깨였나봐. 내 기분을 전혀 알아채지 못하고 있었다니 믿을 수가 없더라. 세상 사람들이 아내를 공기 같은 존재라고 표현한다지만, 정말로 그랬을 줄이야."

반대로 내 남편이 공기처럼 조금도 신경 쓰이지 않는 존재라면 얼마나 좋을까 하는 생각이 들었다.

"내가 그랬거든. 이제는 당신에게서 해방되고 싶다고, 자유롭게 살아가고 싶다고, 새장에서 도망치고 싶다고."

"그랬더니 남편이 뭐래?"

"지금도 충분히 자유롭잖아, 아이도 독립했겠다 자유

시간은 얼마든지 있는데, 조금 있으면 정년이니까 기다려, 그러면 둘이서 여기저기 여행 다니자, 이러더라."

나도 모르게 한숨이 새어 나왔다.

"남자들도 상상해봤으면 좋겠어. 항상 상사가 옆에 붙어서 감시한다면 어떤 심정일지."

"설마 자신이 아내에게 상사 같은 존재라고는 생각해본 적도 없을걸."

미사오가 그렇게 말하고 나서 메뉴판을 펼쳤다.

"뭔가 단 게 먹고 싶어졌어"

"나도."

한겨울인데 둘 다 초콜릿 파르페를 주문했다. 난방이 잘 들어오는 데다 남편에 대한 노여움이 울컥 올라온 탓인지 무척 시원하고 맛있었다. 단것은 한순간이나마 괴로움을 잊게 해준다.

"스미코 넌, 별거라는 선택지는 없는 거야?"

그것도 생각해보지 않은 건 아니지만, 별거해봐야 가슴이 짓눌리는 상황은 그대로일 것이다.

"너야말로 어땠는데? 별거를 선택하지 않고 바로 이혼했다며?"

그렇게 묻자 미사오가 후훗 하고 쓸쓸한 듯이 웃었다.

"깔끔히 이혼하고 하루라도 빨리 남편과 연을 끊지 않

으면 정신이 피폐해질 것 같았거든. 하지만 세상에는 이혼은 하지 않고 따로 지내는 부부가 의외로 많은 것 같더라."

"그런가봐. 요전번에 텔레비전에서도 졸혼 특집을 다루더라고."

요즘은 1층과 2층에 따로 살면서 거의 말도 섞지 않는 부부가 많다고 한다. 정년퇴직과 동시에 남편만 시골로 내려가 살기 시작했다는 이야기도 자주 듣는다. 또는 각자 부모를 간병하기 위해 남편과 아내가 따로 각자의 고향으로 돌아가 본가에서 생활하고 있다는 사례도 들은 적이 있다.

"하지만 너는 지금까지 한 번도 혼자 살아본 적이 없잖아?"

그게 뭐 어때서?

무심코 도발적인 시선을 보내고 말았다. 그 이유로 몇십 년 동안이나 남편에게 무시당하며 굴욕감을 느껴왔는지라 나도 모르게 신경이 곤두섰다. 그 순간의 눈초리를 알아차리지 못했는지 미사오는 그대로 말을 이어갔다.

"그런 사람은 황혼 이혼을 하면, 처음으로 혼자 살게 되는 불안감에 휩싸인다는 말을 들은 적이 있어."

"그렇지 않아. 그런 사람도 있겠지만, 적어도 나는 아무렇지도 않은걸."

아무런 확증도 없으면서 단호하게 말했다. 솔직하지 못

했다.

결혼 전에는 내가 원해서 본가살이를 했던 게 아니다. 가능하면 나도 도시로 나가 살고 싶었다. 단 한 번 사는 인생인데……. 경험해보지 못한 일이 많다. 너무나 많다.

"미사오가 도쿄에 사는 게 부러워. 시골은 바로 이혼 소문이 돌고 다들 호기심이나 동정 어린 눈으로 쳐다볼 테니 살기가 힘들잖아."

"뭐라고? 너 지금 무슨 말을 하는 거야?"

공감을 하며 동정해줄 줄 알았는데 미사오는 어이가 없다는 듯한 목소리를 냈다.

"있잖아, 스미코. 우리가 중고등학교 때 사이가 좋았던 건 왠지 알아?"

"응? 그건…… 죽이 잘 맞아서지. 사고도 그렇고 느끼는 것 비슷하고."

"예를 들면, 어떤 사고?"

"갑자기 그렇게 물으면 얼른 생각이 안 나."

"우리는 말이지, 남들이 어떻게 생각하든 무슨 말을 하든 아무 상관 없었잖아. 그런 점이 비슷해서 마음이 잘 맞은 거라고, 난 줄곧 그렇게 생각했거든."

말문이 막혔다.

꽤 오랫동안 잊고 있었던 일이다.

"내가 우울해할 때도 스미코는 남들 시선은 신경 쓰지 말라면서 격려해줬잖아."

"그런 일이 있었을지도. 하지만……."

세상의 이목 따위 신경 쓰지 않는다고 큰소리칠 수 있었던 건 고교생이었기 때문이 아닐까. 더구나 동급생에게 들은 험담 같은 건 정말로 신경 쓰지 않아도 되는 사소한 일이었다.

하지만 한순간, 그 무렵의 분위기가 이 노래방 안으로 돌아온 것만 같았다. 그 시절이 뭉클하게 떠올랐다.

그 시절의 나…….

역시 만나길 잘했다. 미사오는 10대 시절의 올곧고 꾸밈없던 마음을 떠오르게 해주었다.

더 빨리 만났으면 좋았을걸.

여자는 결혼하면 점점 뒤틀리고 꼬여간다. 본래의 자신을 잃고 만다. 중년이 되면 천진난만했던 시절의 모습은 한 조각도 남아 있지 않다. 남편과 시부모의 비위를 맞추느라 항상 선웃음을 짓고 수도 없이 거짓말을 하며 나 자신을 잃어버리고 만다.

사요코나 아야노, 히로에는 특히 그러한 성향이 두드러진다. 고등학생 때는 친구의 흉을 보는 일이 있어도 지금과 달리 싱거웠고 아무렇지도 않았다. 적어도 요즘처럼 악의가 담긴 음습한 속내는 없었다.

"사요코에게 들었는데, 너 이혼하고 나서 바로 이탈리아인지 캐나다에 여행 갔다면서?"

느닷없이 화제가 바뀌어서인지 미사오가 잠시 멍한 표정으로 나를 보았다.

"너, 영어 할 줄 아는 거야? 아니면 가이드 있는 단체 여행?"

나라면 가이드가 따라다니는 단체 여행조차도 혼자서 참가할 용기가 없다. 미사오는 어떨까. 어쩌면 단체 여행이 아니라 혼자서 다녀온 걸까. 그렇다면 더 기가 죽을 것 같지만 그래도 확인해보고 싶었다.

"이탈리아도 캐나다도 간 적 없는데?"

"어라, 그래?"

"그런 소문은 대체 어디서 나오는 거지?" 하고 미사오는 태평하게 웃었다.

"그게 말야, 복권에 당첨됐다는 소문도 있었어."

"뭐야? 나 복권은 한 번 사본 적도 없는데."

"정말?"

놀라서 미사오를 바라보았다. 소문이란 이 얼마나 어처구니없는 것인가. 아니 땐 굴뚝에 연기 날 리 없다는 속담이 항상 맞는 건 아닌 모양이다. 사요코가 하는 말은 절반은커녕 전부 믿지 않는 게 좋을 것 같다.

"홋카이도는 가봤지만."

"그래? 홋카이도였구나. 그건, 그러니까, 친구랑 같이?"

조심조심 물어보았다. 나는 혼자 여행은 도저히 못 할 것 같다.

"혼자 다녀왔어. 그렇게 두 달 동안 홋카이도를 돌았지."

"뭐야, 두 달씩이나? 혼자서?"

재빨리 머릿속에서 계산해봤다. 저렴한 숙소로 1박에 1만 5천 엔이라고 해도 숙박비만 30만 엔, 식비와 교통비를 포함하면 꽤 큰 금액이다.

재산을 나눠 받지 못한 것치고는 돈이 있는 모양이다. 아니, 아무려면 이 나이에 그 정도의 비상금이 있다 해도 이상하지 않다. 다만, 나라면 그 얼마 안 되는 비상금을 아주 소중히 간직할 테지. 여행 같은 데 턱 하니 써버리다니 상상할 수도 없는 일이다.

"이혼할 때 전부 가져갔지만 자동차만은 나한테 주더라. 이미 15년이나 탔고, 내년에 다음 자동차 검사도 다가오니까 그 사람은 슬슬 차를 바꾸려고 했던 것 같아. 한마디로 폐차 비용을 아끼려고 나한테 준 거지. 그 차를 타고 요코하마에서 페리[17]로 홋카이도까지 간 거야."

---

17 사람이나 자동차를 실어 운반하는 여객선

직접 운전해서 페리로? 그것도 혼자서?

내겐 그런 행동력은 없다. 그렇게 생각하자 갑자기 기분이 울적해졌다.

"호텔비도 꽤 들잖아? 더구나 두 달이나 되는데."

"호텔에 묵지 않았어. 도로 휴게소라든가 편의점, 온천 주차장에서 차박한 거야."

"뭐, 정말? 편의점 주차장에서?"

"여기 편의점이랑은 차원이 달라. 홋카이도는 어느 주차장이나 놀랄 정도로 넓거든. 도서관 주차장도 굉장히 넓어서 거기서는 이틀 밤이나 신세를 졌는걸."

"미사오 대단하네. 정말 대단해."

대단하다는 말밖에 나오지 않았다. 그런 대담한 모험은 남학생들의 전매특허라고 생각해왔다.

이야기를 들어보니 아침은 편의점에서 산 빵을 먹고 점심시간에는 그 지역의 맛집을 찾아갔으며, 저녁은 컵라면이나 도로 휴게소에서 토마토처럼 씻기만 하면 먹을 수 있는 채소나 낫토를 사서 차 안에서 먹었다고 한다.

들으면 들을수록 혀를 내두를 수밖에 없었다.

나는 어떤가. 혼자 도쿄에 간다고 생각만 해도 긴장이 되었다. 더구나 신칸센이라는 안전한 고속전철을 이용하는 데다, 미리 호텔을 예약해놓고, 게다가 노조미가 도쿄역까지 마중을 나온다고 했는데도.

그때 남편이 반대하자 더 이상의 항변도 하지 않고, 내심으로는 안도하는 마음마저 들지 않았던가.

난 대체 뭐람. 그야말로 어린아이가 아닌가.

"미사오는 행동력이 참 좋구나. 정말 대단해."

또다시 '대단해'를 연발하고 말았다.

혼자서 홋카이도에, 그것도 차 안에서 자면서…… 나는 도저히 흉내 낼 수 없다.

"그렇게 대단한 일도 아니야. 홋카이도는 길이 텅텅 비어 있는 데다 곧게 뻗어 있어서 운전하기가 쉽거든. 그보다 하늘로 이어진 도로라고 불리는 일직선 도로가 18킬로미터 계속되는 곳이 있는데 정말 예쁘더라."

고교를 졸업한 지 40년, 우리는 각자 다른 인생을 걸어왔다. 나는 고향에서 살았고 미사오는 도시에서 생활했다. 하지만 장소는 달라도 둘 다 평범한 생활을 하고 있다고만 생각했다. 고교생 때는 서로 비슷한 감각이 있었는지도 모르지만 본질은 전혀 달랐던 모양이다. 미사오가 지닌 모험심과 대담함을 나는 조금도 갖고 있지 않았다.

"차 안에서 자다가 위험한 일을 당하거나 하진 않았어?"

"전혀 없었어. 50대라는 건 어떤 의미에서는 여자로서는 가장 안전한 연령이 아닐까? 70대쯤 되면 오히려 금품 목적으로 표적이 되기도 쉬울 거고 말이지."

"……그럴 수도 있겠네" 하고 말하는데 한숨이 새어 나왔다.

"나는 그렇게 혼자 여행가는 거, 절대 못할 거야" 하고 솔직한 마음을 털어놓았다.

"미사오는 직접 차를 운전해서 페리를 타거나 홋카이도를 차로 달리는 게 익숙하구나, 멋지다."

그렇게 행동력 있는 삶을 살아왔을 거라고는 상상도 하지 못했다.

"뭐? 너 농담하는 거지?"

미사오는 파르페에서 눈을 떼더니 나를 힐끗 바라보았다.

"얘, 혼자서 차를 운전해 페리를 타고 멀리까지 가서, 두 달 동안 여기저기서 차를 세우고 자면서 방랑하는 데 익숙한 중년 여자가 세상에 있을 거라고 생각하는 거야?"

"응?"

"당연히 엄청 조마조마했지. 떠나기 전날은 긴장해서 잠도 안 오고, 역시 이런 계획을 세우는 게 아니었어 하고 후회를 하다가 눈물이 나올 뻔도 하고 말이야. 출발하는 날은 요코하마항까지 고속도로를 운전해 가는 데만도 극도로 긴장해서 죽을 것만 같았어. 페리를 타는 것도 처음

이었고 수속하는 장소를 몰라서 울고만 싶었는걸. 어떻게
든 해서 홋카이도에 도착한 건 좋았는데 주차장에서 차박
하는 건 태어나서 처음이라 심장이 벌떡벌떡거리는 바람
에 첫째 날 밤은 너무 피곤한데도 무서워서 한숨도 못 잤
어."

"하지만…… 혼자서는 처음이라고 해도 남편하고는 몇
번인가 같이 간 적 있는 거 아냐?"

"한 번도 없었어. 그 사람은 완전 집돌이거든. 바람을 쐬
거나 햇볕에 노출되는 걸 굉장히 싫어하는 사람이야. 아이
들을 데리고 캠핑 가는 가족이 난 너무도 부러웠어. 그 사
람은 캠핑보다 에어컨이 빵빵한 카페를 좋아했거든. 그걸
미리 알았다면 절대 결혼 안 했지."

그러고 보니 지즈루가 미사오의 남편이 무척 피부가 희
다고 말한 적이 있다. 그래서였구나.

"홋카이도는 정말 좋았어. 시레토코 반도의 대자연을
바라보는 것만으로도 마음이 쏴악 씻겨 내려갔다고 할까.
그 두 달 동안 마음을 새로 다잡을 수 있었지. 겉모습은 아
줌마라도 그때 이후로 마음은 고등학생이야."

그렇게 말하더니 유쾌하게 웃었다.

"있잖아, 스미코. 뭐 하나 물어봐도 돼? 네가 결혼하기
직전에 우리, 상점가에서 우연히 만난 적 있지?"

"그러고 보니 진짜 그랬네. 찻집에 들어가서 얘기했지, 우리?"

오랫동안 잊고 있던 일이다. 남편과 결혼하기 두 달쯤 전이었다.

"그때 분명히 네가 그랬어. 남편될 사람은 남존여비의 '니은' 자도 모르는 사람이라고."

그런 말을 했었구나, 내가.

"…… 응, 그랬을지도. 그 당시는 그렇게 생각했었고 실제로 그랬던 것 같아. 남편의 동급생 중에 여의사랑 결혼한 사람이 있는데, 남편은 항상 '그 녀석 와이프, 진짜 멋있네' 하고 부러워했거든."

"여자를 우습게 보거나 하지는 않는 사람이었던 거네?"

"응, 적어도 사고방식은 봉건적이지 않았어. 근데 가사도 육아도 전혀 안 하더라고. 우리 사회도 과도기인 거라고 생각해서 참았지만."

미사오는 고개를 끄덕이며 질문을 이어갔다.

"으응, 그렇다면 동년배 남자들 중에는 그나마 나은 편인가?"

"그럴지도 몰라. 하지만 40대 중반쯤부턴가, 서서히 변해갔어."

"구체적으로는 어떻게?"

"중년 여자라는 이유만으로 얕보더라고. 자기도 중년인 주제에, 젊지 않은 여자는 여자로서의 가치가 없다고 분명히 말했어."

"최악이군."

"그 무렵부터 나를 대하는 태도가 정말로 바뀌었다니까. 젊을 때는 그렇지 않았는데."

"정말 그럴까?" 하고 미사오가 툭 내뱉었다.

"응? 무슨 의미야?"

"여자라면 누구나 결혼 전에 알아차리는 순간이 있었을 거야."

"알아차리다니, 뭘?"

"이 남자 약간 이상한 거 아닐까, 하고."

아!

"그거…… 맞는 거 같아."

짚이는 데가 있었다.

결혼 전에 남편의 회사 동료를 소개받아 인사를 나눈 적이 있다. 이자카야에 다섯 명쯤 모였는데 남자 후배를 대하는 남편의 태도가 그때까지 본 적이 없을 정도로 배려심이 없었다. 느닷없이 개인기를 해보라는 둥 춤을 추라는 둥 명령하고는 그 후배가 난처해하는 모습을 보면서 즐거워했다. 젊은 여성 신입사원 앞에서 창피를 주려는 의도가 뻔히 보였다.

"생각해보니 분명 그런 순간이 있었네. 혹시 미사오도 뭔가 마음에 걸렸던 게 있었어?"

"있어. 하지만 이제 생각하고 싶지도 않으니까 말 안 할래. 우리 회사 여성들에게도 물어봤는데 여섯 명 중에서 다섯 명이 그렇다고 대답하더라고."

"그럴 때 결혼을 다시 생각했어야 하는 건데. 우린 왜 모두 그냥 결혼한 걸까."

"여자는 스물다섯 살까지 결혼하지 않으면 큰일난다고 초조해하던 시대였잖아. 그런 데다 식장도 예약해놓고 청첩장도 이미 돌린 후라면."

결혼식장을 예약하고 청첩장도 다 돌렸다면…… 그 시점에서도 아직 늦지 않았다고 말할 수 있는 사람은 그리 많지 않을 것이다.

수치심의 문화[18]를 지닌 일본인뿐만이 아니다. 영국 왕실의 다이애나 전 왕세자비도 그러했다. 황태자에게 다른 여자가 있다는 사실이 판명되자 결혼하고 싶지 않다고 친언니에게 상의했더니 "세상이 이렇게 온통 주목하고 있는데, 되돌리긴 이미 늦었어" 하고 말했다는 일화는 유명하다.

---

18 shame culture. 루스 베네딕트가 《국화와 칼》에서 밝힌 일본인의 특성으로 죄의 중요성보다 수치의 중요성에 무게를 두고 있다는 뜻이다.

동서양을 막론하고, 사람은 이 얼마나 어리석은가.

세상에 대한 체면에 휘둘려, 소중한 자신의 인생을 다시는 되돌릴 수 없는 상황에 빠뜨리다니.

3

　미사오와 헤어져 본가로 향한 것은 예정에 없던 행동이었다.

　적어도 오늘만은, 나중에 남편이 귀가가 늦다고 잔소리를 퍼붓는다 해도, 그게 뭐 어떠냐고 대담하게 맞설 수 있을 것 같은 기분이었다. 미사오와 이야기를 나누고서 확실히 기분이 고조되어 있었다.

　오랜만에 남동생 게이이치랑 이야기를 하고 싶었다. 올케 에리는 오지 않고 혼자 본가에 와 있을 터였다.

　"누나, 오랜만이야."

　부엌으로 들어가려는데 게이이치가 옷소매를 걷어붙이

고 무를 갈고 있었다.

아아, 이런 부류의 남자랑 결혼해야 했다. 게이이치를 한눈에 보자마자 그런 생각이 들었다.

쉰여섯이나 되었는데도 어쩜 이렇게 단정하고 청결한 느낌인 걸까. 늘씬하고 배도 나오지 않았다.

짧게 깎은 깔끔한 머리도 장애물 경주 선수였던 고교 시절 그대로가 아닌가. 주름과 흰머리가 늘어난 것 외에는 아무것도 달라지지 않았다. 이 정도로 상큼한 미소를 보여 주는 중년 남성이 내 주위에는 거의 없다.

"게이이치 혼자 왔다. 내 원 참!"

엄마는 게이이치의 옆에 서서 계란말이를 자르며 불만 가득한 표정으로 말했다. 창으로는 황혼의 오렌지빛 햇살 이 비집고 들어와 계란말이에서 올라오는 김을 비춰 드러 내고 있었다.

이야기를 들어보니 올케는 새해를 요코하마에 있는 친 정에서 보낸다고 한다.

"누구나 자기 본가가 가장 편한 법이지" 하고 게이이치 가 아내를 감쌌다.

"그래도 그렇지, 우리 호리우치 집안의 며느리인데" 하 고 엄마는 한층 더 불만을 터뜨렸다.

"에리도 모처럼 명절 연휴니까 푹 쉬게 두세요."

게이이치는 여전히 아내를 다정하게 이름으로 부르고 있다. 두 사람은 같은 대학 출신으로 게이이치가 입학했을 때 에리는 3학년이었다. 연극 동아리 선후배 사이가 얼마 안 가 연애로 발전했고 게이이치가 취직하면서 바로 결혼했다.

"한심하게스리. 마누라한테 꽉 잡혀서는."

엄마가 그렇게 말하자 게이이치는 아하하 하고 호탕하게 웃었다.

"잡혀 사는 게 딱 좋은 거예요. 원만한 부부 관계를 유지하는 비결이지."

"또 그런 얼빠진 소리나 하고."

"그렇잖아요, 에리가 나보다 더 똑똑하고 돈도 더 잘 버니까."

에리는 가나가와 현에 있는 사립대학교의 이과대학 교수가 되었다. 교수가 받는 급여는 그렇게 많지 않지만 강연회나 책 출간으로 벌어들이는 부수입이 상당하다고 한다.

"남편보다 돈을 더 잘 벌더라도 남자의 기를 살려주는 게 여자의 길 아니냐."

"네?"

게이이치가 무릎 갈던 손을 멈추고 멍한 표정으로 엄마를 바라보았다.

"여자의 길이라니…… 엄마 꼭 핀카라 트리오[19] 같네."

나는 무심코 풋 하고 웃었지만 엄마는 여전히 뾰로통해 있다.

"게이이치, 정년퇴직하면 이리로 돌아올 거니?"

내가 그렇게 묻자 엄마의 "당연하지" 하는 말과 게이이치의 "모르겠어" 하는 대답이 동시에 나왔다.

"무슨 소리 하는 거냐, 장남인데 돌아와야지."

"나는 뭐 그래도 괜찮은데, 에리는 절대로 안 될 거야. 에리 말로는, 시골은 공기도 좋고 자연이 아름다워서 좋아하지만 그런 곳에서 느긋하게 지내는 건 일 년에 두 번으로 충분하다네요. 아무리 생각해도 도시에서 나고 자란 사람에게 이곳은 너무 따분하지. 이웃들하고 교류하는 것도 성가실 테고."

"이제 와서 그런 말을 하다니 믿을 수가 없구나. 게이이치와 결혼하기 전부터 각오는 했을 거 아니냐."

노해 있는 엄마를 아랑곳하지 않고 게이이치는 후우 하고 숨을 길게 내쉬었다.

"시골 사람들은 아직도 다들 그렇게 생각이 진부한 거야?" 하고 나를 쳐다보더니, 나까지 아무 대답이 없자 말을 이었다.

---

19 일본의 3인조 코믹 밴드로, 1972년도에 발표한 노래 <여자의 길>이 대히트를 기록했다.

"······그렇다면 에리뿐만 아니라 나도 여기서 사는 거 힘들지 않을까."

"노인을 혼자 두려는 게냐?" 하고 엄마가 낯빛을 바꿨다.

그러자 게이이치는 "누나한테 엄마를 보살펴달라고 하는 건 너무 이기적일까? 난 불효자식인가?" 하고 일부러 그러는 듯 묘한 표정으로 나를 바라보았다.

이 얼마나 훌륭한 동생인가. 기뻐서 나도 모르게 얼굴 가득 웃음이 배어 나왔다.

"네가 무슨 불효자니. 공부도 잘하고 스포츠 만능에, 엄마한테는 얼마나 자랑스러운 아들인데. 네가 대학에 합격했을 때 동네에 소문이 자자해서 엄마가 으쓱해져서 다녔던 것만 해도 이미 넌 충분히 효도를 다 한 거야."

아이가 없는 게이이치는 이런 감정을 알지 못할 테니 알려주는 게 좋다.

"그랬어? 내가 자랑스러웠다니 몰랐네."

"엄마는 내가 보살펴드릴게. 걱정 마."

그렇게 말하자 엄마가 내 쪽을 보고 조심스럽게 말했다.

"난······ 양로원에는 가고 싶지 않다."

항상 다부진 엄마가 이렇게 불안해하는 표정은 처음 보는 것 같다.

"알아요. 내가 끝까지 이 집에서 돌봐드릴게. 간병도 다

할 거야."

남편과 헤어지기 위해서라면 뭐든지 받아들이겠다고
마음먹었다.

"그래……. 스미코가 간병해주는 거구나."

엄마는 그렇게 중얼거리더니 안심한 듯이 부엌칼을 고
쳐 쥐고는 계란말이 쪽으로 돌아섰다. 혼잣말 같은 푸념이
쏟아졌다.

"게이이치는 아이가 없으니까, 게이이치 다음에 이 집
안의 대를 이어갈 사람이 없는 게 걱정이다. 하지만 스미
코는 딸이 둘이나 있어. 가나는 결혼했으니 안 되겠지만
노조미가 아직 남아 있잖아. 누구든 좋은 데릴사위라도 데
려오지 않으려나. 그러면 노조미가 이 집안을 이을 수 있
을 텐데."

후우 하고 한숨이 나오려는 걸 간신히 삼켰다. 대를 잇
는다는 게 뭘까. 백번 양보해서 우리 집이 300년이나 이어
져 내려오는 노포 화과자집이라든가 대대손손 특정 우체
국장을 지내온 가문이라면 이해가 간다. 하지만 우리 집은
아버지 대부터 평범한 샐러리맨이다. 그전에는 농가였다
고 들었다.

엄마는 아들 부부에게 아이가 없는 것이 며느리인 에
리의 탓이라고 생각하고 있다. 불임의 원인은 남녀에게

반반씩 있는 거라고 수차례 설명해도 절대 이해하려 들지 않았다. 시대가 바뀌어 의학적으로 해명되어도 이미 마음속 깊은 데까지 스며들어 있는 사고는 그리 쉽게 바뀌지 않는다.

몇 년 전인가 게이이치가 슬쩍 알려준 사실이 있다. 아이를 낳지 않겠다는 약속을 하고 결혼한 거라고. 그건 에리가 강력히 원한 일이라고 했다.

언제 만나도 꾸밈없이 솔직하고 밝은 에리가 참 좋았다. 올케는 일하는 게 취미라고 해도 좋을 정도로 이른 아침부터 늦은 밤까지 연구에 몰두하고 있다. 나처럼 저녁때가 가까워지면 부랴부랴 집으로 돌아가 식사 준비를 하는 인생이 아니다. 부부가 함께 식사를 하는 건 휴일 정도이고 평소에는 각자 알아서 먹는다고 한다. 그리고 매년 한 번은 부부가 함께 해외여행을 즐긴다. 게이이치는 빨래와 청소도 하는 데다 어릴 때부터 요리를 잘했다.

"누나가 엄마를 돌봐준다면 난 유산은 하나도 필요 없어."

게이이치가 시원스레 말했다.

너무나 기쁜 나머지 목소리가 나오질 않았다.

"유산이라고 할 정도로 대단한 것도 없다. 예금은 쥐꼬리만큼 있고, 재산이라고는 이 집하고 작은 밭뙈기랑 풀이 무성한 논밖에 없는걸. 집은 낡아서 값도 안 나갈 텐데. 거품이 꺼지고 나서 시골 땅값이 놀랄 정도로 떨어졌어."

엄마는 이렇게 합리적인 판단을 할 줄 아는 사람이면서 왜 굳이 집안을 잇지 못해 걱정하는 걸까. 엄마의 사고 방식을 이해할 수 없다. 하지만 이 말을 하면 조상님 뵐 면목이 없다는 말부터 꺼낼 거고 얘기가 복잡해질 게 뻔해서 잠자코 있었다.

"요즘은 아무리 가격을 내려도 팔리지 않는다고 하니, 누나가 물려받는다면 오히려 나야 고맙지. 하지만 누나는 정말 그래도 괜찮은 거야?"

걱정스러운 표정으로 나를 보았다.

"물론이지."

만약 지금 내 앞에 있는 것이 어린 시절의 남동생이라면 꼭 끌어안아 줬을 텐데. 초등학교 때부터 자랑스러운 동생이었다. 공부도 잘하고 온순한 데다 귀엽고 축구를 잘해서 외동딸인 사요코가 무척 부러워했다.

그게 언제였더라. 아마 게이이치가 초등학교 2학년 때쯤이었던 걸로 기억한다.

—딱 한 번만, 그 귀여운 볼 좀 만져보게 해주라.

사요코가 그렇게 말하면서 둘째 손가락을 세워 자그마한 게이이치에게 갖다 대려고 한 적이 있었다. 게이이치는 뒷걸음질 치면서 "싫어요" 하고 딱 잘라 말하고는 내 등 뒤로 숨었다. 그 광경이 아련하게 떠올랐다.

"그래도 누나, 이 집은 노후화되었으니까 10년 후나 20년 후에는 수리를 해야 할 거야. 결국 돈이 들 거고 고정자산세도 계속 내야 할 텐데 정말 괜찮겠어?"

"…… 응, 괜찮은 걸로 해둘게. 지금은 10년 후의 일까지 생각할 여유가 없기도 하고, 그냥 어떻게든 될 거라고 생각할래. 물이 새면 양동이로 받쳐놓으면 되고 홈센터에서 재료를 사다가 직접 보수할 수 있는 건 하면 되니까."

"하긴, 누나는 손재주가 좋아서 이것저것 잘 만들었지? 완전히 잊고 있었네."

다정한 남매지간의 대화에 엄마의 목소리가 끼어들었다.

"잠깐 너희들, 내가 죽은 뒤의 이야길 하다니 재수 없게. 게다가 스미코, 그렇게도 기뻐하는 표정으로 엄마가 죽기를 기다리는 거니? 이 불효막심한 녀석."

"그게 아니라니까. 엄마가 오래오래 사셨으면 좋겠어."

"응, 나도."

"……그러냐. 그렇다면 니들한테 미움받더라도 백 살까지 살아야겠다."

그러고 나서 엄마는 손수 단팥죽을 만들어주었다.

어릴 때부터 먹던 정겨운 맛이었다.

게이이치는 "더 있어요?" 묻더니 좋아라 하며 한 그릇을 더 받아들었다.

새해 분위기는 벌써 다 가라앉았지만 늘 모이는 친구들끼리 늦은 신년회를 하기로 했다. 주류 판매점을 하는 사요코가 연말연시에는 대목이라 가게를 비울 수 없었기 때문이다.

건배를 하고 나서 각자 집에서 준비한 명절 음식 이야기가 시작되었다. 해가 갈수록 정성을 덜 들이게 된다는 공통된 화제였다. 사요코는 다 만들어서 파는 음식을 생활협동조합에서 주문했다고 한다.

"오늘 아침 신문 봤니?" 하고 지즈루가 문득 생각난 듯 물었다.

"봤어, 봤어. 린다 얘기 말이지?" 하고 사요코가 바로 반응을 보였다.

"나도 봤어" 하고 히로에가 말했다.

"난 못 봤는데. 린다 신간이 나온 거야?" 하고 물었다.

"그렇다니까. 30만 부 돌파라고 쓰여 있더라고, 아, 이게 참" 하고 사요코는 얼굴을 잔뜩 찌푸렸다.

호시카와星川 린다는 고교 동급생으로, 잘나가는 만화가가 되었다. 본명은 하야시다林田 요시코지만 하야시다라

202

는 한자를 소리 내어 발음한 '린다'를 필명으로 사용하고 있다. 모임에서 린다가 화제에 오르기만 하면 모두 표정이 험악해진다.

린다는 눈에 띄지 않는 아이였다. 나는 같은 반이었던 적이 없어서 린다에 관해 잘 알지는 못하지만, 사요코랑 다른 친구들 말을 들어보니 린다는 공부도 별로 특출나지 못한 데다 스포츠는 전혀 못했다고 한다. 그래도 당시 미술부에 속해서 그림을 그리길 좋아한다는 소문은 내 귀에도 들어왔었다. 하지만 문화제 때 전시된 린다의 그림을 보니 유치원 아이가 그린 게 아닌가 싶을 정도로 형편없었다.

그 무렵 엄마는 취미로 뜨개교실에 다니고 있었고 그곳에서 린다의 어머니와 만나 친해졌다. 엄마의 권유로 손뜨개 전시회에 갔다가 돌아오는 길에 린다네 모녀와 넷이서 찻집에 들어가 차를 마신 적도 있었다. 맞은편에 앉은 린다는 멋쩍은 표정으로 내 쪽을 힐끔힐끔 보았던 기억이 난다. 차분하고 상냥한 느낌이 드는 아이였다.

"린다는 나보다도 공부를 못했으니 어지간히 멍청했을 텐데" 하고 히로에가 말했다.

"그런데 지금은 만화가 선생님이라니" 하고 아야노도 밉살스러워하는 기색이었다.

"흥, 세상이 어떻게 된 거야" 하고 사요코도 린다의 활약이 영 못마땅한 모양이었다.

"그런 그림을 보고 서툰 기교가 오히려 개성 있고 매력적이라고들 하는가 본데 말이야, 결국은 서툰 것뿐이잖아."

"그런 그림이라면 나도 그리겠다."

"그래도" 하고 지즈루가 끼어들었다.

"콩쿠르에서 상을 받고 데뷔했을 정도니까 어느 정도는 높이 평가받는 거 아닌가?"

"난 그렇게 생각 안 해."

"나도 그건 아니라고 봐. 운이 좋았던 것뿐이야. 아무리 봐도 형편없는걸."

"스토리도 너무 평범해서 시시하고 말이지."

사요코와 히로에, 아야노가 저마다 한마디씩 주고받았다.

"동창회에는 한 번도 안 오잖아. 잘난 척하기는. 하여튼 맘에 안 들어."

린다는 고등학교를 졸업하자마자 부모와 함께 오사카로 이사 갔다. 원래 오사카에서 나고 자랐다는 사실이나, 아버지의 전근으로 중고등학교 6년 동안만 이 동네에서 살았던 거라는 사실을 알게 된 것은 고교를 졸업하고 나서였다.

지금은 도쿄에 살고 있고 본가가 오사카에 있다면, 단지 동창회에 참석하려고 일부러 이 시골 마을까지 오기는 힘들지 않을까. 아마도 무척 바쁜 생활을 하고 있을 테고 묵을 수 있는 본가도 이 마을에는 이미 없으니.

그렇게 생각은 했지만 이 자리에서 굳이 말하기도 귀찮았다. 어차피 반발만 살 게 뻔하다.

하지만 내게 사요코랑 친구들을 비난할 자격은 없다. 나 역시 질투심이 꽤 많기 때문이다. 다른 사람의 행복을 진심으로 기뻐해줄 아량은 보일 수 없다. 그러니 결국 오십보백보다.

여자란 결혼 생활이 길어질수록 성격이 비틀리고 꼬여가는 것 같다. 나만 해도 남편의 비위를 맞추고 시부모에게 비난받지 않으려고 숱하게 거짓말을 해왔다. 그러니까 린다처럼 즐겁고 자유롭게 사는 것 같은 여자가 공연히 미워지는 심리를 너무도 잘 안다.

─성공한 것처럼 보여도 분명 남모르는 고충이 있을 거야. 사실은 불행한 게 틀림없어.

모두 그렇게 믿고 싶을 뿐이다.

"린다는 아직도 결혼 안 했지?"

"그럼. 자유롭게 좋아하는 일을 하는데 당연하지."

"그렇지만 아이도 없다면 그건 여자로서 제 몫을 다하고 있다곤 할 수 없잖아."

그렇게라도 생각하지 않으면 자신들이 너무나도 불쌍

하다.

"그에 비하면 히토미는 대단해. 부잣집 사모님인데 조금도 도도하게 굴지 않잖아" 하고 사요코가 말했다.

"그러게. 동창회에도 매번 참석하고 말이지. 차로 한 시간 반이나 걸리는데."

"언제나 생글생글 웃으면서 엄청 겸손하지."

아야노도, 히로에도 동의했다.

히토미는 전문대학 시절에 테니스 동아리를 통해 알게 된 의과대생과 결혼해서 전업주부가 되었다.

사요코 등 세 사람은 린다에게는 까탈스럽지만 히토미에게는 너그럽다. 늘 그렇지만 이 감각이 나는 잘 이해가 가질 않았다. 린다는 자신의 힘으로 성공했지만 히토미는 부자에게 시집갔을 뿐이다. 그런데 히토미에 대해 이야기할 때는 셋 다 마치 자신의 일인양 자랑스러운 표정이다.

"히토미는 이제 의사 사모님이야, 멋져."

"집도 엄청나게 컸잖니."

사요코를 비롯한 세 사람은 다과 모임에 초대받은 적이 있다고 한다.

"인테리어도 얼마나 멋지던지."

"남편분의 부모님 댁은 훨씬 더 근사하다고 들었어."

히토미 이야기를 할 때는 '남편'이 '남편분'이 되고 '본가'가 '부모님 댁'이 된다.

이 모임에서는 말할 수 없지만 나는 고등학교 시절부터 히토미가 껄끄러웠다. 그 이유가 뭔지 당시는 알지 못했지만 지금은 안다. 그녀는 고등학생 때부터 여자 그 자체였다. 성적은 중간에서 약간 위쪽이었는데, 이미 비틀린 어른 여자의 느낌이었다. 봉건사회의 틀에 딱 맞춰져 있었고 여자로서 요령껏 살아가는 기술이 몸에 배어 있었다. 보기에도 현모양처가 될 것 같았고 심지어 조신하고 청순가련한 분위기가 남자들에게 안도감을 주었다. 그런 여자였다.

우리처럼 아직 남자도 여자도 아닌 미숙한 애들하고는 전혀 다른 생물체였다. 히토미가 우리를 얕보고 있었다는 것을 나는 뒤늦게야 깨달았다. 그 애는 분명 성적이 우수한 여학생이 공부에 몰두하면서 남학생들과 경쟁하는 모습마저도 차가운 시선으로 봤을 것이다.

히토미는 남자의 눈으로 품평되는 데 자부심마저 느끼고 있었던 것 같다. '보여지는 성'이라는 것을 당연하게 받아들이고 남자들에게 조금이라도 높은 평가를 받으려고 '남자에게 사랑받는 여자'를 어필하는 데 여념이 없었다.

"히토미는 고등학교 때부터 남자들에게 인기도 많았어. 당시 히토미의 아버지가 마을 읍장을 지내셨잖아."

"그렇게 가정환경이 좋은 여자가 시집을 잘 가는 건 당연해."

"남편분의 병원 평판이 좋은 건 히토미가 내조를 잘한 공이 크다고 들었어."

내조의 공이라……. 그런 말이 고분고분 받아들여지지 않는 나 같은 여자는, 어쩌면 결혼이 맞지 않는 게 아닐까.

나는 아무래도 안될 것 같다. 여자든 남자든 자신에게는 자신의 인생이 있다는 생각을, 아무래도 떨쳐버릴 수가 없다.

좋은 아내란 내조의 본분을 다하고 남편에게 순종하며 따르는 여자를 말하겠지. 나는 그런 여자가 되고 싶다는 생각은 한 번도 해본 적이 없다. 순종적인 여자라는 말을 듣느니 죽는 게 낫다는 생각까지 들 정도다.

이런 내게 이 사회는 살기가 힘들다. 정말로 살아가기가 힘들다.

"히토미는 대단해. 나는 주류 판매점 안주인이 고작인데. 게다가 최근에는 교외에 대형 판매점이 잇달아 생긴 탓에 당장이라도 망할 것 같단 말이지."

사요코는 자학적으로 웃었지만 말과는 달리 표정은 밝았다. 시부모가 여러 곳에 연립주택을 소유하고 있어 월세 수입으로 윤택하게 살기 때문이겠지.

남의 행복을 질투할 뿐이라면 이해한다. 내게도 그런

마음은 있다. 아니, 남들보다 배는 많다고 해도 좋다. 하지만 사요코랑 세 명의 감각─히토미의 행복은 추켜세우고 린다의 성공은 용서할 수 없는─의 차이는 대체 어디서 나온 것일까. 그 점을 아무래도 알 수가 없었다.

이튿날, 퇴근하면서 도서관에 예약해놓은 책을 빌리러 갔다.

제목에 이혼이라는 단어가 들어 있는 책만 여러 권을 빌리면 눈에 띌까 조심스러워서 헤르만 헤세의 《수레바퀴 아래서》도 오랜만에 다시 읽을 겸, 책들의 맨 위에 올려놓았다.

카운터 안에 있는 젊은 여성을 흘끔 쳐다봤지만 모르는 얼굴이었기에 안심했다. 이럴 때만큼은 시읍면 합병 조치가 꼭 불편한 것만은 아니구나 하고 느낀다. 도서관뿐만 아니라 다른 공공시설에서도 같은 지역 출신의 직원들과 거의 마주치지 않게 되었다. 이런 정도라면 이혼신고서를 제출해도 비밀 엄수 의무가 지켜질지도 모른다. 도시에서는 당연한 일이겠지만 시골에서는 그렇지 않다. 공공시설의 서류 내용이 바로 마을 안에 알려지는 게 지금까지의 현실이었다.

엄마가 다니는 병원 주치의의 부인도 그러했다. 그녀는

간호사인데 단골 카페에서 환자의 증상을 나불나불 떠들고 다녔다. 그 이야기는 마을 내에서 유명한 일이라 사요코도 불같이 화를 낼 정도였다. 그러나 여태껏 누구 한 사람도 본인에게 주의를 준 적이 없는지 그 부인은 여전히 상식이 없다.

만약 내가 이혼한다면, 분명히 수군거리기에 딱 좋은 먹잇감이 될 게 틀림없다.

집에 도착하자 바로 2층에 있는 방으로 직행해 빌려온 책을 침대 속에 숨겼다. 남편이 2층에 올라오는 일은 좀처럼 없지만 '이혼'이라는 두 글자는 아무래도 눈에 띄니까 조심하는 게 좋겠다. 당장에 읽고 싶어서 근질근질했지만 저녁 식사를 준비해야 했다. 만약 혼자 살게 된다면 이대로 침대에 누워서 책을 읽기 시작할 텐데. 저녁 식사야 아무래도 상관없다. 뭣하면 어묵 전골을 일주일치 만들어놓고 매일 그것만 먹어도 된다.

언젠가 남편이 죽으면 나는 어떤 생활을 하게 될까. 계단을 한 칸 한 칸 내려가면서 이 집에서 혼자 생활하는 모습을 상상해보았다. 그러자 다음 순간, 생각지도 못한 기쁨이 온몸에 넘쳐흘렀다. 좋아서 어쩔 줄 모를 정도로 지금까지 경험한 적이 없는 기분이었다.

어쩌면 이게 TV 건강 프로그램에서 말하던 도파민이라

는 물질인 걸까. 이 얼마나 상쾌한 기분인가. 누름돌을 들어낸 것처럼 마음이 가벼워지고 편히 숨을 쉴 수 있다. 눈앞을 뿌옇게 가렸던 안개가 싹 걷히는 듯했다. 남편이 없다고 상상하기만 해도 이렇게 기분이 좋을 줄이야.

다음 순간, 번쩍 정신을 차리고 서둘러 부엌으로 향했다. 그런 터무니없는 망상을 하고 있을 때가 아니었다. 어제와 다른 새 반찬을 준비해야 한다. 남편의 심사가 뒤틀리지 않게 하려면 적어도 세 가지 찬은 필수다. 생선을 굽고, 닭다리살과 무를 조리고, 치즈를 넣은 샐러드를 재빨리 만들었다.

내 몫으로는 간단한 주먹밥을 따로 만들어 2층으로 가져갔다. 남편은 혼자 먹으면 된다. 나는 감기 기운이 있어 식욕이 없으니 2층에 가서 눕겠다고 말해두자.

아아, 나는 항상 거짓말을 하고 있다. 어쩌다 이렇게 거짓말을 하게 되었을까. 거짓말을 하지 않으면 나의 마음이 자유로워질 시간도 공간도 확보할 수 없기 때문이다.

2층으로 올라가기만 하면 혼자가 될 수 있다. 아이들이 집에서 살던 때는 내 방 같은 건 당연히 없었다. 그 생각을 하면 아이들이 떠난 지금은 정신적으로 훨씬 편해졌어야 하는데, 그래도 아직 괴롭기만 하다.

큼직한 초밥용 김으로 꼭 눌러 싼 검은 주먹밥을 입에

가득 베어 물고 이혼에 관한 책을 펼쳤다.

〈이혼하려면〉이라는 항목부터 시작되고 있다.

이혼으로 한 걸음 내디디려면 같은 공기를 마시고 싶지
않다거나, 자신의 몸에 손이 닿으면 소름이 돋는다고 할
정도의 혐오감이 있어야 한다. 그렇지 않으면 다시 한번
생각해보는 것이 좋다.

나의 경우는 이 문장에 딱 들어맞는다. 그렇다는 건 다
시 한번 생각해볼 필요가 없다는 뜻이다. 하지만 딱 들어
맞지 않는 사람은 재고해보라고 쓰여 있다. 정말로 그럴까.
생리적 혐오감이 없으면 혼인 관계를 계속해야 한다고 저
자는 말하고 싶은가 보지만 이혼해서 마음이 홀가분하고
개운한 생활을 원하는 게 잘못된 일일까. 인내를 필요로
하는 관계를 지속하는 것이 과연 훌륭한 일일까. 사람은
끈기를 시험하기 위해 결혼 생활을 계속해야만 하는 걸까.
　책을 읽다 보니 남편의 대출 습성, 알코올 의존증, 폭력
등 알기 쉬운 예만 나와 있었다. 그런 예들이 습관이나 버
릇이 아니라 '병'이며 그리 쉽게 고칠 수 없다는 건 요즘 시
대에는 상식이다. 그래서인지 남편을 갱생시키기 위한 방
법은 일절 쓰여 있지 않다. 그저 바로 집을 나오라고 권하

고 있다. 한마디로 그런 남편은 빨리 버려라, 지금 당장 포기하라고 한다.

의외로 시원스럽게 쓰여 있다. 남편을 감당할 수 없게 되면 아내는 자신을 지키는 일을 최우선하는 것이 옳은 삶이라고 강조하고 있다. 부부란 따지고 보면 생판 남이라는 사실이 뼈저리게 느껴진다.

하지만 나는 부모님을 그런 시각으로 본 적이 없었다. 아버지와 어머니는 가족이라는 공동체 안에서 가장 중요한 구성원이었다. 어느 가정이든 그럴 것이다. 그런데도 부부 사이에 일단 균열이 생기면 남남으로 되돌아간다. 그리고 자녀들이 독립한 지금이라면 친권이나 양육비로 다투거나 고민할 필요도 없다.

차를 한 모금 마시고 나서 이번에는 여성지를 펼쳐들었다. 표지에 〈황혼 이혼을 생각한다〉라는 글귀가 큼지막하게 쓰인 지난 호 잡지도 함께 빌려왔다. 유명한 이혼 카운슬러와 반년 전에 이혼한 40대 여배우와의 대담이 실려 있다.

"마리 씨는 얼마 전, 사십 세에 이혼하셨지요? 그건 현명한 판단이었다고 생각합니다. 경제적인 면을 생각하면 오십 세가 넘어서는 이혼을 피하는 게 좋으니까요. 집과 예금을 나누면 두 사람 다 가난해질 게 분명합니다."

이미 오십 세를 훌쩍 넘어선 당신, 어리석은 소리 하지 말고 당장 생각을 바꾸는 게 좋아요, 하고 말하고 있었다.

나는 역시 무모한 일을 저지르려고 하는 걸까. 연금을 분할한다고 해도 큰 금액은 아니라고 들었다. 그렇다면 경제적으로는 이대로 참고 부부 관계를 지속하는 게 상책이다. 남편이 죽은 뒤에 받을 수 있는 유족 연금이 훨씬 크니까.

"저는 이혼하기 전에 별거 기간을 뒀어요."
"역시 마리 씨네요. 이혼이라는 말을 꺼내기 전에 실험 기간을 마련하는 건 매우 중요한 일입니다. 그렇게 하면 지금까지 보이지 않았던 여러 가지가 보이기 마련이니까요."

실험 기간이라…….
이제 젊지 않기 때문에 결론을 서두르지 않는 편이 안전하다. 세상 여자들처럼 오로지 남편이 죽기를 기다리는 방법도 있다. 미사오도 말했지 않는가. 갑자기 이혼하지 말고 한동안 따로 지내보는 게 어떠냐고.

물론 지금은 아직 혼자 살아갈 자신이 없다. 생활비를 계산해보니 어떻게든 먹고살 수 있을 것 같기는 했지만 그래도 불안감이 끈질기게 따라다녔다. 게다가 생각마저도 날마다 엎치락뒤치락 뒤바뀌며 스스로를 농락하고 있었다. 결심이 어제 다르고 오늘 다르다. 적극적인 기분이 드는 날에는 세상 사람들 시선 따위는 관계없다고 마음속에서 큰 소리를 치지만, 마음이 가라앉는 날에는 세상의 눈이 두려워 견딜 수가 없다. 마음이 흔들리고 갈피를 잡지 못해 괴롭기만 했다.

게다가 현실적으로, 어떻게 별거에 다다를 것인가. 어디에 방을 구하면 좋단 말인가.

역시 본가밖에 없다. 엄마가 날로 쇠약해지고 있다는 구실을 대고 엄마를 돌봐드린다는 명목으로 본가에서 지내면 어떨까. 좁은 마을이라 엄마가 건강하다는 사실을 금세 남편에게 들킬지도 모르지만, 그때는 갑자기 상태가 호전되었다고 말하면 그만이다.

그날 저녁, 큰맘 먹고 남편에게 말을 꺼냈다.

"왠지 요즘 엄마 건강이 좋지 않은 것 같아."

"어디가 편찮으신데?"

"이제 연세가 있으니까. 이곳저곳 쇠약해지셨어. 내일 근무 끝나면 가보고 올게. 어쩌면 자고 올지도 몰라."

"뭐? 자고 온다고?" 하고 남편은 얼굴을 찡그렸다.

"하룻밤이지?"

"응, 뭐……" 하는 대답이 제멋대로 나오고 말았다. 사실은 영원히 돌아오고 싶지 않았다.

"하룻밤이라면 괜찮지만, 우리 집 가사를 소홀히 하면 안 되는 거 알지?"

"그게 무슨 말이야?"

"가까우니까 내 저녁밥 준비하러 꼭 돌아와야 한다고. 그게 주부의 임무니까."

남편이 내 마음속을 들여다보기라도 하듯이 빤히 바라보고 있다.

"그런 걸…… 알았어."

나는 어느 사이엔가 상냥스러운 웃음까지 곁들이고 있었다.

이렇게 자기만 아는 남자, 빨리 죽으면 좋을 텐데…….

다음 날부터 분주해졌다.

일이 끝나고 돌아오는 길에 집에 들러 빨랫감을 세탁기에 던져넣고 재빨리 남편의 저녁 식사를 만들었다. 어제저녁에 널어놓은 세탁물을 걷어서 개놓고, 대신 오늘 돌린 세탁물을 널었다. 그리고 '엄마 건강이 아직 좋아지지 않는다'고 남편에게 문자를 보내고 나서 그날은 본가로 가서 잤다.

그렇게 숨 돌릴 틈도 없는 생활을 하게 되자 피로가 쌓였지만, 그건 둘째치고 본가에서의 생활은 쾌적했다. 아무에게도 감시받지 않는 생활이 이렇게도 마음 편하고 기분 좋은 일인 줄은 몰랐다. 상상 그 이상이었다.

결혼한 이후로 남편은 처가에는 좀처럼 얼굴을 내밀지 않았다. 그걸 알고 있기에 마음속에서부터 편안함이 느껴졌다. 남편이 출장갈 때마다 집에서도 해방감을 맛보았지만, 본가에는 남편의 체취도 흔적도 없다. 이런 곳에서 지내는 하루하루는 집보다 몇 배나 상쾌했다.

"이렇게 며칠씩이나 남편을 혼자 있게 해도 괜찮은 거니?"

엄마가 걱정스러운 얼굴로 물었다.

"괜찮아. 그이 장기 출장이라니까."

"그런가? 맞다, 그랬었지."

요리를 잘하는 엄마와 부엌에 나란히 서서 음식을 만드는 일은 무척 즐거웠다. 남편의 편식 기호에 휘둘리는 일 없이, 채소가 듬뿍 들어 건강에 좋은 반찬뿐이다. 모녀가 척척 호흡을 맞춰 차례차례로 음식을 만들었다.

본가에서 지낸 지 일주일이 지났을 무렵, 놀랍게도 몸 상태가 무척 좋아졌다는 사실을 깨달았다. 밥이 맛있어서 한 그릇을 더 먹다니, 식사량이 적은 편인 나로서는 드문 일이었다. 평소에 비해 과식을 하는데도 신기하게 위가 조

금도 더부룩하지 않았다. 그리고 무엇보다 체중이 2킬로
그램이나 늘어났다. 게다가 몸의 나른함이 마치 얇은 종이
를 벗겨내듯이 조금씩 떨어져나가고 있었다.

　─가사는 먼저 알아챈 사람이 하면 된다.

　남자에게는 매우 편리한 말이다. 부엌의 음식물 처리도,
욕실 배수구 청소도 그리고 화장실 청소도. 그렇게 누구나
하기 싫은 장소의 청소는 '알아채지 못했다'로 끝나고 만
다. 남편은 결혼하고 나서 한 번도 '알아챈' 적이 없다. 하
지만 엄마와 둘이서 생활하니 정말로 '먼저 알아챈 사람이
한다'는 원칙이 살아 있었다. 청소해야 한다는 걸 알아차리
고도 하지 않는 선택지는 없었다. 상대를 위한 배려는 이
런 사소한 일부터 시작된다는 것이 사무치게 느껴졌다.

　─여자는 남자랑 달라서 세심한 배려가 가능하다. 그것
이 여성의 특성이다.

　남자 교사와 직장의 남자 상사들에게 얼마나 숱하게 들
어온 말인가.

　뭐든지 남자 쪽에 편하고 유리하게 하는 말에 농락당하
고 상처받으며 살아왔다. 그런 환경에서 빨리 벗어나고 싶
다. 숱한 미신과 주술에서 해방되고 싶다. 인생은 눈 깜짝
할 사이에 끝나고 마니까. 내게 남은 시간은 많지 않다. 반
환점을 이미 돌고도 남았으니까.

그렇다 해도 오늘은 정말로 놀랐다. 파트타임으로 일하는 급식 센터의 엘리베이터에 탈 수 있었던 것이다. 지금까지는 계단으로 다녔지만 왠지 오늘 아침에는 폐소공포증이 일어나지 않을 것 같은 예감이 들어서 과감히 좁은 상자 속으로 한 발짝 들여놔봤더니 예상대로 아무렇지도 않았다.

폐소공포증은 갱년기 장애의 일종이라고 책에 쓰여 있었다. 그런데 남편과 별거하자마자 낫다니, 대체 어떻게 된 일일까. 세상에는 갱년기를 조금도 자각하지 않고 여느 때와 똑같이 쾌적하게 50대를 보내는 여성이 많다는 말을 들을 때마다 의아했다. 누구나 여성호르몬이 감소하는 건 마찬가지인데 그 차이는 어디서 오는 걸까.

혹시 이렇게 몸이 안 좋은 증상은 갱년기 탓이 아니라 역시 남편이 원인이었던 걸까.

그렇다면 모든 게 앞뒤가 맞는다. 20대 때부터 쌓이고 쌓인 울분과 굴욕이 30년이나 지난 후에 병이 되어 나타나는 것인가. 사람의 마음이란 건 인생의 어딘가에서 반드시 청산하지 않으면 안 되게끔 만들어져 있는 모양이다.

「아직도 안 오는 건가.」

남편이 오늘도 문자를 보내왔다. 벌써 몇 번째인가. 나는 이렇게도 남편을 보고 싶지 않은데, 남편은 편리하게 부려먹을 하녀를 잃고 짜증이 나 있다. 두 사람 사이의 커다란 골에서 부부의 절망을 확인한 것 같았다.

이제 다시는 돌아가고 싶지 않다. 남편과 함께 지내지 않는 생활은 이렇게나 심신의 건강을 유지하는 데 중요하다. 그 증거로 체중도 늘어나고 몸 상태도 무척 좋아졌다.

몸과 마음의 건강을 위해서라고 생각하자 비로소 내 행동을 정당화할 수 있었다. 주부의 어리광도 배부른 투정도 아니었던 것이다. 당당하게 얼굴을 들고 걸어도 좋을 것 같은 기분이 들었다.

그동안 집에는 세탁기를 돌리러 일주일에 한 번 들르게 되었고, 반찬도 한꺼번에 만들어두고 있다. 남편은 좋아하는 돈가스만 있으면 만족할 거라고 생각해 닷새 분량으로 다섯 장을 만들어 냉장고에 넣어두었다. 행여라도 남편과 마주치지 않도록, 가능하면 집에 머무는 시간을 짧게 하려고 반찬은 본가에서 만들어 갖고 갔다.

이럭저럭하는 동안에 남편의 존재를 완전히 잊고 지내는 시간이 늘어나 마음이 점점 더 평온해졌다.

그렇게 지내는 일상에서 남편이 문자를 보내오는 게 지금까지보다 더욱 싫어져 견딜 수가 없었다. 남편의 얼굴을 떠올리기만 해도 소름이 끼쳤다. 그 정도까지 싫었던 건가 하고 스스로도 놀랄 정도였다.

그렇다면 왜 지금까지 참고 살아왔을까. 아니, 그건 자명하다. 돈이 없으면 이혼할 수 없다고 생각했다. 세상 아내들은 모두 그런 마음으로 참고 있는 것이다.

그날 저녁, 무슨 이야기 끝에 나왔는지 엄마가 이렇게 말했다.

"옛날에는 사는 데 지금처럼 돈이 많이 들지 않았어. 휴대전화도 없었고 컴퓨터도 없었지. 옷도 계절별로 두세 벌 있으면 충분했고 말이다. 번갈아 갈아입으면서 때맞춰 빨래만 할 수 있으면 됐단다. 식사도 갓 지은 밥과 된장국, 거기다 달걀이나 두부라도 있으면 감지덕지였어."

최소한의 생활을 한다면 돈은 그다지 많이 필요 없다는 뜻이다. 엄마는 딸에게 용기를 주려는 걸까. 남편이 장기 출장 중이라는 건 거짓말이고 사실은 남편이 싫어서 집을 나온 거라는 사실을 눈치챈 걸까.

그러고 나서 엄마는 이렇게 말했다.

"도저히 돈이 없어서 힘들면 휴대전화도 해약하면 되잖니. 전기요금을 낼 수 없으면 텔레비전도 안 보면 그만이고. 전기를 켜지 않아도 상관없지. 밤이 어두워지면 잠자면 되니까. 그게 건강에도 훨씬 좋을걸."

전쟁 중이나 전쟁이 끝난 후 겪었던 소박하고 검소한 생활은 그리 오래전 일이 아니다. 그리고 그 시대 사람들은 대체로 장수했다. 그렇게 생각하면 두려울 일이 없지 않은가.

나도 검소하고 청결한 생활을 추구하며 살아가자.

미사오는 남편에게 이혼 이야기를 꺼내기 전에 변호사에게 상담하는 게 좋다고 말했다.

그렇지만 이 시골 마을에는 변호사가 한 명도 없기 때문에 이웃해 있는 큰 마을까지 나가야 한다. 자동차로 30분 정도 걸리는 거리지만, 알아보니 그 마을에도 변호사 사무소는 단 두 곳밖에 없었다.

찾아가는 길은 미리 구글맵으로 조사해두었다. 이웃 마을의 역 앞에서부터 이어져 있는 상점가라면 잘 알고 있지만, 그 외에 다른 길은 거의 운전해본 적이 없다. 모르는 길을 달린다는 겨우 그만한 일에 긴장이 되었다.

젊을 때는 조금 더 행동력이 있었던 것 같은데, 오랜 세월이 지나면서 겁쟁이가 되어버렸다. 줄곧 같은 동네에서 살면서 늘 같은 가게에서 물건을 사고 같은 친구들밖에 만나지 않았다. 거기서 아주 조금 앞으로 나아가는 일이 이렇게도 불안할 줄이야……. 한심하다.

하지만 힘내야지.

미사오가 이혼했다는 사실보다도, 두 달 동안이나 혼자 홋카이도를 여행했다는 사실이 가슴속 깊은 곳에 있는 내

영혼에 쿵 하고 커다란 충격을 안겨주었다. 그날 이후, 마음이 약해질 때면 미사오의 여행을 상상해본다. 행동력 있는 사람을 볼 때마다 저 사람은 원래 그런 성격이라든가, 나와 달리 세상 물정에 밝은 사람이라고 생각했지만, 아무래도 그게 아닌 것 같다. 무신경하고 태평한 성격을 타고난 사람이 아닌 한, 모두 처음에는 조마조마하게 가슴을 졸이는가 보다. 나도 용기를 내어 하나씩 극복해나가야 한다. 그렇게 하지 않으면 조만간 미사오가 정나미 떨어진다며 경멸할 거라고, 스스로를 경계하고 격려했다.

신호등이 바뀌기를 기다리고 있는데 멀리 보이는 산에 매화가 피어 있는 것이 보였다. 그러고 보니 본가의 밭에도 복수초가 피어 있었다. 메마른 겨울 경치 속에서 샛노란 꽃들이 봄을 알리고 있다. 그 꽃들을 볼 때마다 나에게도 화창한 봄이 오기를 간절히 기원하는 마음이 솟구쳤다.

예약해놓은 변호사 사무소로 들어가 작은 개인실로 안내를 받았다. 잠시 후 30대 후반으로 보이는 여성이 들어왔다.

"저는 변호사 사카구치 아이코라고 합니다."

익숙한 손놀림으로 명함을 건네받았지만 내게는 명함이 없다. 난 제대로 된 직함도 없구나…… . 같은 여자라도 이렇게나 지위가 다르다. 상대는 변호사 선생님이고 나는 고졸의 파트타임 주부다. 상대가 남성이라면 그러려니 했겠지만, 같은 여자로 놓고 보니 격차가 뼈저리게 느껴졌다. 하지만 비교하는 것 자체가 주제넘은 일이다. 유일한 공통점은 여자라는 것뿐이니까.

"앉으시지요."

명함을 가만히 바라보고 있어서인지, 변호사는 의아스러운 듯한 얼굴로 말했다.

"오늘은 이혼 상담을 하러 오신 거죠? 어떤 이유인지 말씀해주시겠어요?"

"성격 차이입니다."

"네, 그러시군요."

일순간 변호사의 표정이 달라졌다. 진지했던 눈빛이 갑자기 부드럽게 풀린 듯했다. 폭력으로부터 도망쳤다든가 하는 긴급성이 없다고 판단해서일까.

"구체적으로는 어떤 걸까요?"

"남편이 거만한 사람이라 저를 하녀처럼 취급하는 게 이젠 못 견디게 싫어서…… 그래서 남은 인생을 혼자 자유롭게 살아가고 싶어요."

"그런 이유로군요."

표정이 더 풀렸을 뿐만 아니라 믿을 수 없게도 느닷없이 실실 웃기 시작했다. 아무리 봐도 싱글생글이 아니라 실실이다. 잘못 본 건가 싶어서 눈을 똑바로 바라보았지만 사람을 우습게 보고 즐기고 있는 것으로밖에 보이지 않았다.

"헤어진 후에는 경제적으로 괜찮으세요?"

"…… 뭐, 일단은요. 시간제이긴 하지만 그동안 쭉 일해왔으니 어떻게든 되지 않을까 싶어요."

"이혼하겠다고 배우자에게는 이미 말씀하셨나요?"

"아직입니다."

"상대가 이혼에 동의하지 않을 가능성은 없습니까?"

"그건 말해보지 않고는 모르겠어요."

"그럴 가능성이 있다면 지금 당장이라도 별거하는 게 좋습니다. 5년 동안 별거하면 부부 관계가 파탄에 이른 것으로 인정되니까 이혼하기가 쉬워지거든요. 그런데 성격 차이뿐인가요? 뭔가 다른 원인이 있는 건 아닌가요?"

"낭비가 심하고…… 아마 여자가 있는 술집에 다닐 거예요."

"남편분, 외도하는 건 아닌가요? 일단 조사해볼까요? 전속 탐정이 있는데 어떠세요? 돈이 좀 들기는 하지만요. 아, 그러면 말이 나온 김에 비용을 알려드릴게요."

그렇게 말하더니 눈앞에 근사한 팸플릿을 펼쳐보였다.

"착수금 25만 엔에 소비세는 별도입니다. 변호사 성공 보수는 10퍼센트고요."

"10퍼센트라는 건 무엇의 10퍼센트인가요?"

인터넷을 검색하면 대부분의 변호사 사무소에서 성공 보수는 10퍼센트라고 쓰여 있었지만 그 의미를 정확히 몰랐다.

"가령 의뢰인이 집을 받았다고 치고 그 집이 3천만 엔이라면 3백만 엔을 받는 거지요."

"네?"

너무 비싼 금액에 놀라 다음 말이 나오질 않았다.

돌아오는 길은 뭐라고 말할 수 없이 심란했다. 표정만으로 사람을 판단하는 태도는 옳지 못하다는 걸 잘 알고 있다. 나도 역시 호감을 주는 타입은 아닌 데다 용모나 눈빛 하나로 상대를 오해하게 한 적도 셀 수 없이 많다.

하지만 아무리 생각해도 그건 실실 웃는 표정이었다. 즐거운 듯이 보였다. 이런 시골에서 변호사에게 일을 의뢰하는 고객은 대부분 법인일지도 모른다. 나 같은 개인 고객, 그것도 중년의 주부는 좀처럼 오지 않는 걸까. 흔하게 벌어지는 부부싸움 정도로 이혼하고 싶다고 찾아온 경박한 주부라고 여기고 우습게 본 것일지도 모른다. 그렇게 생각하자 한없이 우울했다.

그다음 주에는 다른 변호사를 찾아가 상담을 신청했다.

무료 상담보다는 유료 상담이 더 친절하게 얘기를 들어

줄 것 같았다. 한 시간에 1만 엔이나 했지만 그 정도라면 과감히 지불하자. 그렇지 않으면 언제까지고 앞으로 나아갈 수 없다.

사무소로 들어가자 바로 개인실로 안내되었고 이어 노령의 남성 변호사가 나타났다. 70대쯤 되었을까. 뼈와 가죽만 있을 정도로 야위었고 얼굴에는 여기저기 검버섯이 피어 있었다.

변호사는 자리에 앉자마자 "아이들이 어릴 때는 친권이나 양육비로 다툰답니다" 하고 말했다.

"저희 애들은 다 서른 살이 넘어서요."

"아, 그러시군요. 그럼 상관없겠네요. 하지만, 아이가 어릴 경우는 말이죠" 하고 또 이야기가 제자리로 돌아왔다. 친권이나 양육비에 관련한 문제 해결을 전문으로 하는 변호사인지도 모르겠다.

"그래서 이혼의 원인은 결국 뭔가요?"

쉰 목소리가 마치 나를 비난하는 것처럼 들렸는데, 기분 탓일까?

"성격 차이라고 할까요……."

"그러니까, 한 거지요?"

"했다니, 뭘 말입니까?"

"당연히 섹스지 뭡니까?"

눈앞에서 느닷없이 소리높여 호통을 쳤다.

나 자신이 정말로 세상 물정을 모른다는 생각이 드는
건 바로 이런 때다. 세상에 다양한 사람이 있다는 건 TV 뉴
스를 볼 때마다 느끼곤 했다. 권위 있는 직위에 올라 있는
남성의 성희롱이나 도촬 행위를 보고 들을 때마다, 처음에
는 소스라치게 놀랐으나 최근에는 또야? 하고 진절머리가
났다.

이 노변호사의 마음속에는 수십 년도 더 전에 자리잡은
편견이 그대로 굳어져 있는 모양이다. 사법시험에 붙었을
정도로 우수한 사람일 텐데……. 엘리트의 대명사로 말하
자면 으레 의사나 변호사라고 생각해왔는데 그것도 이제
먼 옛날 얘기인가.

친정엄마처럼 지금도 '여자의 길'을 설교할 것 같은 표
정을 한 남자로부터 무의식중에 눈을 돌렸다. 아까부터 시
선을 떼지 않고 나를 뚫어져라 쳐다보고 있어 불쾌하기가
이루 말할 수 없었다.

"그래서 아이가 어릴 때는 친권과 양육권으로 다툰단
말이오."

무엇이 남자의 기분을 바꾼 것인지, 갑자기 부드러운 표
정이 되었다. 아니, 그보다 이 이야기는 대체 몇 번째인가.

"그러니까, 저희 딸들은 이미 30대여서요."

"댁과는 상관없다고 해도 말이죠, 그래도 말이오" 하고 또 이야기가 되돌아왔다. 다시 한바탕 자신만만하게 친권 문제를 이야기한 후, 노변호사는 손목시계를 들여다보았다.

"아, 이제 한 시간이 다 되었군요."

그렇게 말하고는 작은 플라스틱 판을 내 쪽으로 내밀었다.

뭔가 싶어 당혹해하고 있는데 "1만 엔에 소비세를 더하시면 됩니다" 하고 말했다.

지갑을 꺼내면서 헛돈을 썼다는 생각에 치가 떨렸다. 1만 엔을 벌려면 급식 센터에서 허리를 꾹꾹 눌러가면서 10시간 넘게 일해야 한다.

심신이 다 지친 상태로 주차장까지 갔다. 자판기가 보이기에 평소엔 좀처럼 마시지 않던 단맛의 캔커피를 뽑아 차에 올랐다. 한 모금 마시자 단맛에 긴장이 풀렸는지 분해서 눈물이 배어 나왔다.

변호사라고 하면 더 친절하게 대해줄 거라고 생각했다. 드라마에 나오는 변호사들은 모두 정의감으로 넘쳤고 뉴스에서 보는 변호사는 그야말로 선의의 대명사였다. 하지만 기자회견을 여는 변호사는 대부분 누명이나 공해 소송을 담당하지 않았던가.

무보수 인권변호사…… 그런 인상을 내 맘대로 품고 기

대해버린 것이다. 생각해보면 그들도 수입 없이는 살아갈 수 없을 터이다. 사법시험에 합격하기 위한 교육비에도 큰 돈을 썼을 것이다.

모처럼 미사오와 재회해서 싸울 용기를 얻었는데, 그만 기가 꺾여 의욕을 잃었다.

그 노변호사를 만나고 온 뒤로 심한 변비가 생겼다.

예전부터 체질적으로 설사는 자주 했지만 변비에 걸리는 일은 진짜 드물었다. 여태까지 살면서 한 손으로 꼽을 정도이다.

—그러니까, 한 거지요?

그 눈빛이 떠오를 때마다 역한 기분이 들었다. 떠올리지 않으려고 애를 쓰면 쓸수록 그 말이 뱅글뱅글 머릿속을 헤집고 돌아다녔다.

그날 밤 머리가 돌아버릴 것만 같아서 엉겁결에 미사오에게 전화를 걸었다. 이혼 경험이 있는 친구가 있어서 이럴 때 참 좋다.

—도시에 있는 변호사에게 가보는 게 어때?

이혼 상담 건수는 도시 쪽이 압도적으로 많을 게 틀림없다. 애초에 인구수로 비교할 수 없을 정도이니 이혼 소송에 익숙한 변호사도 많을 것이다.

인터넷으로 검색해보니 시골과 달리 셀 수 없을 정도로

많은 변호사 사무소가 있었다. 하지만 이렇게 많으면 어떤 기준으로 선택해야 좋을지 전혀 알 수가 없다. 이혼 소송의 경험이 많다는 사실을 전면에 내세우고 있는 사무소도 많았다. 이렇게 된 이상 이제는 감으로 고를 수밖에 없었다.

평일에 휴가를 내고 큰맘 먹고 히메지姬路 시까지 나가 보기로 했다.

아이들이 어렸을 때 온 가족이 히메지 시립 동물원에 간 적이 있다. 그때는 남편이 운전했기에 100킬로미터나 되는 거리를 나 혼자 운전해 가기는 처음이었다. 솔직히 집에서 가장 가까운 역 앞에 차를 세워두고 전철로 가고 싶었지만, 역 앞 주차장에 차가 세워져 있는 것을 지인이 보기라도 하면 곤란해서 생각을 바꿨다. 게다가 히메지까지 운전하는 일 정도로 겁을 먹으면 앞으로 더 큰일들은 어쩌나 싶기도 했다. 그래, 이건 미사오의 홋카이도 모험기에 비하면 아무것도 아니다, 그런 생각으로 용기를 냈다.

미리 구글맵으로 장소를 알아뒀는데도 히메지 거리로 들어서자 빌딩이 빽빽하게 들어서 있어 현기증이 날 것만 같고 어디가 어딘지 하나도 알 수가 없었다. 겨우 목적지 빌딩을 찾은 것까지는 좋은데 교통량이 생각보다 훨씬 많아서 도중에 차선 변경을 하지 못하고 같은 길을 빙글빙글 돌고 말았다.

간신히 지하주차장에 차를 세웠을 때는 너무도 지쳐 녹초가 되었다.

접수처에는 감색 유니폼을 입은 여성이 앉아 있었다. 안내받아 들어간 개인 상담실에는 중후한 테이블과 가죽 소파가 놓여 있었다. 시골 변호사 사무소와는 사뭇 다른 인상이다. 상당히 돈을 잘 벌고 있는지 직원을 여러 명 고용하고 있었다.

유니폼을 입은 젊은 여성이 차를 가져다주고 나간 뒤, 얼마 안 있어 베이지색 정장 차림의 40대로 보이는 여성이 방으로 들어왔다.

"처음 뵙겠습니다. 오타라고 합니다" 하며 명함을 건네주었다. 상냥하고 사근사근한 말투였다.

"저는 이혼 소송의 경험이 풍부하니까 뭐든지 상의해 주세요" 하고 자신감 있게 소개했다.

이런 사람에게 끝까지 일을 부탁하면 좋겠지만, 내 형편에 단 한 번의 무료상담 외에 더 이상은 어려울 것이다. 그래서 이 한 시간 동안 궁금한 사항을 전부 물어보려고 작정하고, 질문할 사항을 집에서 미리 꼼꼼히 적어왔다.

"남편분에게 이혼하겠다는 의사를 밝히셨나요?"

"아뇨. 아직 말 안 했어요."

"그러시군요. 잘하셨어요. 말을 꺼내기 전에 작전을 세심히 짜는 게 좋으니까요. 그렇지 않으면 상대방이 재산을 숨길 가능성도 있거든요."

그건 미사오에게 들어서 알고 있었다.

"알고 계실지도 모르지만 부부의 재산은 반반씩이라고 법률로 정해져 있습니다. 명의가 누구로 되어 있든 상관없어요."

"집도 예금도, 다 그런가요?"

"맞아요. 집은 자가인가요?"

"네."

"주택 자금 대출이 들어 있습니까?"

"아니요, 다 갚았어요. 하지만 오래된 집이라 땅값도 떨어졌을 테고 아마도 가격이 별로 안 나갈 거예요."

"주소로 추정해봐도 그럴 것 같군요. 그러면 예금은 얼마나 있지요?"

"3백만 엔 정도요."

"그 밖에 뭔가 재산이라고 할 수 있는 건요?"

"없습니다."

"그렇다면 자택의 평가금액과 예금을 더해서 둘로 나누는 정도가 되겠군요."

미사오도 그렇게 말했고 인터넷에서도 알아봤기에 그것도 알고 있었다.

"연금 분할은 가능할까요?"

"스미코 씨가 제3호 피보험자[20]라면 남편의 동의가 없어도 혼인 기간 중 모은 재산의 절반은 받을 수 있습니다."

"하지만 그 법률이 시행된 게 2008년이라 그 이전의 금액은 받을 수 없다고 일본연금기구의 홈페이지에 쓰여 있던데요."

가장 궁금했던 걸 물어보았다.

"네, 그 이전의 몫은 남편의 동의를 얻거나 재판소에서 결정해주면 분할받을 수 있어요."

"말도 안 돼……."

두 가지 다 불가능할 것 같다.

재판관은 대개 남성이라 남자 편을 든다고 들은 적이 있다. 그래서 남편의 외도에는 관대하지만 아내의 외도는 철저히 규명한다는 말은 유명하다. 재판관이 여자라면 다행이지만 그럴 확률은 극히 낮을 것이다.

"문제없습니다. 상대가 동의하지 않아도 최종적으로는 재판소의 결정에 따라 반반씩 나누는 것이 통례가 되어 있으니까요."

"재판……이요? 역시 재판을 해야만 하는 건가요?"

갑자기 용기가 사그라들었다. 재판으로 가면 너무 일이

---

20 일본의 후생연금 제도에서 회사원, 공무원 등 직장가입자는 제2호 피보험자, 직장가입자의 부양가족은 제3호 피보험자로 분류된다.

커진다. 몸이 움츠러들었다.

"그렇지 않아요. 이혼 후에 가정재판소에 심판을 건의하면 서면과 전화 확인만으로 연금은 절반을 받을 수 있어요."

얼마나 명쾌한 변호사인가. 담담하게 대답해주고 묘한 탐색을 하지 않는 것이 고마웠다.

손목시계를 힐끔 보고 남은 시간을 확인하면서 메모해온 순서대로 잇달아 질문했다.

"만약 이 사무소에 의뢰하면 어떤 절차로 처리해주시는 건가요?"

애초부터 의뢰할 생각은 없었지만, 방법만 알려주면 그대로 혼자 해보려고 마음먹고 있었다.

"우선 제가 남편분에게 연락을 취해서 이야기를 나눌 겁니다. 그리고 재산 분할을 확실하게 진행하기 위해 부동산 감정사에게 의뢰해 자택의 가격을 감정평가할 거고요. 다만 문제는……."

변호사는 거기서 말을 끊었다.

"상대가 이혼에 동의하지 않을 가능성은 없나요?"

"그건…… 말해보지 않고는 모르겠어요."

만약 남편이 동의하지 않는다 해도 그건 애정이 있어서가 아니다. 아내가 없어지면 자신이 불편하기 때문이다. 직접 슈퍼마켓에 장도 보러 가야 할 테고, 마당에서 빨래를 널고 있는 모습을 이웃 사람들에게 보이면 수치라고 생각하는 사람이다. 그 남자는 그런 걸 감당할 수 있을까. 아내에게 버림받았다는 소문이 나서 웃음거리가 되는 게 두렵겠지.

— 그런 거 걱정해줄 필요 없어.

미사오의 말을 떠올렸다.

— 여자는 말이지, 배려심이 너무 많아. 앞으로 남편이 어떤 생활을 할지, 그것까지 걱정할 필요 없다니까. 생각해봐, 남편은 네 앞날 같은 건 눈곱만큼도 배려하지 않을 게 분명하잖아.

정말 그럴까. 오랜 세월을 한 지붕 아래서 부부로 살아왔다. 남편은 그렇게까지 박정한 사람일까.

"혹시, 이혼할지 말지를 아직도 망설이고 계신 건가요?"

"네?"

그럴 리가요, 무슨 일이 있어도 이혼할 생각이에요, 하고 똑 부러지게 대답하지 못했다.

"아, 아뇨. 물론 이혼할 생각이지만요. 그래서 여, 여기 온 거고요."

횡설수설하고 말았다.

"젊은 여성들은 일단 이혼을 결심하면 대개 마음이 잘

흔들리지 않던데, 중년 여성의 경우는 조금 다른 것 같아요."

변호사 말에 의하면 중년 여성들은 이혼해야 하는지 말아야 하는지, 그 자체를 상담하러 오는 경우가 많다고 한다. 앞으로의 생활에 대한 불안도 있고 오랜 세월을 함께해온 정도 있을 것이다. 문득 남편이 자상하게 대해줬던 장면들이 행복한 추억으로 뇌리에 되살아나기도 한다. 무엇보다, 지금까지 몇십 년이나 참고 살아왔으니 앞으로도 그럴 수 있을 거라고 생각한다.

"솔직히 말해서…… 저도 왠지 단호하게 결심이 서질 않아요. 이혼한 후에 먹고살기가 힘들어서 후회했다는 이야기도 많이 들었고요."

"그런 소문이나 타인의 경험담에는 휘둘리지 않는 게 좋다고 생각해요."

의외였다. 분명히 "참을 수 있다면 이혼하지 않는 편이 더 좋은 방법이지요" 하고 타이를 거라고 예상했기 때문이다.

"저는 절대로 이혼을 권하는 건 아닙니다. 하지만 여기에 오는 여성들은 모두 지금까지 고통받다가 이젠 도저히 이런 삶은 살고 싶지 않다는 생각에 온 거예요. 그렇기에 더더욱 용기를 짜내서 생전 처음으로 변호사 사무소의 문을 두드린 거지요. 오랫동안 고민하다가 겨우 결심을 굳힌 사람에게 쉽게 '당신, 이혼하면 후회할 거예요' 하고 찬물을 끼얹는 사람은 의뢰인을 도울 마음이 없는 거라고 생각해요."

"그렇지요. 그럴지도 몰라요."

"그리고 말이죠" 하고 변호사가 이번에는 밝은 목소리를 냈다. 다정한 미소를 짓고 있었다.

"최근에는 참지 않는 여성이 늘어났어요. 자신의 마음에 따라 솔직하게 살아가는 데 눈을 뜬 거지요. 그렇게 되면 이제 과거로 다시 돌아갈 수 없을 거예요."

그거라면 나도 생각나는 게 있었다. 만약 남편이 없다면, 하고 상상했을 때의 그 도파민 분출을 이미 경험했기에 이제 다른 길을 선택할 리가 없다. 당장이라도 남편과 헤어져서 자유를 되찾지 않으면 정신을 관장하는 세포가 나날이 죽어갈 것이 눈에 훤히 보였다.

"남편은 아내의 변화를 눈치채지 못하는 경우가 대부분이에요. 지금까지 아내에게 의지해온 남편이 아내로부터 이혼을 요구받고 나서 당황하는 사례가 많지요. 하지만 여성은 다릅니다. 이혼을 결심했을 때 굉장한 에너지를 발휘하거든요. 갑자기 외국으로 이주하거나 가진 돈을 다 털어서 장사를 시작하는 사람도 많아요."

하지만 그런 성공 사례는 나를 고무시키지 못했다. 잘된 사람은 극히 일부에 불과할 뿐이다. 그 외에 실패한 대부분의 여성 쪽이 나와 가깝게 느껴지니까 앞날이 걱정되는 것이다.

애초에 과감히 행동에 나서는 것은 딱히 행동력이 있어서가 아니라 비정규직 수입으로는 생활비가 부족해서가 아닐까. 절반의 재산으로는 자녀를 양육할 수 없는 여성도 많을 것이다. 혹은 고연령이나 저학력으로 인해 시간제 일자리조차 얻을 수 없으니까 어쩔 수 없이 조그마한 장사를 시작하는 게 아닐까. 그야말로 객사를 각오하고 하늘에 운을 맡기고서 승부를 걸어볼 수밖에 없다.

"아실지 모르겠지만, 당장 재판을 할 수는 없습니다. 우선은 가정재판소에 조정을 신청할 수 있는데요, 변호사 없이 하면 비용은 몇천 엔밖에 들지 않아요. 조정 과정에서 쌍방의 의견이 일치하지 않는 경우에만 재판으로 가게 되고요."

"이혼까지 기간은 어느 정도 걸리나요?"

"그건 상황에 따라 달라요. 제가 담당한 안건들을 평균으로 계산해보면 일 년 반 정도입니다."

"네? 그렇게나 오래 걸려요?"

무심코 큰 소리가 튀어나왔다.

일 년 반이라…… 앞으로의 긴 여정을 생각하자 단박에 우울해졌다. 현재 쉰아홉 살인 남편은 그사이 정년퇴직을 맞이할 것이다. 촉탁으로 5년은 더 회사에 남아 있는다고 해도 급여가 크게 줄어들어 생활도 크게 달라지겠지. 고급 술집 출입을 그만두지 않으면 예금은 눈 깜짝할 사이에 바닥나고 말 것이다. 또한 촉탁직이라면 잔업이 줄어들 게 틀림없다. 집에 있는 시간이 길어지면 아내에 대한 의존도가 한층 커지고 막무가내로 이혼을 거부할 것이다. 그래서 어떻게든 그 전에 헤어지고 싶은 건데.

미사오가 집도 재산도 다 남자에게 넘겨주고 서둘러 이혼한 심정을 비로소 알 것 같았다.

—도망치고 싶은데 그리 쉽게는 도망칠 수 없다.

그런 생각이 들자 어둡고 좁은 지하 레스토랑에 가지 않아도, 푸른 하늘 아래 넓디넓은 들판에서도 폐소공포증에 걸릴 것만 같았다.

"국가에서 운영하는 사법지원센터라면 저렴합니다."

내 주머니 사정을 걱정해주었는지, 변호사가 별안간 그렇게 말했다.

얼마나 양심적인가. 저렴한 곳을 소개해주다니.

"그곳은 수수료나 착수금이 싸거든요."

"그런가요? 그럼, 성공보수는 어느 정도일까요?"

"역시 10퍼센트입니다."

뜻밖의 대답에 너무나 놀랐다. 가난한 서민의 편이라고 하는 국가사법지원센터에서도 10퍼센트나 받는구나…….
돈 없는 사람은 변호사 없이 혼자 이혼까지 도달하는 수밖에 없는 건가.

무거운 부담을 안고 사무소를 나섰다. 하지만 돌아오는 길에, 운전하면서 마음이 조금씩 가벼워졌다. 그도 그럴 것이 최근 나는 지금까지 살아오면서 전혀 생각하지 못했던 경험을 잇달아 하고 있다. 오늘도 차로 먼 곳까지 운전해와서 낯선 거리에서 목적한 건물을 찾아내고, 이제까지는 아무런 연결고리가 없었던 부류인 도시의 변호사와 이야기를 나눴다.

바로 얼마 전까지만 해도 상상조차 하지 못했던 일들뿐이다.

용기 있네, 스미코.

대단해, 스미코.

자동차의 창문을 닫고 2인조 팝밴드 '드림즈 컴 트루'의 〈맑게 개면 좋겠어〉를 볼륨 높여 틀었다. 그리고 목이 쉴 정도로 크게 따라 불렀다.

남편이 없는 시간대를 노려 집에 돌아가 갈아입을 옷

등 필요한 물건을 조금씩 실어 내왔다.

「미안하지만 이번 주는 바빠서 저녁 식사를 만들어놓을 수 없어요.」

남편과 얼굴을 맞대고 말하기가 두려웠다. 왜 이렇게 두려울까. 남편이 주먹을 휘두른 적도 없는데, 그런데도 두려워서 견딜 수가 없다. 자신보다 몸집이 크고 완력이 센 사람에 대한 본능적인 반응인 걸까.

그래서 문자로 연락했다. 왜 이렇게 일일이 저녁밥에 대해 연락을 해야만 하는 건지, 생각할수록 알 수가 없었다. 아이도 아니고, 남편이 직접 초밥을 사와서 먹든지, 아니면 외식을 하면 되지 않는가. 원래 같으면 어엿한 어른이니까 당연히 음식 하나라도 자신이 만들어야 하는 게 아닌가.

점심시간에 문자를 보냈는데 저녁이 되어도 답이 오지 않았다. 이런 점도 싫었다. 답이 없으면 나는 또 우물쭈물 생각을 계속하게 된다. 남편의 기분을 상하게 했나, 그렇게 화가 났나 하고. 상상하기만 해도 가위에 눌린 것처럼 몸이 굳어져 어느새 이를 악물고 숨죽이고 있다.

어쨌든 근래에는 엄마가 아픈 걸로 되어 있다. 그건 거짓말이긴 하지만 보통은 '잘 보살펴드려'라든가 '내 걱정은 안 해도 돼' 같은 답 문자를 보내오는 게 사람으로서의 상식 아닐까. 아니면 그런 배려는 대외적인 것이고, 아내뿐만 아니라 아내의 가족도 사람 취급을 안 하는 건가.

「대체 언제 돌아오는 거야? 빨래가 잔뜩 쌓여 있다고.」

드디어 답장이 왔나 했더니 이런 내용이었다.

결심은 한층 더 굳어졌다. 두 번 다시 돌아가지 않겠다고.

나의 의지로 결정한 게 아니라 저절로 결정된 느낌이었다. 그건 내가 감히 번복할 수 없는 종류의 감정이었다.

문자에 답장은 하지 않은 채, 지즈루와 만나기로 한 카페로 향했다.

안으로 들어가 카페 안을 재빠르게 둘러보았다. 지즈루의 모습을 찾기보다는 남편이나 그 사람의 지인이 없다는 걸 확인하는 게 먼저였다.

마치 경찰에게 쫓기는 범인 같다. 만에 하나 아는 사람의 눈에 띄더라도 "엄마를 돌봐드리다가 잠시 숨을 돌리려고요" 하는 변명까지 생각해놓고 입속에서 중얼중얼 연습했다. 당당하게 대답하면 된다고 마음의 준비도 단단히 했다. 그런데도 긴장이 되는 건 어쩔 수 없었다.

그렇다면…… 역시 이혼하는 수밖에 없다.

이혼하지 않는 한, 뿌리 박힌 노예근성이 평생 따라다닌다.

망설여질 때와 결심이 설 때가, 하루에도 몇 번씩이나

번갈아 찾아왔다. 그 높낮이 차이가 괴로워 견딜 수가 없었다. 단단히 결심이 설 때는 몸속의 혈관을 아드레날린이 돌아다니는 게 스스로도 느껴질 만큼 상쾌한 기분이지만, 망설임이 찾아올 때면 위 언저리가 짓눌리는 듯이 답답해서 우울증에 빠질 것만 같았다.

이혼을 결심하고 난 후로는 과거를 떠올릴 때가 많아졌다. 선반에서 앨범을 한 권 빼내서 본가로 가져간 것이 화근이었다. 분명 좋을 때도 있었다는 생각이 들면, 불현듯 자신이 은혜를 모르는 악인처럼 여겨질 때가 있었다. 하지만 그 생활로 돌아가는 건 아무리 생각해도 싫었다.

결혼식 연설 같은 데서 '긴 인생을 살다 보면 좋을 때도 힘들 때도 있다'는 말을 종종 들었다. 그건 어쩌면 가정에서 도망쳐 나오려는 아내를 타이르려는 말이 아닐까 하는 생각이 최근에 들기 시작했다. 결국 사소한 일은 참으라고 말하고 있는 거잖아. 여자에게는 그런 일들이 결코 '사소한' 일이 아니거늘, 남자가 보기엔 하찮은 불만으로 비치겠지.

문득 나의 결혼식 때의 일이 떠올랐다. 그때 목사가 "여자는 남자의 갈비뼈 한 대로 만들어졌습니다. 신부는 평생 남편에게 복종할 것을 맹세합니까?" 하고 나를 가만히 바라보며 물었다. 너무도 남존여비 사상이 철저히 밴 그 말에 나도 모르게 숨을 삼키느라 대답이 꽤 늦어지고 말았다. 내가 생각하던 부부상과는 상당히 동떨어진 말이기도 해서 무척 충격을 받았던 것이다.

고루한 사고방식을 갖고 있었을 엄마와 이모들까지도 분개해서는 결혼식이 끝나자마자 입을 모아 불평을 터트렸다.

—아무리 그래도 그렇지, 그런 말이 어딨어.

—애송이 목사 주제에 여자를 깔보고 말이지, 내 참, 어찌나 화가 나던지.

—저 스님은 가짜가 틀림없어.

스님이 아니라 목사예요, 하고 누군가가 말해줘도 그런 거 어느 쪽이든 똑같지, 신용할 수 없는 건 마찬가지잖아, 하고 이모는 노해서 씩씩거렸다.

그러고 나서 몇 년이 지나 당시의 일에 관해서 남편에게 물어본 적이 있었는데 남편은 목사의 말 같은 건 전혀 기억하지 못했다.

앨범 탓에 마음이 약간 흔들리긴 했어도, 남편과 대화를 나눠 관계를 회복해야겠다는 생각은 들지 않았다. 상대가 친형제나 친구라면, 어쩌면 속마음을 털어놓고 말해보려고 했을지도 모른다. 하지만 상대가 남편이라면 마음이 자연히 거부하고 만다. 그건 내 의지로 거절하려는 게 아니라 스스로도 통제할 수 없는, 보이지 않는 무언가가 이미 마음의 셔터를 내려서 내 힘으로는 다시 들어올릴 수 없는 그런 느낌이었다. 더 이상 노력할 수도 없는 상태인 것이다.

카페 안쪽에서 지즈루가 살짝 손을 흔드는 것이 보였다.

중년이 되어도 날씬해서인지 타이트한 옷이 아주 잘 어울렸다.

"나, 진짜로 이혼하려고 해."

점원이 주문을 받아 돌아가는 모습을 지켜보고 나서 작은 목소리로 알렸다.

"네네, 스미코 씨, 그 말은 수도 없이 들었습니다요. 이번에는 무슨 일인데? 저녁 반찬 가지고 또 싫은 소리라도 들었어?"

놀리는 듯한 지즈루의 웃는 얼굴을 본 순간, 숨을 멈췄다. 농담으로 한 말이 아닌데 왜 지즈루는 당연한 듯이 농담으로 받아들일까.

이유를 깊이 생각할 필요도 없다. 이런 대화를 지금까지 셀 수도 없을 만큼 되풀이해왔기 때문이다. 오늘이 몇 번째인지 알 수 없을 정도로.

지즈루와는 둘째 딸 가나가 중학교에 입학해서 배구부에 들어간 일이 계기가 되어 친해졌다. 그 가나도 벌써 서른 살이다. 지즈루와 만나면 서로 남편의 흉을 보기 바빴고 "이혼하고 싶어" "그러게 말이야" "화가 나 죽겠어" "정말 굴욕적이야"로 끝나는 게 일상다반사였다. 가나가 서른 살이 된 것을 생각하면 벌써 18년이나 투덜투덜 불평을 계속해온 것이다.

그동안 부부 관계에 뭔가 나아진 게 있기는커녕 더 나빠지기만 했을 뿐이다. 나와 지즈루는 전혀 성장하지 못했는데, 지즈루의 딸과 가나는 열두 살에서 서른 살이 될 때까지 다양하고도 많은 인생의 무대가 있었다.

우리 세대는 가사와 파트타임 근무에 쫓기며 정신없는 하루하루를 살아오면서, 일해서 번 돈도 전부 가족을 위해서 보탰다. 물론 그런 인생이 무의미했다고는 생각하지 않을뿐더러 10대였던 아이들과 40대였던 우리의 성장을 비교하는 것 자체가 잘못이다.

하지만…… 정말로 그럴까. 열두 살이던 소녀에게도 마흔 살이던 여자에게도 똑같이 18년이라는 세월이 흘러가지 않았는가.

이런 상태로 간다면 앞으로도 연 단위로 인생을 낭비하면서 살아가게 될 것만 같다. 위대한 일을 이루려는 것은 아니다. 반짝반짝 빛나는 인생을 살 욕심도 없다. 다만 그저, 스스로를 억눌러 참지 않으며 살고 싶을 뿐이다.

그동안과 달리, 지금의 나는 진심이었다. 그래서 일부러 지즈루를 카페로 불러낸 것이다. 하지만 지즈루는 또 그 소리야, 하는 식으로 웃었다. 한마디로 말해 지즈루도 나도 지금까지 이혼에 대해 진지하게 마주하려고 하지 않았던 것이다. 나로서는 물론 그때마다 진지하게 고민했지만 구체적으로 현재 상황을 해결하려고는 하지 않았다.

문득 고3 때의 광경이 머릿속에 떠올랐다.

진학반에 들어간 미사오에게는 밝은 미래가 있는데 나는 고향에서 취직해 이대로 시골에 파묻혀 살다가 죽어갈 거라는 생각을 하면서 괴로운 나날을 보냈다. 엄마와 할머니 그리고 동네 아주머니들처럼 항상 남의 흉만 보면서 나이를 먹고 뻔뻔해지고 뒤틀려 죽어갈 것이다……. 그런 인생의 어디가 즐거운가. 그런 생각에 절망하지 않았던가. 그리고 분명 그때 예상했던 그대로의 인생을 나는 살아가고 있다. 친구를 만나면 질리지도 않고 서로 남편의 흉을 보면서 어느 사이엔가 훌쩍 나이를 먹었다. 그뿐인 인생이다.

아아, 탈출하고 싶다. 이런 우울한 인생에서 벗어나고 싶다.

"있잖아, 지즈루. 나 말야……."

할 말이 산처럼 쌓여 있었다.

미사오를 만난 일이며 변호사에게 상담하러 간 일도 아직 말하지 않았다. 지금은 본가에 있으며 오늘도 그리로 돌아간다는 것도 말해야지.

한 가지씩 차근차근 이야기하자 지즈루의 얼굴에서 서서히 웃음기가 사라졌고 마침내 진지한 표정으로 바뀌었다.

일방적으로 혼자만 떠들어서인지 목이 까끌까끌해져서 컵에 담긴 물을 단숨에 들이켰다. 몰입해서 계속 이야기하느라 주변의 상황에 신경 쓰는 것조차 잊고 있었다. 문득 주위를 둘러보니 모르는 얼굴들뿐이기는 했지만 어느새 카페가 꽉 차 있었다.

주위에 들렸을지도 모른다. 몇 번이나 '이혼'이라는 말을 입 밖에 내고 말았다.

하지만…… 그래서 뭐가 어떤가?

남들에게 알려진다고 해서 그게 어떻다는 건가?

소문이 나도 상관없지 않은가. 이제 그런 작고 하찮은 수준의 일에는 절대로 신경 쓰고 싶지 않다.

"스미코, 이번에는 진심이구나" 하고 지즈루가 확인하듯이 말했다.

"응, 진심이야."

"남편한테는 언제 말한 건데?"

"이번 주 안에 말하려고 해."

"그렇구나. 알았어. 나도 남편한테 말해볼 거야."

지즈루의 얼굴에도 결의가 넘쳐흘렀다.

"뭐, 너도 말한다고?"

내 기세에 휩쓸렸을 뿐인 건 아닐지 걱정이 되었다.

"있잖아, 스미코. 남편에게 폭력을 당한다는 게 어떤 기분인지 알아?"

지즈루에게 폭력 이야기를 듣는 건 이걸로 두 번째다. 처음에 들었을 때로부터 이미 몇 년의 세월이 지났다.

"글쎄, 나는 경험이 없어서……."

어떤 기분일지, 그런 걸 구체적으로 상상해본 적은 한 번도 없었다.

"부모가 아이의 머리를 탁 때리는 거랑은 완전 차원이 달라."

주위가 신경 쓰였는지 지즈루가 목소리를 한 톤 낮췄기에 마주 앉은 자리에서 이마가 서로 닿을 정도로 몸을 가까이 다가갔다.

"멱살을 잡고 주먹으로 뺨을 갈긴다고. 이가 부러지고 피가 난 적도 있어. 발로 걷어차여서 갈비뼈에 금이 간 적도 있는걸. 스미코, 눈을 감고 상상해봐."

지즈루가 말한 대로 눈을 감고 남편한테 얻어맞는 상상을 해보았다.

"어떤 느낌이 들어? 어른이 되고 나서 사람에게 맞다니 엄청난 충격이야. 어릴 때 남자애들하고 싸우면서 발에 차이거나 맞던 거랑은 전혀 다르게, 믿을 수 없을 정도로 아파. 그리고 너무 무서워서 몸이 움츠러들곤 해."

상상하기만 해도 눈물이 배어 나오려 했다. 나는 하녀 같다고 생각했는데, 얻어맞는 지즈루는 노예 같다는 생각이 들었다. 하지만 너무나도 가엾어서 말로 하지 않았다.

"이제 나, 그런 생활에서 빠져나오고 싶어."

"응, 그래. 그게 좋겠어."

하녀보다는 노예가 확실히 정신이 갉아먹히는 거라고 생각했다.

"스미코, 우리 힘내자."

"응, 나도 지지 않을게."

그렇게 말하고 우리는 똑바로 눈을 마주 보면서 고개를 끄덕였다.

저녁을 먹은 후 본가의 거실에서 고타츠[21]에 발을 넣고 앉아 잡지를 읽고 있었다.

엄마는 조금 전 욕실로 들어간 참이다.

남편이 없다는 것만으로도 정신적으로나 육체적으로나 훨씬 편해졌다. 저녁 식사만 해도 엄마와 둘이서 간단

---

21 테이블 아래 열원을 설치하고 위에는 이불을 덮은 난방 기구

한 음식을 만들어 먹는다. 밥과 된장국, 거기다 뭐든 반찬 한 가지만 있으면 충분하다. 닭튀김이나 말린 가자미 등 싸고 영양가 만점인 요리가 얼마든지 있다. 여자 둘이 사니 방도 욕실도 더러워지지 않는 게 놀라웠다. 먼저 생각난 사람이 재빨리 청소를 한다. 꺼내놓으면 꺼내놓은 대로, 먹으면 먹은 대로 내버려두는 인간이 한 사람 없는 것만으로도 이렇게까지 심신이 소모되지 않을 줄은 상상도 하지 못했다.

역시…… 이제 예전의 생활로는 돌아갈 수 없다.

텔레비전을 켰더니 만혼화에 관한 토론 프로그램을 하고 있었다. 젊은이들이 결혼을 점점 늦게 한다는 것이다. 저출산 현상이 심해지고 있어서인지 최근에는 이런 특집 방송이 늘어났다.

─저는 파견사원으로 급여가 굉장히 적어서 결혼하기는 어렵겠다고 생각하고 있어요. 취업 빙하기 세대이다 보니 아무리 노력해도…….

생활의 고충과 희망이 보이지 않는 인생을 한탄하는 남성의 가슴께에 달린 명찰에는 38세라고 적혀 있었다.

─자네 말이야.

평론가가 끼어들었다. 몸을 뒤로 젖히고 다리를 꼬고는 거들먹거리는 말투였다.

─급여가 좀 적어도 괜찮다네. 왜냐하면 옛날 사람들은

이렇게 말했거든. 혼자서는 먹고살기 힘들어도 두 사람이라면 먹고살 수 있다고 말이지.

"그건 거짓말이야."

아무도 없는 방에서 툭 내뱉었다.

이 남성 평론가가 말하는 '두 사람'이란 반드시 한쪽이 여자다. 여자가 매사에 촉각을 곤두세워 정보를 수집하고 발품을 팔아 값싼 식재료를 구해와서 맛있는 음식을 만든다. 언제나 머릿속에서는 생활비를 계산하고 온갖 궁리를 거듭해 궁색할 정도로 절약한다. 여자는 쓸데없는 데 돈을 쓰지 않겠다고 굳게 마음먹고 있어 무슨 일이든지 인내한다. 그렇기에 두 사람이라면 먹고살 수 있는 것이다. 그 증거로 남자 두 사람이라면 결코 먹고살 수 없다.

정년퇴직해서 한가해진 남편이 가계 관리에 관심을 갖는다는 얘기를 자주 듣는다. 몇십 년 동안 절약 생활을 계속해온 아내가 봤을 때 남편은 가계 관리에는 완전 초보자다. 그런데도 통장과 현금 인출 카드를 아내에게서 강제로 빼앗아 결국은 생활이 곤궁해지고 만다.

만약 이대로 이혼하지 않는다면 남편이 정년퇴직한 후의 내 삶은 어떻게 될 것인가. 연금을 바로 받게 되는 것도 아니다. 촉탁직으로 회사에 남는다 해도 급여는 크게 줄어들 것이다. 얼마 되지 않는 퇴직금마저도 내게 전액을 갖다줄 거라고는 생각할 수 없는 데다, 절약에 협력해줄 것 같지도 않다. 절약은커녕 지금 저대로라면 정년퇴직 후에도 여자 있는 술집에 다니지 않을까.

즉, 이혼을 하든, 하지 않든 어차피 경제적으로는 어려워진다는 것이다.

이제 텔레비전 화면은 서른 살이라는 미남 배우의 얼굴을 크게 비추고 있었다. 작년에 예쁜 여배우와 결혼했고 얼마 전에 아이가 태어났다.

—파견사원이라서 결혼하지 못한다는 건 말도 안 되죠. 이대로 계속 혼자 사는 것도 외로울걸요. 저처럼 옛날에 불량스러웠던 사람도 결혼했는걸요.

어느 시대에나 쓸데없는 말을 하는 무리가 있다. 자신은 결혼해서 아이가 있다, 그런 평범한 일을 독신자 앞에서는 짐짓 자랑하고 싶어 한다. 하찮은 우월감이 빤히 들여다보여서 괜스레 보는 사람까지도 부끄러워졌다.

혼자 사는 생활이 외롭다는 건 미신이야. 스튜디오에 앉아 있는 젊은 여성들에게 알려주고 싶었다.

남자도 여자도 젊을 때는 외로움을 잘 타지만 여자는 결혼해서 아이가 생기면 한층 더 고독에 빠진다. 아무에게도 응석부리거나 의지할 수 없는 생활. 가사도 육아도 첫 경험인데 남편에게도 기댈 수 없는 나날을 홀로 고군분투하며 극복해야만 한다.

　남편이 있어도 의사소통이 되지 않으면 혼자 사는 생활의 몇 배나 더 고독하고 슬프다. 그런 주체할 수 없는 외로움을 달래지 못한 채 나이 들어가고, 어느 사이엔가 고독에 길들여져 아무렇지도 않아진다. 그리고 깨달았을 때는 외로움을 타지 않을 뿐만 아니라 혼자서 있을 때가 가장 마음 편하다. 그런 경지에 이른 여자는 두 번 다시 남편에게 기대하지 않는다. 기대는커녕 남편이 없는 혼자만의 생활을 절실하게 동경하게 된다. 그런 건 오랜 세월 아내로 살아온 여자라면 누구나 경험했을 터이다.

　그렇게 생각하다 보니…… 나는 이혼하면 뭔가 곤란한 일이 하나라도 있을까. 언젠가 그 할아버지 변호사가 전문이라고 자랑하던 친권이니 양육비니 하는 것도, 딸들이 성인이 된 지금은 아무 상관도 없다. 가사뿐만 아니라 집안에 필요한 목공 일이나 힘쓰는 일도 거의 내가 혼자 해왔다. 남편이 아무것도 해주지 않았던 탓도 있지만, 원래 손재주가 좋아서 재봉틀질뿐만 아니라 DIY 목공일도 무척 좋아한다. 생활면에서 내가 남편에게 의지하는 일이 뭔가 한 가지라도 있던가. 내가 감당할 수 없는 수리라면 남편도 할 수 없는 게 당연하다. 그럴 때는 엄마가 잘 아는, 예전에 목수였던 할아버지에게 부탁하면 용돈 정도 받고 해주신다.

나 혼자라면 생활비도 별로 들지 않는다. 식비도 마찬가지다. 옷만 해도 요즘은 누구나 가볍고 편하게 입는다. 참관 수업과 학부모회 모임에서는 10년도 더 전에 해방되었으니까 정장이나 원피스를 입을 일도 없다. 장례식용 검은 원피스만 한 벌 있으면 일상복은 의류 매장에서 파는 저렴한 옷으로 충분하다.

그런 생각을 하고 있는데 문자 착신음이 울렸다. 남편으로부터였다.

「적당히 좀 해라. 언제 돌아올 거야?」

왜 이렇게 거만하게 말하는 걸까. 이혼하지 않으면 이런 일이 평생 계속된다.

엄마를 보살핀다는 건 지금 시점에서는 거짓말이지만 그리 멀지 않은 날에 거짓말이 아니게 된다. 이 남자는 그런 상황이 되어도 엄마를 내버려두고 아무 데도 불편하지 않은 자신을 챙기고 돌보라고 말할 게 분명하다.

말하자.

지금 말하지 않고 언제 말하겠는가.

당장이라도 이혼해달라고.

그렇게 생각했을 때 또 착신음이 울렸다.

「너의 어머니가 '걷기 모임'에 참가하고 있는 걸 봤어.

장난하냐!」

상당히 화가 난 모양이다.

다음 순간, 갑자기 무서워졌다.

왜 이렇게 무서운 걸까. 폭력을 휘두르는 것도 아닌데 남편이란 이렇게도 무서운 존재인가.

용기를 내, 스미코!

두 번 다시 같이 살고 싶지 않다면 망설일 게 뭐 있니.

「돌아갈 생각 없어. 이혼해줘.」

손가락이 저절로 움직여 보내기 버튼을 눌렀다.

화면을 멍하니 바라보고 있자니 조금 있다가 답장이 왔다.

「이유는?」

남편에게서는 그 말뿐이었다.

「가정부 취급은 이제 지긋지긋해. 나도 일하고 있는데 가사며 육아도 전부 나 혼자 해왔어. 너무나도 불공평해. 그리고 당신의 낭비에 조마조마하면서 살아가는 데도 지 쳤어. 술집 출입을 그만두지 않으면 노후 자금이 아무리 있어도 부족할 거야. 나는 혼자서 청결하고 조용하게 살아 가고 싶어.」

과감하게 다 써서 보냈다. 그러자 이번에는 바로 답장 이 왔다.

「나야말로 너 같은 건 사절이다.」

내가 이혼하자니까 자존심에 말로만 저러는 건가. 어쨌든 이 말을 놓쳐서는 안 된다. 그렇게 생각하고 바로 못을 박았다.

「이혼해준다는 뜻이지?」

「당연하지. 훨씬 전부터 이혼하고 싶었거든.」

덩실덩실 춤이라도 추고 싶은 기분이었다. 남편이 부디 날 버리지 말아줘, 하고 매달린다면 새장에 갇힌 새처럼 폐소공포증 발작이 일어났을 터였다.

「요즘은 반찬도 슈퍼에서 다 팔아. 네가 없어도 곤란할 일은 하나도 없다고.」

남편의 문자를 읽고 나도 모르게 싱글싱글 웃고 말았다.

「그런가요. 그러면 나는 반찬 만드는 요원이었다는 거군요?」

「그거 말고 네가 잘하는 게 뭐 있냐.」

남편에게 오랜 세월을 함께한 아내는 무료로 고용한 가정부 외에는 아무것도 아니다. 아무 말 안 해도 식사가 나오고 청소도 세탁도 해준다. 이웃과의 교류도 충실하게 해준다. 게다가 일하러 가서 돈도 벌어오고, 그러고도 조금도 낭비하지 않고 절약에 온 힘을 쏟는다. 그런 하녀가 있으면 나라도 고용하고 싶을 정도다. 그렇게 공짜로 부려먹

을 수 있는 편리한 하녀를 누가 버리려고 하겠는가. 아내
는 벽 아니면 공기의 일부일 뿐, 이혼 같은 엄청난 일의 대
상이 된다고조차 생각하지 않았던 게 틀림없다. 그렇기에
문자로는 저리 강경한 태도를 보이지만 실제로 남편의 충
격과 놀라움은 클 것이다. 아니면 여자의 허튼 투정 정도
로밖에 여기지 않는 걸까.

　지금까지는 남편의 높은 자만심과 자존심을 경멸해왔지
만 오늘만큼은 그런 성격에 감사하고 싶은 마음이 들었다.

　그 사흘 후는 남편의 월급날이었다.

　여느 때처럼 근무하다가 점심시간을 이용해 은행에 가
서 통장을 찍어보았다.

　"응? 어떻게 된 거지?"

　통장을 펼쳐 구멍이 뚫어질 정도로 들여다보았다. 생활
비 용도로 쓰는 계좌에 단돈 1엔도 입금되어 있지 않았다.
이런 일은 결혼한 후 처음이었다.

　—너한테는 한 푼도 주지 않겠어. 당해봐라.

　통장을 들여다보면 볼수록 불안해졌다. 안 돼. 이렇게
마음이 약해서야 그 사람이 생각하는 대로 되는 게 아닌
가. 생활비를 끊으면 아내가 바로 돌아온다, 그리고 마룻바
닥에 머리를 조아리고 제가 잘못했어요, 제발 생활비를 보

내주세요, 부탁입니다, 하고 눈물을 흘리며 호소라도 할 거라고 생각하는 게 분명하다.

그게 얼마나 굴욕적인 일인지 알고 있는 걸까. 여자에게도 자존심이 있다는 것을 모르는 모양이다. 나는 남편이 너무도 싫지만 굴욕을 맛보게 하고 싶다는 생각까지는 하지 않는다. 정이 있어서가 아니다. 상대가 누구이든 그건 해서는 안 될 일이기 때문이다. 그런 감각은 사회적 약자에게만 존재하는 것일까.

남편에게 머리를 조아리느니 죽는 게 더 낫다.

아니, 아니다. 절대 죽지 않을 거다.

어떻게 해서든 살아남아 보일 테다.

이혼 후의 짧은 인생을 마음껏 즐겨야 하지 않겠는가.

만약 올케의 마음이 바뀌어서 남동생 부부가 고향으로 돌아와 엄마와 함께 살게 된다면 당장이라도 연립주택에 방을 빌리자. 만약 마음에 드는 집을 좀처럼 찾지 못하면 눈치를 보게 되더라도 한동안은 본가 2층에 있는 두 평 남짓한 방으로 뻔뻔하게 들어가 신세를 지면 된다. 그렇지 않으면 도쿄로 가서 노조미의 원룸 아파트에 침낭을 들고 가 현관에서 재워달라고 할까. 그리고 한 달 이내에는 어떻게든지 자립하면 된다.

본가 근처에 있는 연립주택의 월세도 이미 알아두었다.

저렴한 곳은 2만 엔, 비싼 곳이라도 4만 엔 정도다. 경차를 갖고 있으니 여차하면 조금 더 산 쪽으로 들어간 불편한 곳이어도 괜찮다. 그곳이라면 단독주택이라도 월 3만 엔 정도로 빌릴 수 있다. 일할 수 있는 동안에는 일을 하자. 이른 아침부터 늦은 밤까지 일하고, 주말에도 일하자. 과로로 건강을 잃으면 그때는 쇠약해지는 대로 순리에 맡기고 죽으면 된다.

이혼은 원원으로 가능할 거라 생각했다. 이혼 후에도 명절에는 딸들과 손주를 데리고 남편과 함께 식사하는 관계로 지낼 수 있기를 바랐다. 솔직히 말하면 얼굴도 보고 싶지 않지만, 딸들의 아버지라는 사실은 바뀌지 않으며 손주에게도 할아버지니까 꾹 참고서 몇 시간 정도는 웃으며 보내겠다고 생각했다.

그런데 이혼 이야기를 꺼내자마자 생활비를 끊다니…….

당장 전기세와 가스요금은 어떻게 해야 하나. 지난주에 가스업자를 불러 욕실을 수리한 것도 아직 대금을 지불하지 않았다. 마을회비며 기름값도 내야 한다.

내 알 바 아니다, 라는 건가?

네가 알아서 해라, 나는 한 푼도 내지 않겠다는 그런 심산인가?

그렇다면 생판 남보다도 못하다. 오래 함께 살아왔는데

부부란 고작 이 정도의 관계였던 걸까.

잠깐, 정기예금 통장이…….

어쩌면 좋아.

통장과 인감을 집에 둔 채로 나왔다. 혹시 남편이 집 안에 있는 서랍이란 서랍은 다 열어보고 이미 내 통장을 찾아낸 게 아닐까. 불안해서 이러지도 저러지도 못할 지경이었지만 오후에도 계속 근무해야 했다.

이날은 좀처럼 작업에 집중할 수가 없었다.

근무가 끝나기 무섭게 본가에 들러 경차를 가지고 집으로 향했다.

더 일찍 갔어야 하는데 근무시간표를 짜느라 논의하는 시간이 너무 길어졌다.

현관에 신발을 벗어 던지고 2층으로 올라가 귀중품을 넣어둔 작은 서랍부터 살피니 전부 여느 때처럼 닫혀 있었다. 안도하고 그 자리에 주저앉았다가, 여유 부릴 때가 아니라는 생각에 스프링 인형처럼 벌떡 일어났다.

벽장에서 작은 백팩을 꺼내 정기예금 통장과 인감, 집의 등기권리증 등을 차례로 마구 집어넣었다. 부부의 재산은 절반씩이라고 법률에 정해져 있다고 해도, 분할하기 전에 술집 여자에게 갖다 바치기라도 한다면 큰일이다. 절대 참을 수 없다.

이혼이 결정되면 솔직히 예금 총액을 남편에게 알리고 반반씩 나눌 생각이다. 나는 이런 공평성을 지니고 있지만 남편은 믿을 수 없다. 그렇기에 내가 통장을 관리하는 것이 좋다.

　　벽시계를 올려다보니 곧 남편이 귀가해도 이상하지 않을 시간이 다가오고 있었다. 백팩을 등에 메고 1층으로 달려 내려갔다. 거실을 둘러보며 그 밖에 뭔가 갖고 나갈 것은 없는지 눈으로 찾고 있는데, 현관문이 딸깍 열리는 소리가 났다. 깜짝 놀라 얼굴을 내밀어보니 남편이 돌아온 참이었다.

　　눈이 마주치자 남편이 씨익 웃었다. 지금까지 본 적이 없는 잔인한 빛을 내뿜고 있는 것처럼 느껴져서 더럭 겁이 났다.

　　한시라도 빨리 이곳을 빠져나가야 한다.

　　"너, 혼자서 살 수나 있어?"

　　남편은 현관부터 이어지는 복도를 걸어 내 쪽으로 다가오면서 어림도 없다는 듯이 물었다.

　　"집은 내 명의로 되어 있고 돈도 한 푼 안 줄 텐데."

　　미워서 견딜 수 없다는 표정이었다. 왜 갑자기 아내를 미워하는 걸까. 미움받을 만한 일을 한 기억이 없다. 나는 아무런 잘못도 한 게 없다. 1년 365일, 하루도 빠짐없이 적은 금액으로 지혜를 짜내 맛있는 음식을 준비해왔다. 소홀히 한 적은 없느냐고 묻는다면…… 그야, 물론 있다. 남편이 마음에 들지 않아 할 일도 많았을 것이다.

하지만 그 정도의 일과 남편의 차별의식을 저울로 달아서 피차일반이라는 말로 끝내는 건 용납이 되질 않는다. 나는 남편과 같이 있기만 해도 심신의 건강이 부조화를 일으켜 병이 될 지경이다. 반면에 남편은 아내라는 하녀가 곁에 있어야 심신 모두 더 건강하게 지낼 수 있다. 그 차이 하나만 보더라도 남편이 아내를 비난하거나 증오하는 건, 너무도 심한 착각을 하고 있다는 뜻이다.

부부 관계가 왜 이렇게 되어버린 걸까.

어디서 어떻게 잘못된 걸까.

"재산은 반반씩이야. 법률로 그렇게 정해져 있으니까."

"뭐라고? 왜 너한테 내 집과 저금을 줘야 하냐?"

내 집, 내 저금…….

남편의 의식으로는 그 재산이 부부가 함께 모은 게 아닌 모양이다. 어디까지나 '내 돈벌이'만으로 얻은 재산이라고 생각하고 있다. 아내가 하는 일이며 가사를 전부 얕보고 있는 것이다.

아아, 더 선량한 남자랑 결혼했어야 하는 건데! 남편이 이렇게도 잔혹한 인간이었다니.

사이 좋게 반반씩 나누고 깔끔하게 헤어질 수 있을 거라고 생각한 내가 너무 물렀다. 남편은 아내의 앞으로의 생활 같은 건 안중에도 없는 것이다. 그뿐인가. 먹고살기가 힘들어 불행해지면 좋겠다고까지 생각하고 있는 게 얼굴에도 다 엿보였다. 설령 아내를 증오하게 되었다고 하더라도 아이들의 엄마인 건 틀림없으며 헤어져도 영원히 손주의 할머니인데, 그런 건 조금도 머리에 떠오르지 않는 걸까.

　"너, 어떻게 먹고살 건데? 어?"

　복도에 서 있던 남편이 거실로 성큼 들어섰다.

　나도 모르게 뒷걸음질을 쳤다.

　결혼하고 나서 지금까지 남편은 한 번도 주먹을 휘두른 적이 없다. 그렇다고 오늘도 절대 그러지 않을 거라고는 확신할 수 없다. 내가 남편을 전혀 신뢰하고 있지 않다는 것을 새삼스럽게 깨달았다. 무엇보다 두려운 까닭은 남편의 표정 때문이었다. 마치 괴롭힘을 즐기는 듯이 보여서였다.

　"이혼하면 고생하는 건 너지. 이봐, 오해하면 곤란해. 나는 너한테 손톱만큼도 미련이 없거든. 몇 번씩 말하지만 나는 섹시하고 젊은 여자가 좋으니까."

　그렇게 말하고는 남편이 소파에 털썩 앉았다. 그러자 확 하고 바람이 일어서 남편의 고약한 체취가 코끝을 찔렀다. 그 순간, 나는 거실을 가로질러 힘껏 창을 열고 맨발로 툇마루로 나가 컴컴한 마당으로 뛰어내렸다.

"왜 그래?"

남편은 기분 나쁜 것이라도 본 듯한 눈초리로 소파에 앉은 채 몸을 쭉 빼고 내 쪽을 바라보았다. 심장이 두근두근 방망이질하고 있었다. 폐소공포증으로 인한 발작이었다. 이 집에 갇혀 평생 밖으로 나갈 수 없을 것만 같았다. 크게 소리를 지르고 싶은 충동에 양손으로 입을 틀어막았다.

한시라도 빨리 이 집에서 나가야 한다.

순간적으로 발밑에 있던 화분을 집어 가슴에 끌어안았다.

"이거 가지러 온 거야."

시클라멘은 이미 시들어 있었다. 흙도 다 말라 있다.

"물을 주면 다시 살아날지도 모르니까."

남편은 식물에 대해서는 잘 모른다. 그래서 뿌리째 시들어 있는데도 의문을 갖지 않을 것 같았다. 발바닥이 흙 투성이가 된 채로 툇마루로 뛰어올라 그대로 거실을 다시 가로질러 현관으로 쏜살같이 달려나갔다.

남편은 어안이 벙벙한지, 다행히도 쫓아오지 않았다. 만약 쫓아와서 "이봐, 그 백팩에는 뭐가 들어 있는 거야? 설마 통장 아냐?" 하고 묻는다면…… 상상만 해도 심장이 입에서 튀어나올 것만 같았다.

현관 앞에 세워둔 경차에 올라타고 바로 시동을 걸었다. 큰길로 나와서야 겨우 제대로 숨을 쉴 수 있었다. 10분쯤 달리는 동안에 차츰 기분이 안정되었다.

　지금쯤 남편은 아내의 행동을 분석하고 있을 것이다. 역시 여자는 감정적인 동물이라 다루기 힘들다고.

　어떻게 생각하든 상관없다.

　남편과 함께 있기만 해도 정신이 이상해질 것 같다.

　남편은 폭력도 휘두르지 않으며, 지금으로서는 외도도 새로운 현금 대출도 드러나지 않았다. 그런 상태에서 이혼하고 싶어 하다니 세상의 상식에서 벗어난 게 아닐까 하는 생각에 줄곧 망설이고 고민해왔지만, 이제는 그 망설임이 말끔히 가신 느낌이었다. 함께 있기만 해도 제대로 숨을 쉴 수가 없는걸. 하지만 이혼을 의식하기 시작한 뒤로는 줄곧, 개운했다가 망설였다가를 수없이 반복해왔다. 앞으로도 무슨 일이 있을 때마다 되풀이되려나.

　차의 앞유리창 위를 별들이 천천히 흘러갔다. 눈부신 달빛 덕에 밤하늘은 더없이 푸르고 아름다웠다. 평소와 다르게, 왠지 수많은 별이 나를 응원해주는 것만 같았다. 아무리 네온사인이 없는 시골이라도 이 정도로 많은 별이 또렷하게 보이는 날은 좀처럼 드물기 때문이다.

　이혼하려면 그만한 이유가 있어야 한다고 생각하는 사

람이 많을 것이다. 하지만 남편과 있으면 숨이 막히고 폐소공포증 발작이 일어난다. 그것이 정당한 이유가 아니면 뭐란 말인가. 그것만으로도 충분하지 않은가.

이런 상황에 처한 여자의 이혼에 대체 누가 이의를 말할 것인가.

정정당당하게 이혼하자. 적어도 지금보다 기분이 밝아질 것이고 마음에 평안을 얻을 수 있다.

밤하늘 저편에서 또 한 사람의 내가 나를 내려다보고 있는 것 같다. 그 분신은 최근에 이따금 떠오르곤 하는 고등학생 무렵의 나다.

─애쓰고 있네, 중년의 스미코. 응원할게.

그렇게 말하며 고교생인 스미코가 말을 걸어주는 거라고 생각하기로 했다.

그날 저녁, 미사오에게 전화를 걸어 남편과 있었던 일을 대강 말해주었다.

"네가 말한 대로야. 윈윈 관계 같은 걸 기대한 바보는 나뿐이었어."

─그렇지? 하지만 싸움은 이제부터야. 여자는 말이지, 대개 사람이 너무 좋아. 잠깐 방심한 틈에 부처님 같은 자비심이 생겨나거든. 스미코, 절대로 자비심 같은 거 가지면 안 돼. 남자는 자신밖에 생각하지 않으니까.

"그래도 남자를 싸잡아서 말하는 건 좀 그렇지 않나? 모두 다 그런 것도 아니고."

—그야 물론 그렇지. 제대로 된 남자도 25퍼센트 정도는 있으니까.

"25퍼센트? 그런 걸 어떻게 알아?"

—싱글맘들을 보면 알지. 어린아이를 데리고 이혼하는 사람이 늘고 있잖아? 가정재판소에서 양육비를 지급하라고 판결해도 그 남자들 중 제대로 지급하는 건 사분의 일밖에 안 된대, 못 들었어?

자주 듣는 말이었다. 나머지 사분의 삼에 해당하는 남자가 양육비를 내지 않는다는 데 놀랐다. 이혼해서 아내와는 연이 끊어지더라도, 아이들의 아버지라는 사실은 분명하다. 그런데 왜 이렇게도 야박한 걸까. 이해가 가질 않았다. 자기 자식의 진학과 미래가 걱정되지도 않나.

—그건 말이야, 여자가 먼저 이혼하자고 말을 꺼낸 게 화가 나서 그래. 여자인 주제에 건방지게 이혼을 요구하다니 몹시도 자존심이 상한 거지.

"건방지다니…… 게다가 여자인 주제라니! 그런 케케묵은 사고방식이 다 있니?"

—그러니까. 근데 말이지, 남자들이 그러는 것도 무리는 아니야.

"어째서? 너 설마 그런 비겁한 남자들 편을 드는 거야?"

―남자 입장에서 한번 생각해봐. 우선, 이름만 해도 그래. 대부분 여자는 결혼하면 반발 없이 남편의 성을 따라 바꾸잖아. 그것만으로도 남자의 심리에 크게 작용하는 거지. 여자들은 관례라고 생각하고 큰 의미를 두지 않지만, 남자들 눈엔 자신의 성까지 버려가면서 남자 쪽 집안으로 흡수되었다는 인식이 강하니까. 그러면 누구든 여자를 종속물이나 소유물이라고 오해하는 게 당연해. 그걸 당연하게 받아들이는 사회 구조가 형성되어 있고 말이야.

"그렇구나. 한마디로 하인인 주제에 감히 잘난 척을 하고 이혼 얘기를 꺼냈다고 느끼는 거네."

그때 문득 사요코와 아야노, 히로에의 증오스러운 눈초리가 떠올랐다. 신년회에서 린다를 화제로 올렸을 때의 일이다. 그 불합리한 증오심은 대체 어디서 온 걸까, 의사에게 시집간 히토미를 대하는 태도와는 정반대여서 그게 너무도 의아했는데 바로 지금 깨달았다.

고등학교 시절에 린다는 공부도 운동도 다 못했다. 즉, 모두들 린다를 자기네들보다 신분이 아래라고 여겼다. 그런데 린다는 만화가로 성공했다. 그걸 용납할 수 없는 것이다. 반면에 히토미는 고등학교 시절부터 남자들에게 인기가 있었고 얼굴도 예쁘장해서 자신들보다 신분이 위였다. 그래서 의사의 아내가 되어도 자신들의 자존심에 아무런 영향을 끼치지 않는 것이다.

　—건방지게 내 자존심에 상처를 내다니.

　남편은 그렇게 생각하고 있을 것이다. 실은 자존심뿐만 아니라 마음에도 상처받은 게 아닐까.

　그도 그럴 것이 예순 살이 다 되어가는 아내가, 그것도 변변한 돈벌이도 없는 아내가, 게다가 친정이 부자도 아닌 아내가, 감히 자신과 헤어지고 싶다고 한다.

　—당신이 너무 싫어. 헤어질 수만 있다면 길바닥에서 죽어도 좋아.

　아내에게 그런 말을 들은 것이나 다름없다. 그래도 상처 받지 않고 화가 날 뿐이라면 얼마나 오만한 남자란 말인가.

　미사오와의 전화를 끊은 뒤, 문득 생각이 나서 60대 여성의 블로그를 검색해 보았다. '이혼'이나 '혼자 살기' 같은 키워드를 치자 가계부를 공개하고 있는 여성이 여러 명 있었다.

　얼마나 편리한 세상이 된 건가. 예전 같으면 혼자 사는 여성의 가계부를 그리 쉽게 엿볼 수는 없는 일이었다. 몇 사람의 가계부를 비교해가며 살펴보았다. 각자 경제력에 차이가 있겠지 싶었는데 모두 비슷비슷했다. 집세는 월 5만 엔 전후에, 식비가 2만 엔 안쪽, 수도광열비가 1만 5천

엔, 기타 잡비를 합해도 전부 10만 엔에서 12만 엔 정도였다. 치과에 다닌 달은 생활이 빡빡하다고 쓰여 있다. 충치가 생기지 않도록 일 년에 몇 번은 치석을 제거하러 다닌다는 것까지 똑같았다. 취미만큼은 사람마다 달라서, 등산을 즐기거나 휴일에는 독서삼매경에 빠지기도 하고 친구와 식사를 하기도 한다. 호화로운 생활은 할 수 없지만 남편과 헤어지길 잘했다고, 모두 그렇게 말하고 있었다.

무엇보다 꼼꼼히 가계를 관리하고 있는 청결한 생활 모습을 엿볼 수 있었다.

나도 노력하면 분명, 어떻게든 잘될 것이다.

4

며칠 뒤, 경차를 운전해 집으로 돌아갔다.

옷가지 등 일상에 필요한 물건을 챙겨 전부 본가로 옮길 작정이었다. 근무가 끝나고 난 뒤의 시간대는 요전번처럼 남편과 마주칠 가능성이 있어서 평일에 휴가를 냈다. 전날 저녁에 홈센터에서 포장박스를 사서 차 트렁크에 쌓아두었다.

2층으로 올라가 옷장 서랍을 열고 끝쪽에서부터 차례로 옷을 꺼내 상자에 집어넣었다. 그리고 두 번째 상자를 조립하려고 하다가 딱 손을 멈췄다.

이렇게 많은 옷이 다 필요한 걸까.

이혼 후의 경제력을 생각하면 뭐든지 본가로 가져가 쌓아두고 싶었다. 하지만 지금까지 거의 입지 않았던 옷을 그렇게 소중히 간직해서 무얼 할 것인가. 지금 입지 않는 옷은 앞으로 아무리 가난해진다 해도 역시 안 입지 않을까.

오늘은 아주 평범한 파란색 스웨터를 입었다. 입으면 편하고 잘 어울린다고 생각하는 옷이라 여러 번 세탁했더니 보풀이 나 있다. 하지만 그래도 아직 입을 만하다.

반듯한 원피스와 정장, 딱딱한 소가죽 백을 사용할 일은 이제 없다. 필요할 때가 온다면 아마 노조미가 결혼할 때 정도겠지. 그리고 그럴 가능성도 지금은 낮을뿐더러 한다 해도 한참 뒤의 일일지도 모른다. 그렇다면 그때는 새로 사든가 빌리면 된다.

서랍장에서 정말로 필요한 것만을 꺼내보자.

옷을 일단 원래의 자리에 전부 집어넣었다. 그리고 가만히 바라보았다.

입고 싶은 건 이거랑, 이거, 그리고…… 이거.

몇 번이고 생각해도 앞으로 분명히 입을 거라고 생각되는 옷은 생각보다 훨씬 적었다.

그래, 홀가분해지자. 몸과 마음 모두.

만약 가난해진다고 해도, 아무리 그래도 티셔츠 정도는 살 수 있겠지.

새롭게 출발하는 거다. 지금이 그때다.

벌써 쉰여덟이지만, 아직 쉰여덟이다. 그렇게 꿋꿋이 스스로를 격려하며 살아가자.

그러고 나서 다시 방 안을 구석구석 둘러보았더니 정말로 필요한 물건은 속옷과 약간의 옷, 마음에 드는 문구류, 몇 번이고 다시 읽고 싶은 책 몇 권, 그리고 누가 뭐래도 재봉틀. 단지 그뿐이었다.

두고 가기 아쉬운 물건도 있기는 했다. 서랍장을 보니 애니메니션 스티커를 떼어낸 자국이나 어렸을 적 딸들이 그려놓은 낙서가 남아 있다. 하지만 끝이 없을 것 같아 단념했다. 선반에 꽂아놓은 많은 앨범의 책등을 바라보았다. 딸들을 위해 사진은 전부 가져가는 게 좋을까. 앞으로 내 딸들은 엄마가 없는 이 집에 돌아올 일이 없지 않을까. 고향을 찾아올 때면 이 집이 아니라 할머니와 엄마가 있는 본가 쪽으로 올 것이 분명하다. 그렇다면 전부 가져가는 게 좋겠지.

아니, 잠깐만. 그런 건 딸들에게 맡기자. 서른 살이 넘은 성인이다. 원하면 직접 가지러 오면 된다. 지금 나는 느긋하게 앨범을 되돌아볼 마음의 여유가 없다. 거의 대부분의 페이지에 남편이 찍혀 있기 때문이다. 사진을 보다 보면 '이렇게 좋은 때도 있었지' 하고 회상하며 이혼을 결심한

나 자신을 원망할지도 모른다. 그런 감정이 사라지고 아무
렇지도 않게 바라볼 수 있는 날이 언젠가는 오려나. 엄마
를 보고 있으면 분노나 증오의 감정이, 이제는 젊었을 때
보다 오래 계속되지 않는 것 같다. 확실히 엄마는 한층 밝
아지고 시원시원한 사람이 되었다. 사람이 누구나 나이가
들면서 기억력이 나빠지는 건, 하늘이 준 마지막 선물이
아닐까 하는 생각이 들 정도다.

꼭 필요한 물건을 박스에 다 넣고 나서 다시 한번 살펴
보니 놀랄 정도로 적었다.

응, 이것만으로 충분해.

가벼운 상자를 들고 1층으로 내려와 부엌으로 들어갔
다. 손에 익어 마음에 드는 냄비며 조리도구를 몇 개 고른
다음 현관으로 가 신발장을 열고 워킹화를 비닐봉지에 담
았다.

부피가 큰 겨울옷은 이미 본가로 옮겨두어서인지 상자
두 개로 충분했다.

이 물건들을 본가로 가지고 돌아가면 눈치 빠른 엄마는
뭔가 알아차릴지도 모른다. 그러면 언제까지고 남편이 출
장 중이라는 거짓말을 계속하지 않아도 되겠지.

아니나 다를까, 집에 돌아오자마자 엄마가 대뜸 물었다.

"뭐니, 그 짐은."

"사실은…… 이혼하려고."

"뭐?"

그 한마디를 하더니 엄마는 눈을 크게 떴다.

"농담은 아니고?"

내가 웃지 않아서인지 진지한 심정이 전해진 듯했다. 엄마는 바로 다시 물었다.

"헤어져도 먹고살 수는 있겠니?"

아아, 이 사람이 엄마여서 다행이야. 가장 먼저 '동네 창피해서 어쩌니' 같은 말을 들었다면 엄마를 원망할 뻔했다.

"그 사람이랑 같은 지붕 아래 있기만 해도 나, 몸이 아파져."

"그랬구나. 맞아, 그런 일은 여자라면 누구나 다 있어."

엄마가 당연하다는 듯이 공감해주어서 조금 놀랐다. 유난을 떤다거나 너무 예민하게 군다면서 비웃을 거라고 생각했다.

분명 엄마도 그런 경험이 있었던 거구나. 그리고 엄마가 아는 많은 여자들이 같은 일을 겪어왔을 것이다. 엄마 세대라면 누구나 남편의 남존여비 사고방식에 고통받아왔음을 쉽게 상상할 수 있다. 하지만 아내 쪽도 어릴 때부터 여자보다 남자가 더 위대하다고 세뇌당하며 살아왔기에 그걸 당연하게 여기고 있다. 반면에 그런 세대가 아닌 우리는 엄마 세대보다 남존여비 사상에 대한 거부반응이 크기에 그만큼 괴로움이 깊은 것도 사실이다.

"나도 네 아버지가 무섭게 호통을 치거나 하면 꼭 심한 변비가 생기곤 했지."

"엄마도 그랬구나. 몰랐어."

"그래도 스미코, 후회하지 않도록 부부가 서로 잘 얘기해보는 게 좋아."

"그 사람하고 대화하는 건 불가능해."

남편의 가치관이나 여자에 대한 사고방식은 앞으로도 절대 달라지지 않을 것이다. 애초에 지금도 아내가 왜 이혼하자고 했는지를 모르는 게 아닐까?

그리고 무엇보다, 남편은 아내에게 최소한의 정조차 없다. 내가 곤란할 걸 뻔히 알면서도 급여를 생활비 통장에 넣어주지 않고는 아무렇지도 않은 얼굴을 하고 있다. 얼마나 몰인정한 처사인가.

결혼 당시의 자상했던 남편은 이제 없다. 그 자상함도 새로 만난 여자에 대한 관심에서 비롯된 데 지나지 않았을 테지. 그런 건 바로 알아차렸어야 했다. 게다가 그 뒤로 부부의 정이니 동지로서의 인연이니 하고 믿어왔던 감정은 남편 쪽에는 생겨나지도 않았던 모양이다.

"혹시 과도기인 거 아니냐?" 하고 엄마가 물었다.

"엄마, 과도기라는 말은 언제까지 할 셈이야? 전쟁 끝난지 몇 년이 지났다고 생각하는 거냐고."

"사람은 원시 시대부터 안 바뀐다. 세상은 약육강식이잖니? 주위를 돌아보면 한눈에 알 수 있는데."

"그럴지도 모르지만, 그래도……."

대체 언제까지 인류는 타고난 성이나 피부색으로 차별을 계속할 것인가. 언제까지가 과도기인 걸까. 과도기를 끝내고 새로운 시대가 올 날이 과연 있기나 한 걸까. 사람은 타인과의 차이를 발견하면 조금이라도 우위에 서려고 한다. 그리고 남자는 몇 세대를 거쳐 무의식 속에 깊이 뿌리박힌, 여자에 대한 우월감을 갖고 있다.

"엄마, 나는 더 이상, 그 사람하고는 안 돼요. 되돌릴 수 없어."

그렇게 말하면서도 사실은 '되돌린다'는 말의 의미를 알 수 없었다. 싫으니까 헤어진다는 단순명료한 이유로는 안 되는 걸까. 왜 다시 되돌려야 하는가. 무리해서 다시 시작하는 게 무슨 의미가 있을까. 평생 마음을 터놓지 못하고 겉으로만 아닌 척하며 살아가는 인생에서 어떤 의미를 찾아낼 수 있단 말인가. 그저 시간 낭비일 뿐이다.

친구끼리 사이가 틀어진 것과는 근본적으로 다르다. 애초에 친구와는 운명공동체라고 생각하지 않으니까.

대화를 나눠 오해가 풀리고 남편에 대한 생리적인 혐오감이 사라져 손을 잡거나 포옹하게 되는…… 아무리 생각해도 그런 일은 있을 수 없다.

이번에 친구들 모임에서 물어봐야지.

—이 중에서 남편한테 안기고 싶은 사람, 있어?

결과는 물으나 마나다.

대체 결혼이 뭘까. 연애만 해도, 주위가 보이지 않을 정도로 뜨겁게 타오르는 건 처음뿐이고 몇 년이면 싫증 나서 다른 사람이 좋아진다. 그게 자연스러운 일인데 결혼한 순간부터는 한 사람과 백년해로해야 한다. 아이에게는 부모가 다 있는 편이 좋다는 생각이라면 조금은 이해한다. 하지만 그 외에는 인내를 거듭하면서 결혼 생활을 몇십 년이나 지속하는 게 무슨 의미가 있는 걸까.

마음속에 복잡하게 뒤엉킨 애증을 품고 어떻게든 지금까지 함께 살아왔다. 그 감정이 나이가 들면서 시들거나 옅어지면 좋으련만 그런 일이 일어날 리가 없다. 깨끗이 체념하는 경지에 이르지도 못한다. 그뿐 아니라 환갑이 다가오고 앞으로 몇 년 살 수 있을지 죽음을 의식하기 시작하면 미래의 가능성이 줄어드는 만큼, 상대에 대한 원통한 마음도 강해진다. 이 해소할 수 없는 더러운 감정에서 해방되려면 이혼하는 수밖에 없지 않은가. 인생은 이제 얼마 남지 않았는데 수렁에 빠진 채 살아가는 건, 정말 싫다.

생각하면 생각할수록…… 결혼의 의미를 알 수가 없게 되었다.

"그 사람은 말야, 내가 이혼하자는 말을 꺼내자마자 생활비를 주지 않더라고."

"뭐야?" 하고 엄마는 눈살을 찌푸렸다.

"그건 안 되지. 그렇구나, 그 정도밖에 안 되는 사람이었어."

엄마의 마음이 갑자기 이혼을 수긍하는 쪽으로 기우는 것처럼 보였다.

"부부 사이가 안 좋으면 몸도 안 좋아지지. 누가 뭐래도 네 건강이 가장 중요하니까."

"고마워, 엄마."

"조금이라도 네 몫의 재산을 찾아오지 못하면 노후가 걱정이구나."

"응, 잘해볼게."

이미 젊을 때 꿈꿔오던 할머니—툇마루에 앉아 미소를 머금고 햇볕을 쬐고 있는—는 될 수 없다는 생각이 들었다. 하지만 예순에 가까운 나이가 되고 보니, 그 이미지도 사실은 연령 차별이었다는 사실을 깨달았다. 늙은 여성에게도 폭넓은 감정의 기복이 있고 한 사람의 인간으로 여전히 괴로운 인생을 살아가야만 한다. 게다가 나이가 들수록 체력은 쇠약해지고 정신적으로도 살아가기가 점차 힘들어진다.

노후에 손을 맞잡고 걸어가는 노부부를 동경하던 시절도 있었다. 금슬 좋은 할아버지와 할머니……. 나는 이제 그런 미래를 전부 잃고 만다.

하지만 그래도 좋다. 애초에 우리 부부는 이대로 결혼 생활을 계속해나간다 해도 손을 맞잡는 노부부는 될 수 없을 테니까.

지즈루와 만난 건 오랜만이었다.

그간 점심 약속을 몇 번 했으나 지즈루에게 급한 일이 생기거나 몸이 안 좋거나 해서 오늘까지 여러 번 미뤄졌다. 오늘은 효고황새공원까지 드라이브를 가기로 했다.

변호사에게 이혼을 상담하러 큰맘 먹고 히메지까지 운전해 갔던 일로, 아주 조금이지만 스스로를 가두고 있던 껍질을 깨뜨린 거라고 느꼈다. 겨우 그깟 일로 무슨, 하고 남들은 비웃을지 모르지만 여기저기 혼자 가보고자 하는 의욕과 자신감이 생긴 건 처음이었다. 내비게이션만 있으면 그다지 헤매지 않고 먼 곳까지 갈 수 있음을 깨달았기 때문이기도 했다. 그날 이후 드라이브하는 게 좋아졌다.

운전 경력은 40년 가까이 되지만 언제나 익숙한 길만 다녔었다. 어쩌다 이렇게 겁이 많아진 걸까. 어릴 때부터 부모에게 칭찬받는 일이 적었던 탓일까. 자신감이 없다 보니 생활권이 좁아지고, 어느새 겁쟁이가 되어버렸다는 사실을 이 나이가 되도록 깨닫지도 못하고 있었다.

그러나저러나 기분 탓인가. 조수석에 올라탄 지즈루의 표정이 무척 어두워 보였다.

"오랜만이야. 그 뒤로 어떻게 됐어? 이혼 얘기 꺼냈어?"

"…… 응, 뭐."

예상 외로 기운 없이 대답하기에 놀라서 조수석에 앉은 지즈루를 바라보았다.

지난번에 만났을 때 서로 남편에게 이혼하자는 말을 꺼내기로 약속했다. 만나지 못했던 요 몇 주일 동안 남편과의 사이에 어떤 대화가 오갔는지, 서로 폭풍처럼 쏟아낼 거라는 생각에 오늘은 벼르고 왔던 것이다.

"이 나라는 말이야" 하고 지즈루는 앞쪽을 바라본 채로 느닷없이 말을 꺼냈다.

"싱글인 여자를 시민으로 인정하지 않아."

"뭐?"

신호에서 좌회전하자 갑자기 울창한 녹음에 둘러싸였다. 스쳐 지나가는 차도 좀처럼 없을 정도로 교통량이 적은데도 도로가 넓게 잘 정비되어 있다. 멀리 내다보니 여기저기 흩어져 있는 농가주택은 모두 크고 근사했다. 새파란 하늘과 짙은 녹음의 대조가 너무도 선명해 언젠가 본 실크로드의 풍경을 그린 명화 같아서, 마치 현실이 아닌 것처럼 아름다웠다.

"스미코, 연금 하나만 생각해봐도 그렇잖아. 후생연금은 약한 입장에 있는 여자가 수입 많은 남자에게 부양되는 게 기본 전제가 되어 있어."

지즈루는 아까부터 무슨 말을 하고 있는 걸까.

"국민연금[22]도 그래. 부부 합산으로 겨우 최저 생활을 할 수 있을까 말까 한 선이잖아."

"그건 그렇지. 그게 왜?"

"결국 이 나라는 이혼한 여자가 먹고살 수 없는 구조로 되어 있어" 하고 지즈루가 말했다.

"그럴……지도 모르지. 혼자 사는 건 비경제적이라고들 하잖아."

지즈루의 서슬에 눌려 그만 동조하고 말았다.

"스미코, 있잖아. 가족이란 저렴한 생계비로 살아갈 수 있는 공동체야."

너무도 현실적인 표현이었다. 왠지 슬퍼졌다.

---

22 일본의 국민연금은 국내에 거주하는 20세 이상 60세 미만의 모든 사람이 가입해야 하며, 후생연금은 회사 등에 근무하는 사람이 가입한다.

언제였더라, 노조미가 이렇게 말한 적이 있다.

—감자샐러드 같은 건 번거로워서 만들기 힘들어. 전자레인지에 감자를 익혀서 먹고 햄이랑 오이를 베어먹고, 그러고 나서 마요네즈를 핥아먹으면 되잖아.

위장에 들어가면 결국 마찬가지라고, 재료가 같으니까 영양소도 같다고 했다.

노조미의 그 사고와 '저렴한 생계비로 살아갈 수 있는 공동체'라는 말이 '지극히 현실적'이라는 공통 항목으로 머릿속 한 켠에서 이어졌다.

"그렇지만 지즈루" 하고 반론을 시도했다.

"원래는 연금이든 세금이든 남자와 한 쌍으로 묶지 않아도 한 사람 한 사람이 자립한 인간으로서 대우받아야 한다고 생각해."

평생 독신으로 지낼지도 모르는 노조미가 걱정이 되어서 이렇게 말해보았다.

"그렇지. 여자는 남자의 부속물이 아니니까."

지즈루의 목소리가 작아져 있었다.

주차장에 차를 세우고 둘이 밖으로 나왔다. 신발에 밟히는 흙이 부드러웠다.

3월이라고는 해도 봄은 이름뿐이어서, 아직은 다운재킷을 벗을 수 없다. 발밑에는 붉은빛 아네모네가 가녀리게 혼들리고 있었다.

지즈루와 어깨를 나란히 하고 마을에 접한 산 풍경을
바라보았다.

"저기 좀 봐!"

지즈루가 손가락으로 가리키는 방향을 보니 황새가 날
개를 활짝 펼치고 느긋하게 날고 있었다.

"사실은 말이야……" 하고 지즈루가 말을 이었다.

"사흘 전이었나. 남편한테 이혼 이야기를 꺼냈어."

"그랬더니?" 하고 다음 말을 재촉하면서 나도 모르게
지즈루의 온몸을 눈으로 훑고 말았다. 심한 폭력을 당한
건 아닌지 걱정이 되었던 것이다.

"그래서 난, 단념했어" 하고 지즈루가 툭 한마디를 뱉었
다. 여느 때와 달리 잘 알아듣기 힘든 목소리였다.

"응? 단념하다니 뭘?"

"그러니까, 이혼하는 거, 포기했어."

"왜?"

"그 인간이 바닥에 엎드려 머리를 조아리더라고. 자기
가 잘못했다고 흐느끼면서."

"아니, 그건…….."

폭력 남편들이란 죄다 그렇게 하지 않던가. 드라마에서
도 여지없이 나오는 장면이다. 지즈루는 그런 아수라장을

지금까지 셀 수 없을 정도로 겪어 오지 않았던가.

　—지즈루, 너 바보 아냐? 이번에야말로 매듭을 짓겠다고 했잖아. 더 이상은 참을 수 없다고 하더니, 그러더니 대체 어떻게 된 거야?

　사실은 그렇게 묻고 싶었다. 키가 큰 지즈루의 어깨를 흔들며 큰 소리로 그렇게 다그치고 싶었다.

　하지만 차마 말로는 할 수 없었다. 지즈루의 굳은 옆얼굴이 모든 질문을 거부하고 있었기 때문이다. 입술을 일자로 앙다문 채 단호한 눈빛으로 앞쪽에 있는 황새만 바라보고 있다.

　"그러니까 말이지" 하고 지즈루가 불현듯 큰 소리를 냈다.

　"이혼하면 먹고살 수가 없어."

　이렇게 말하더니 그제야 나를 바라보았다. 오늘 처음으로 눈이 마주쳤다.

　"여자들은 모두 참고 살았잖아. 아마 원시 시대부터 그랬을 거야."

　"원시 시대부터?"

　엄마와 똑같은 말에 깜짝 놀랐더니 지즈루가 나를 바라보는 눈이 왠지 적을 대하는 듯한 눈초리로 바뀌었다.

　—스미코, 뭐 못마땅한 거라도 있어?

　이렇게 말하고 싶어 하는 것처럼 보였다.

─남편에게 폭력을 당해보지 않은 여자가 뭘 안다고 그래?

　그렇게 말하고 싶은 걸까.

　"게다가 오랜 세월을 함께 살아온 정도 있고."

　이번에는 아까와 달리 조심스러운 말투였다.

　이혼을 결심한 뒤로 '정'이라는 말을 듣기가 너무 싫었다. 그 한마디로 마음이 죄책감으로 가득 찬다. 세상 사람들이 보면 남편에게 잘못은 없는 것으로 보이겠지. 그렇다면 나를 남편을 버리려는 지독히도 못된 아내로 보는 사람도 있지 않을까.

　─너무 냉정하잖아. 이제 곧 예순이 되는 남편을 버릴 수 있어? 이제 와서 남편 보살피기를 내팽개치다니 믿을 수 없는 일이야.

　이혼을 의식하기 시작한 즈음부터 항상 눈에 보이지 않는 누군가에게 비난받고 있는 기분이 들어서 너무도 괴로웠다.

　"부부란 건 좋을 때도 있고 힘들 때도 있는 거지."

　지즈루는 나와 눈을 맞추지 않은 채 말했다.

　지즈루가 그런 고리타분한 말을 할 줄은 몰랐다. 나는 그 말이 옛날부터 너무 싫었다. 남편의 폭력마저도 정당화하고 여자에게 인내를 강요하는 말이다.

아무 대답도 하지 않자 지즈루가 말을 계속했다.

"여자는 다 참고 살아."

─그런데도 너는 이혼할 생각이니? 너, 잘못 생각하는 거야.

그렇게 말하고 싶은 걸까.

지즈루와 헤어져 돌아오는 길이었다.

그렇게 이혼 결심이 단단히 섰다고 믿었는데도 또다시 불안에 휩싸였다. 하루 중에도 아침과 저녁때는 완전히 마음이 다르다. 아침에 눈을 뜬 순간에는 매일같이 남편이 가엾게 느껴졌다. 혼자가 되면 외로워하겠지, 하는 생각이 든다. 딸들도 어지간한 일이 아닌 이상 아버지에게는 들르지 않을 것이다. 오랫동안 한 지붕 아래서 살아온 정도 있다. 아이들이 어렸을 무렵에 해수욕장에 갔던 일을 문득 떠올렸다. 즐거운 일도 많았다.

─동정할 필요 없어. 그러니까 여자를 어리석다고 하는 거야.

미사오의 목소리가 들려오는 듯했다.

하지만 미사오, 그래도, 하고 마음속에서 변명이 튀어나올 것 같았다.

그러다가 잠자리에서 일어나 조금 시간이 흘러 찬물로 세수하고 옷을 갈아입고 나서 정신이 번쩍 날 즈음에는 남편에 대한 마음이 백 퍼센트 분노로 바뀐다. 그런 나날이 었다.

시어머니에 대한 기억도 남편과 함께 떠오를 때가 많아 졌다. 시어머니는 2년 전에 세상을 떠났지만 지금까지도 생각하면 화가 나는 일뿐이다. 시어머니는 남편에게 장을 본 비닐봉지를 들게 하면 화를 냈다. 전통 화과자 전문점 의 종이봉투라면 남편에게 들게 해도 좋지만, 무청이나 파 끝이 삐죽 나와 있는 비닐봉지를 사내대장부에게 들게 해 서는 안 된다고 수도 없이 일렀다.

고루해.

정말 고루해.

왜 모두 하나같이 생각이 케케묵은 걸까.

그야 물론 사람마다 얼굴이 다 다르듯이 사고방식도 다 양한 게 당연하다. 하지만 자신의 생각을 남에게 강요하는 건 잘못이다. 시어머니는 '상식 없는 며느리를 교육시키고 있다'고 생각하는 면이 있었다.

그때, 문자 착신음이 울렸다. 남편이었다.

「알고 있겠지만 집은 내 거야. 예금도 70퍼센트는 내가 가질 거고. 집 안에 있는 물건 중에서 네가 원하는 게 있으 면 뭐든지 갖고 가도 좋아.」

마치 자비를 베풀기라도 하는 듯한 글에 정말로 진저리

가 났다.

주택 대출금은 다 갚았고, 저금도 조금씩 애써 모았다. 남편은 그런 일들이 아내의 공이 있기에 가능했다고는 조금도 생각하지 않았다는 게 충격이었다. 그 모든 것을 '내가 번 돈'으로 이룬 거라고 생각하다니.

그리고 오랜 세월 함께 살아온 아내에게는 쥐꼬리만 한 돈을 주고 냄비든 서랍장이든 그릇이든 원하는 건 다 갖고 가라, 나는 선심을 쓰는 거다, 하고 생색을 내고 싶은 모양이다.

지즈루의 이야기를 듣고 다시 망설임이 고개를 내밀었다고 생각했지만, 역시 당치도 않았다. 남편에게 이런 말을 들을 때마다 정말로 정나미가 떨어진다. 나는 남편의 앞날도 걱정하고 있었지만, 남편은 아내의 앞날 같은 건 눈곱만큼도 생각하지 않는다.

본성을 들여다본 듯했다.

그렇게나 건강하던 엄마가 지주막하출혈로 갑자기 세상을 떠났다. 좀처럼 욕실에서 나오지 않기에 가봤더니 욕실 앞에 쓰러져 있었다. 바로 구급차를 불러 병원으로 옮겼지만 의사의 정성스러운 조치도 허무하게, 다시는 돌아오지 못할 사람이 되었다.

너무도 갑작스러운 일이었다. 편안히 눈을 감고 있는 엄마의 얼굴을 바라보고 있자니 어릴 때의 일들이 차례로 떠올라 눈물이 멈추질 않았다. 하지만 장례를 치르느라 바빠 너무도 정신이 없었다. 괴로움이 밀려오면 "고통스러워하지 않고 편안히 돌아가셨습니다" 하던 의사의 말을 떠올리며 애써 스스로를 위로했다. 경야[23]와 장례식을 치르느라 분주히 보냈지만 그 모든 절차가 끝나자 친척도 아이들과 손주도 다 돌아갔다.

고요해진 집에 남동생 부부와 나까지 세 사람만 남았다.

"누나, 이 집은 이제 파는 게 좋지 않을까?" 하고 게이이치가 말했다.

올케 에리는 그 옆에서 노트북을 펼치고 있었다.

"응? 이 집을 판다고?"

엄마가 돌아가셨으니 빈집이 될 거라고 생각해서겠지. 남편과 별거하고 있다는 사실을 동생 부부에게는 아직 말하지 않았다. 장례식 때는 남편도 가족석에 앉아 있었다. 우리 부부는 한 번도 눈을 맞추지 않고 말 한마디조차 섞지 않았지만, 장례식장의 어수선한 분위기 속에서는 부부 사이가 삐걱거리고 있음을 그 누구도 알아차리지 못했을 것이다. 애초에 장례식장에서 생글거리고 웃는 게 이상한

---

23 通夜. 죽은 사람을 장사 지내기 전에 가족과 지인들이 모여 밤샘하며 명복을 비는 일

일이니까.

"나한테도 상속 권리는 있고 말이지."

"얘기가 다르지 않니? 엄마를 끝까지 보살피는 대신에 나한테 준다고 했잖아?"

"누나, 끝까지 보살펴드렸다고 말할 수 있어? 가끔 와서 묵었을 뿐이잖아? 아니, 그것도 아니지. 누나는 손님으로 와서 엄마가 해준 밥 먹었던 거 아냐?"

"그건……."

그 말이 맞다. 게이이치에게는 말할 수 없지만 이 집에서 지내며 급식 센터에 일하러 갈 때, 엄마는 쉰여덟 살이나 된 딸에게 도시락을 싸준 날도 많았다. 그것도 주위 사람들이 부러워할 정도로 형형색색 구색을 맞춘 예쁜 도시락을.

"이 집 팔아서 누나랑 나랑 반반 나누자고."

게이이치가 그런 말을 할 줄은 생각도 하지 못했다. 동생네 부부는 맞벌이를 하고 있고 올케는 고수입자다.

─이혼할 거라 미래가 불안해. 본가는 나한테 양보해줘.

사실은 그렇게 말하고 싶었다. 하지만 커리어우먼인 올케 앞에서 말하기엔 자신이 너무도 한심했다.

다음 순간, 게이이치는 빙글 웃으며 말을 이었다.

"절반으로 나누자는 건 농담이야. 사실은 이 집이 마이

너스 유산이 될 것 같아 걱정이거든."

"형님, 제가 인터넷에서 알아봤는데요. 가격을 낮춰도 좀처럼 팔리지 않는 모양이에요."

에리가 차분하게 설명했다. 시골은 어디나 과소화가 진행되어서 빈집이 급증하고 있다는 건 알고 있었다.

"이 근처에도 매물이 많아요. 예를 들면 이 물건이요."

그렇게 말하며 에리는 그때까지 보고 있던 노트북 화면을 내 쪽으로 돌렸다.

"300평이나 되는 집과 대지가 겨우 천오백만 엔에 매물로 나와 있어요. 그래도 사려는 사람이 없나봐요. 언젠가는 형님도 이이도 죽게 되잖아요. 그 후에 노조미나 가나가 상속받을 거라고 생각하지만, 이대로 빈집으로 놔둬도 괜찮겠어요?"

"그래, 누나. 오래된 집은 재산이 되기는커녕 해체비용으로 몇백만 엔이나 들고, 해체해서 빈터로 두게 되면 고정자산세가 여섯 배가 돼."

"응, 알아. TV에서 봤어."

"그러니까 누나, 팔 수 있을 때 팔아버리자고. 마이너스 재산을 그냥 껴안고 있기가 왠지 걱정돼서."

"그건 그렇지만……."

게이이치는 내 우물쭈물한 태도에 의아한 표정이 되었다.

"왠지 말이 흐지부지하네. 이 집을 이대로 두면 매년 세금도 내야 해. 아무도 살지 않는데 아깝잖아. 누나는 어떻게 하고 싶은데?"

"미안, 실은 나…… 이혼할 예정이거든."

"뭐? 처음 듣는 얘긴데. 진심이야?"

"형님, 정말이에요?"

부부가 똑같이 눈을 둥그렇게 뜨고는 나를 바라보고 있다.

"언제부터 그렇게 된 거야? 엄마는 알고 계셨어?"

"엄마한테는 말했어. 일단은 찬성해주셨고."

"이혼하려는 이유는 뭔데?"

"뭐라고 말해야 좋을지…… 한마디로 하자면 부원병인데."

"으응."

에리뿐만 아니라 남자인 게이이치까지 부원병이 무슨 병이냐고 묻지 않는다. 역시 이 부부, 대단하다.

"그래, 그랬구나. 누나도 고생이네. 그래서 매형은 뭐래?"

"이혼은 해줄 모양인데 재산 분배는 못 해준다고, 전부 자기 거라고 우기고 있어."

"형님, 그건 말이 안 돼요. 제대로 조정 신청을 해야 해요."

"응, 그건 아는데 아무래도 일이 커지는 게 싫어서."

실제로 겁이 났다. 어떻게 하면 좋을지 모르겠다. 남편이 이혼에 동의했으니까 재산을 절반씩 나누고 빨리 헤어질 수 있을 줄 알았다. 그런데 남편이 "전부 내 거야" 하고 우기니 무일푼으로 헤어지든지, 그렇지 않으면 에리가 말한 것처럼 조정을 신청하는 수밖에 없다.

미사오도 확실하게 재산을 나눠 받지 못하면 후회할 거라고 했다.

하루라도 빨리 이혼하고 싶은데, 번거롭게 조정을 신청하고 거기서도 결론이 나지 않으면 재판으로 가야 한다니. 변호사 말에 의하면 다 끝날 때까지 일 년 반 정도 걸릴 거라고 한다. 조정위원에게도 사적인 이야기를 다 해야 하고, 그렇게 남편과 싸우다가는 정신적으로 지칠 것만 같다.

대체 어떻게 하는 게 가장 좋을까.

"그런 심각한 사정이 있는 거라면 이 집은 형님이 원하는 대로 하셔도 좋아요. 그치? 여보."

"응, 그래야지. 이 집은 누나한테 양보할게."

"정말로?"

"나도 내가 나고 자란 집이 없어지는 건 쓸쓸하니까. 누나가 여기서 살면 나도 가끔 올 수 있고. 그때는 자고 가도 되지?"

"당연한 거 아니니. 그야 환영이지."

역시 남동생밖에 없다. 그리고 자상한 남동생이 선택한 올케도 더할 수 없이 현명한 여성이다. 너무도 고마워서 눈물이 날 뻔했는데, 에리가 바로 "다만……" 하고 말을 머뭇거렸다.

"뭔데? 이참에 뭐든지 솔직히 말해줘."

"말씀드리기 참 민망한데요, 형님이 몇 자 써주셨으면 해서요. 예를 들면, 집 수리비라든지 빈터로 만드는 비용은 저희에게는 일절 청구하지 않겠다고."

"그건…… 물론이지."

"그렇다면 당장이라도 집 명의를 형님으로 바꿔주시겠어요?"

"응, 알았어."

바로 조금 전까지 단순히 집을 받게 된 것만 기뻐하고 있었는데, 과연 옳은 일이었을까. 마루가 여기저기 움푹 들어가 있는 거나 후스마[24]가 꼭 닫히지 않는 게 영 신경 쓰이기는 했다. 어머니가 살아 계실 때 흰개미의 소행이 아닐까 하고 말했던 적도 있다.

그렇다고 해서 집 수선에 드는 비용을 딸들에게 부담하

---

24 襖. 나무틀을 짜서 양면에 두꺼운 헝겊이나 종이를 바른 여닫이문

게 할 수는 없다. 정말 이 집을 물려받아도 괜찮은 걸까.

집으로 가지 않고 본가에서 근무지로 출퇴근한 지 두 달쯤 지나고 있었다.

엄마가 돌아가신 후의 본가살이는 나날이 쓸쓸함이 더해갔다. 태어나서 처음으로 혼자 사는 생활이었다. 하지만 그렇다고 해서 남편이 있는 집으로 돌아가고 싶은 생각은 눈곱만큼도 들지 않았다. 남편의 모습을 보지 않고 지내는 생활은 정말로 쾌적했다. 하지만 여러 차례 문자로 이야기를 해봐도 이혼 이야기가 좀처럼 진전되지 않아 울적한 하루하루가 계속되었다.

재산을 반씩 나누고 깔끔하게 헤어질 수 있을 거라고 생각했는데 남편은 여전히 집과 예금의 70퍼센트는 자기 것이라고 우기고 있다.

언제였던가. '남편이 버는 돈은 가족 모두의 것이라고 생각하는 건 아내뿐이다'라고 잡지에 쓰인 글을 읽은 적이 있다. 남편은 자신이 버는 돈은 자기 혼자만의 것임을 조금도 의심하지 않는다고 한다. 결국 세상은, 일하지 않는 자 먹지도 말라는 것이다. 육아와 가사 따위는 무료 봉사에 지나지 않으니까.

이제껏 나는 가사와 육아를 급여로 환산하는 페미니스

트들을 경멸했다. 많은 여자가 남편과 자식을 위해 가사에 힘쓰고 있다. 가정부 비즈니스도 아니고 필요 최소한의 서비스로 끝내자는 생각도 한 적이 없다. 날마다 머리를 짜내어 적은 예산으로 맛있는 요리를 만들고 매일 전날과 다른 식단을 궁리하면서 가족이 감기에 걸리지는 않았는지, 춥지 않은지 덥지는 않은지, 피곤하지 않은지를 항상 마음 쓰면서 학비와 노후를 위해 매달 얼마씩이라도 저축하면서…… 일일이 손꼽으려면 끝이 없다. 그런 가족에 대한 애정을 급여로 환산하다니 이해할 수 없었다. 줄곧 그렇게 생각해왔다.

하지만…….

─파트타임 일이라고 해봐야, 푼돈밖에 더 돼?

남편은 종종 그렇게 말했다. 가사와 육아에 대한 고마움이나 위로는 손톱만큼도 없다. 게다가 세상에는 아내의 수입이 더 많다는 이유로 질투와 열등감에 눈이 멀어 정신적 학대에 이르는 남편도 적지 않다고 들었다. 어떻든지 간에 남성은 자기가 최고가 아니면 못마땅한 것이다.

역시 여자는 어떻게 해도 손해인가. 아무리 머리를 굴리며 이런저런 생각을 해봐야 결혼하는 게 아니었다는 결론밖에 나오지 않는다. 그렇다면 큰딸 노조미의 결혼하지 않겠다는 사고야말로 옳다는 말이 된다.

아아, 부자가 되고 싶다. 돈 없는 인생은 얼마나 비참한
가. 살 집은 확보했지만 올케 에리가 강력하게 원하는 바
람에 몇 줄 써주고 말았다. 종이에 휘리릭 쓰면 될 거라고
생각했는데, 공증사무소에 가서 정식으로 증서를 작성하
라는 요구였다. 똑똑한 에리가 그렇게까지 말하는 걸 보니,
시골에 집을 갖고 있는 게 요즘은 그만큼 리스크가 따르는
일인가 보다. 그 생각을 하자 정서불안정 증세가 심해졌다.

이대로 브레이크를 밟지 않고 절벽에서 바다로 돌진해
버릴까. 아니면 슈퍼마켓 옥상에서 뛰어내려야 모든 걸 한
순간에 끝낼 수 있을까.

그런 생각을 하면서 퇴근하려는데 미사오에게서 문자
가 도착했다.

「스미코, 그 후로 어떻게 됐어?」

「아무 진전 없어. 우울증에 걸릴 것 같아. 그냥 죽고 싶
어졌어.」

그렇게 문자를 보내자 바로 답이 왔다.

「너, 괜찮은 거니? 죽지 마. 성급해하면 손해야. 상대가
원하는 대로 되는 거야. 그러지 말고 도쿄에 놀러오는 건
어때?」

도쿄라…….

여행을 하면 기분이 나아지고 뭔가 좋은 생각이 떠오르

기라도 할까.

시험 삼아 한번 가볼까.

그래, 가자. 도쿄에 가자.

길을 잃을 수도 있지만, 그게 뭐 어떤가. 시골 사람답게 누구라도 붙잡고 길을 물으면 되지 않는가. 시골 사람인 건 분명하니 그런 건 부끄러운 일이 아니다.

결심을 하고 미사오에게 도쿄로 놀러 가겠다는 뜻을 전한 뒤, 노조미에게도 문자를 보내자 바로 답장이 왔다.

「엄마, 환영이야. 도쿄역까지 마중 나갈게. 하룻밤이라면 우리 집에서 묵으셔도 돼요.」

친정엄마가 돌아가시고 나서 노조미가 자주 문자를 보내왔다. 자식에게까지 걱정을 끼치다니 한심하다는 생각이 드는 반면에, 이런 나를 걱정해주는 사람이 있다고 생각하니 고마운 마음이 온몸에 사무쳤다.

직장에 휴가를 얻어 2박 3일로 도쿄에 갔다.

노조미는 주오센中央線 노선 주변의 아사가야阿佐ヶ谷에, 그리고 미사오는 하치오지八王子에 살고 있다.

첫날은 노조미와 스카이트리[25]를 보러 갔다. 텔레비전에서 가끔 보던 덴보회랑天望回廊이라는 전망대를 아래서

25　높이 634m의 전파 송출용 탑으로 전망대와 레스토랑 등 즐길 거리가 다양한 도쿄의 랜드마크

올려다보았다. 하지만 엘리베이터를 타고 올라가기만 하는 데도 2천 엔이 넘는 돈을 내야 한다기에, 그건 너무 낭비라는 데 노조미와 의견을 모으고 1층 부근을 둘러보기만 했다. 도쿄의 경치는 도청 전망대에 올라가면 공짜로 볼 수 있다고 노조미가 알려주었다.

그 후로는 로코코 풍의 멋진 카페에서 차를 마시고 스미다 강을 유람선으로 관광했다. 벌써 이것만으로도 행복해서 기분이 무척 좋아졌다. 남편과 둘이 왔다면 분명 즐겁지 않았을 거야. 사사건건 무시하고 자기가 모르는 지식을 말하기라도 하면 금세 비위가 틀려 기분 나빠할 게 뻔하다.

아아, 역시 그때로 돌아갈 순 없어.

앞으로도 오늘처럼 자유롭게 공기를 마시고 싶다. 가난해질 건 각오하고 있다. 지금도 세상의 잣대로 보면 이미 가난한 부류다. 시골에서 살면 별달리 느끼지 못하지만 도쿄 긴자 거리에 와보니 스쳐 지나가는 중년 여성들이 모두 여배우처럼 산뜻하고 활기차게 걷고 있었으며 옷차림만 봐도 무척 부유해 보였다.

노조미가 대학 4학년이고 가나가 대학 1학년이었을 때의 나날—궁색해 보일 정도로 절약했으며 주말에도 쉬지 않고 일하느라 저녁이 되면 체력의 한계를 느껴 쓰러질 것만 같았다—을 생각하면 어떤 일이든지 극복할 수 있을 것 같은 마음이었다.

그날 밤은 노조미의 원룸 아파트에서 묵었다. 엄마가 온다고 방 정리를 한 건지 깨끗하게 정돈되어 있었지만, 그래도 상상했던 것보다 좁았다. 노조미는 침대를 양보해 주고 자신은 침낭에서 잤다.

방 안 전기를 끄고 눈을 감으니 오늘 본 광경이 잇달아 떠올랐다. 노조미가 카페며 레스토랑에 데리고 가주었을 때 중년 이상의 부부가 마주 앉아 커피를 마시거나 식사하는 모습을 여러 번 보았다. 그때마다 기가 죽어 나도 모르게 시선을 돌리곤 했다.

나는 한 쌍의 부부라는 틀에 안착하지 못했다. '남들처럼'이라는 틀에서 탈락하고 만 것이다. 그렇게 생각할 때마다 결혼한 이래 몇십 년 동안 지내온 모든 세월이 물거품이 된 것 같아 허무함이 커져만 갔다.

하지만 그때, 옆자리에서 아내가 남편에게 물어보는 목소리가 들렸다.

—그래서, 당신은 어떻게 생각하냐고?

아까부터 몇 번이나 되풀이하고 있었다. 가게 안을 둘러보는 척하면서 귀를 기울여보니 남편은 자못 귀찮다는 듯이 아내를 빤히 쳐다보며 미간을 찌푸렸다. 그러는 동안 아내는 포기했는지 후우 하고 숨을 뱉고는 악어가죽 핸드

백에서 스마트폰을 꺼내 만지작거리기 시작했다.

그 모습을 본 후로 계속 관찰해보았더니 사이가 좋아 보이는 부부는 단 한 쌍도 찾을 수 없었다. 서로 한마디도 하지 않고 묵묵히 식사를 하거나 각자 스마트폰을 만지거나 할 뿐 대화가 전혀 없었다.

모두 인내하면서 부부 관계를 유지하고 있는 걸까. 아내는 남편의 연금을 나눠 받기 위해, 그리고 남편은 아내라는 이름의 하녀와 더불어 장래에 몸져누웠을 때 간병인을 무료로 확보하기 위해서. 무엇보다 두 사람 다 이제 와서 혼자 살기란 쉬운 일이 아닐 것이다. 오래 살아 정든 집에는 물건이 잔뜩 쌓여 있어 물건의 이동과 처분을 생각하면 이사하는 것도 엄두가 나지 않는다. 특히 여자는 결혼 전의 성으로 되돌리는 절차가 아주 번거롭다. 그 복잡하고 번거로운 일들을 생각하기만 해도 머리가 아파온다.

퍼뜩 눈을 떴다. 캄캄할 줄 알았던 방 안은 어둠에 눈이 익숙해져서인지 밝게 느껴졌다. 커튼 틈새로 가로등 불빛이 비쳐 들어오고 있다.

하지만······.

인생의 종반을 향해 가면서 이제 와 허둥거리는 건 어리석은 자가 하는 일이다. 그렇게 되기 전에 결단을 내리고 일찌감치 인생을 다시 시작했어야 했다. 둘째가 성인이 된 지도 이미 10년이 지났다는 걸 생각하면 왜 좀 더 일찍 단호하게 결심하지 못했는지 이를 갈 정도로 분했다. 만약 그랬다면 40대 후반부터의 인생을 밝고 건강하게 보냈을 게 아닌가.

하지만 이미, 그 귀중한 10년을 잃어버리고 말았다…….

다음 날은 미사오를 따라서 린다가 정한 약속 장소로 향했다.

아오야마의 큰 거리에 접해 있는 통유리 카페는 너무나 도시적인 분위기여서 그야말로 주눅이 들었다. 주위를 재빨리 둘러보며 내 옷과 머리 모양을 돌아보지 않을 수 없었다. 물을 가져다준 점원이 당신 촌사람이죠, 하고 비웃는 것만 같아서 자꾸만 신경이 쓰였다

문득 맞은편에 앉은 미사오에게로 시선을 옮겼다. 온몸에 유니클로를 입었는데도 전혀 신경 쓰거나 주눅 드는 기색이 없다. 그 모습을 보고 조금 마음이 진정되면서 나도 미사오의 태도를 따라 하기로 했다.

린다는 아직 오지 않았다. 손목시계를 보니 아직 약속 시간 15분 전이었다.

이제 여자 동창생 모임에서도 린다를 본명인 하야시다 요시코로 부르는 사람은 없다. 그 사실도 영향을 미친 것

인지, 오늘은 옛 동창생을 만난다기보다도 만화가 호시카와 린다라는 유명인을 만난다는 느낌이 더 강하게 들었다. 도시에서 활약하는 린다의 달라진 모습이 상상되질 않았고 촌구석 고등학교에서 동급생이었다는 게 꿈이나 환상처럼 여겨졌다.

미사오가 속삭이듯 말했다.

"사실은 말야, 린다도 이혼 경험이 있어."

"진짜?"

믿어지지가 않았다. 린다가 이혼했다는 사실보다도, 결혼했었다는 게 더 뜻밖이었다. 일에만 매진해온 인생이라고 멋대로 생각하고 있었다.

고교를 졸업한 이후의 린다에 대해서는 아무것도 알지 못했다. 인터넷에서 검색해봐도 사진이 나오지 않았고 사적인 정보도 찾을 수 없었다. 만화책 표지에도 생년월일은 물론 출신지조차 실려 있지 않을 정도로 철저했다.

그때 린다가 카페로 들어왔다. 입구 쪽에서 가게 안을 둘러보고 눈으로 우리를 찾고 있다. 미사오가 손을 높이 치켜들자 생긋 웃으며 다가왔다.

40년이나 만나지 못했는데도 한눈에 린다라고 알아볼 수 있었던 건, 고등학생 시절과 똑같이 상냥하고 연약해 보이는 얼굴 그대로였기 때문이다. 만화가로 대성공을 거

됐으니 분명 보기에도 고급스러운 옷으로 몸을 휘감고 화려한 분위기를 한껏 풍기며 당당히 가슴을 펴고 나타날 거라고 생각하고 있었으나, 나와 대각선으로 마주 본 자리에 앉은 린다가 다운재킷을 벗으니 남학생들이나 즐겨 입을 법한 면 티셔츠에 청바지 차림이었다.

"오랜만이야, 호리우치! 여전히 슬림하고 조금도 안 변했네" 하고 린다는 나를 결혼 전 성으로 불렀다. 고등학교 3학년 때 이후 처음이니 조금도 안 변했을 리가 없다. 하지만 린다의 말이 무슨 뜻인지를 충분히 이해했다. 만나기 전에는 서로 누군지 알아보지 못할 정도로 늙어서 분명 많이 변했을 거라고 예상했지만 의외로 그렇지도 않았다. 나이에 맞게 주름살이나 피부 처짐이 더해졌을 뿐이다.

"만약 호리우치까지 이혼하면 우린 이혼녀 삼총사네" 하고 린다가 밝은 목소리로 말했다.

"네가 이혼했다는 얘긴 조금 전 미사오에게 들었어."

"나는 결혼 10년 만에 헤어졌어. 아직 30대였지. 남편의 남존여비 사고를 견디지 못해 이혼했고. 아이가 없어서 다행이었어. 원래 나, 아이가 싫었거든."

"그랬구나. 몰랐어."

"호리우치 얘기는 미사오에게 들었어. 폭력도 빚도 바람도 아닌데 이혼하는 건 이상하지 않나 해서 망설이고 있다며?"

"응, 뭐 그런 셈이야."

"그런 건 흔한 일이지 뭐. 이혼 사유 중 1위가 성격 차이라잖아."

"그건 그렇지만."

"이렇게 말하는 나도 이혼한 걸 줄곧 후회하고 우울했지만."

이야기를 들어보니 이혼 후에는 유명 만화가 밑에서 배경을 그리거나 그림 안쪽을 빈틈없이 칠하는 작업을 맡아왔는데, 보수가 턱없이 낮아서 다른 아르바이트도 병행했다고 한다. 쉬는 날도 없이 아침부터 밤까지 일만 하느라 너무 힘들어서 본가로 도망칠까 하고 고민했던 적도 있다고 했다.

그나마 이혼 전에 만화가를 목표로 할 수 있었던 것도 중견 무역회사에 근무하는 남편의 수입 덕분이었다는 말이 뼈저리게 공감되었다. 이번에도 또 신인상을 타지 못하면 만화가가 되는 건 그만 단념하자고 굳게 각오하고 마지막으로 응모했는데, 운 좋게도 수상했다고 한다. 하지만 데뷔작이 서점에 진열되었다고는 해도 별로 팔리지 않았고, 다음 작업 의뢰가 들어오지 않아 이대로 끝날지도 모른다는 두려움도 있었다. 편집자와 언쟁을 벌인 적도 많았다고 한다.

"편집자 입장에서 보면 나는 같이 일하기 힘든 상대였을 거야. 그렇잖아도 데뷔가 늦은 데다 나 정도 실력의 만화가라면 차고도 넘칠 정도로 있는걸. 그 후로도 고생은 계속되었고, 그러다 생활에 여유가 생긴 건 8년 전쯤부터야. 호리우치, 빨리 결단을 내려서 편해지고 싶은 맘은 잘 알지만 초조해하지 않는 게 좋아. 여자 혼자 사는 노후는 연금이 적어서 힘들어. 나도 미사오와 마찬가지로 성급해서 손해본 전형적인 이혼을 한 셈이니까."

린다의 이야기를 들어보면 남편이 좀처럼 이혼에 동의해주지 않아서 아무것도 필요 없다고 하고 간신히 헤어질 수 있었다고 한다.

"그대로 살다가는 정신적으로 이상해질 것 같은 예감이 들었거든. 게다가 그렇게 이혼을 주저하던 남편이 가구며 가전제품 그리고 얼마 되지도 않는 예금까지 전부 주겠다고 하니까 바로 합의해주다니, 진심으로 경멸하게 되더라. 대체 무슨 생각으로 결혼했던 건지……. 지금도 잘 모르겠어."

"린다는 왜 변호사에게 의뢰하지 않은 거야? 조정을 신청하고, 만약 그래도 결론이 안 나면 재판으로 가는 방법도 있지 않았어?" 하고 미사오가 물었다.

"그 방법도 생각해봤는데, 오래 끌면 신경 쇠약에 걸릴 것만 같았어. 게다가 한창 일에 몰두하던 시기이기도 했고. 간신히 찾아온 기회를 놓치고 싶지 않았거든."

"역시 그랬구나. 나도 당시는 우울증에 걸리는 줄 알았어" 하고 미사오가 말을 이었다.

"나랑 린다가 스미코 너만은 제대로 싸우길 바라는 건, 전 재산을 빼앗기면 반드시 후회할 날이 오기 때문이야. 남편에게 원인이 있는데 이쪽이 손해를 보다니 말도 안 되잖아. 열받게도, 그 분한 기억이 이혼한 후에도 무슨 일이 있을 때마다 떠오르거든."

"헤어지고 싶은 사람과 헤어지고 싶지 않은 사람이 있으면, 헤어지고 싶지 않은 사람이 유리한 게 당연해" 하고 말하면서 린다는 치즈 케이크를 조그맣게 잘라 입으로 가져갔다.

"이쪽은 당장이라도 헤어지고 싶어서 애가 타 죽을 지경이잖아. 그런데 남편은 아내와 같은 집에 있어도 전혀 아무렇지도 않으니까 언제까지든 뭉그적거리면서 질질 끌 수 있거든" 하고 미사오가 덧붙였다.

그 순간, 나를 바라보던 남편의 험상궂은 얼굴이 분노의 감정과 함께 떠올랐다.

"여자는 한번 싫어지면 신물이 날 정도로 역겨워지니까

관계 회복은 불가능해" 하고 린다가 말했다.

"하지만 현실적으로는 생리적 혐오감을 느끼면서도 그대로 죽을 때까지 해로하는 여자도 많아. 어쨌든 먹고살 수 없으면 이혼을 체념하는 수밖에 없으니까" 하고 미사오가 말했다.

남자가 여자를 생리적으로 싫어하는 일이 있을까. 만약 있다고 해도 여자가 남자에게 느끼는 경우보다는 훨씬 적고, 그 정도도 가벼울 것 같다.

"그치만 말야, 오랫동안 함께 살아온 정이란 게 있잖아?" 하고 물어보았다. 말하기도 끔찍한 단어지만 그 정이, 왠지 매일 같이 이른 아침만 되면 머릿속에 되살아나 마음을 괴롭혔다.

"정 같은 건 버려야 해" 하고 미사오가 너무도 쉽게 내뱉었다.

"그런 종류의 정은 폐해밖에 안 된다고 봐" 하고 린다도 동조했다.

"폐해?"

생각지도 못한 단어였다.

"예를 들자면 말이지, 폭력 남편을 생각해봐" 하고 린다가 말했다.

가장 먼저 지즈루가 머리에 떠올랐다. 폭력을 당하고

있는데 '정' 같은 속 편한 소리를 하고 있을 때가 아님을, 타인인 나도 아는데 지즈루 본인은 모르고 있다.

남편과의 과거를 청산하고 긍정적인 인생을 걷기 시작하려는 사람에게는, 정이란 아름다운 추억이기는커녕 발목을 잡는 장애물일 뿐이다. 즉, 그것이 폐해라는 뜻인가…….

"하야시다는 젊었을 때 이혼했는데, 그 후에 재혼 안 했어?" 하고 물어보았다.

"응, 안 했어. 이혼한 직후에는 남자랑 다시는 인연으로 얽히고 싶지 않더라고. 그런데 사실, 매력적인 사람들이 있긴 하더라."

"어머 어머? 린다는 쭉 독신으로 산 게 아니었어?" 하고 미사오가 놀랐다.

"상대의 아파트에 가는 일은 있어도 절대로 내가 사는 집으로는 데려오지 않기로 결심했지. 나도 모르게 챙겨주고 보살펴주게 되니까. 스스로 가정부 역할을 사서 한 주제에 남자가 거기에 익숙해져 당연하게 여기고 받기만 하면, 또 끔찍이도 싫어지고. 그런 일이 되풀이되던 시기가 있었거든."

"그랬구나, 그런 방법밖에 없으려나……."

세 사람 다 아무 말 없이 커피를 마셨다.

"실은 나, 린다가 이혼하라고 한 말을 듣고 이혼한 거였어"하고 미사오가 장난기 그득한 눈빛으로 말했다.

"아니, 잠깐만. 지금 애 뭐라니? 남들 오해할 소리 하지 말라고. 너는 그 당시 이미 10년 가까이 집 안에서 별거 상태였으면서 무슨 소리야."

"맞아. 하지만 아파트 대출금도 남아 있었고 이제 와서 이혼하기도 번거로워서 단념했더랬어. 집 안에 물건도 늘어나 있어서 이사할 생각만 해도 끔찍했거든. 게다가 방을 빌려 살게 되면 월세도 광열비도 들지. 이 나이가 되어서 겨우 얼마 안 되는 예금을 깨기도 두려웠고. 내 취향대로 집도 새로 인테리어 했기 때문에 애착도 있었거든. 하지만 그때 린다가 그러더라. 지금 살고 있는 아파트를 놓고 싶지 않은 마음은 잘 알지만, 인생의 진정한 행복과 저울질해볼 만한 집이 이 세상에 있겠느냐고 말이야. 그리고 이런 말도 했어. 가정 내 별거라니 어리석은 선택이라고."

"말도 안 돼! 내가 그렇게 심한 말을 했다고?"

"했지. 했고말고. 고등학교를 졸업하고 몇십 년 만에 만난 바로 그날에 말이야."

"아, 그랬지. 미사오가 신간 사인회에 왔던 날이다."

"나, 사인회 같은 건 가본 적이 없었는데, 어느 날 문득 발길이 그리로 향했어. 지금 생각해보면 마음이 뭔가 뿌연

게 답답해서였을 거야. 그런 촌구석에 있는 고교 출신의 동창생이 나와는 달리 눈부신 활약을 하고 있었지. 그런 린다를 봤을 때 대체 나는 뭘 느끼게 될까, 그런 걸 알고 싶은 마음이 들었더랬어."

"그래서, 어떤 마음이 들었는데?" 하고 물어보았다.

"린다가 고교 시절 때랑 별로 분위기가 달라지지 않아서 놀랐어."

그건 내가 오늘 느낀 것과 똑같았다.

"그보다도 가정 내 별거는 어리석은 사람이 하는 거라는 말은 무슨 뜻이야?" 하고 거듭 질문을 던졌다.

"부부 싸움을 하고 나서 서로 말하지 않는 건 흔한 일이야. 하지만 그것과 가정 내 별거는 차원이 다른 문제야" 하고 린다가 말을 계속했다.

"같은 지붕 아래서 부부가 말도 하지 않고 눈도 맞추지 않는 상태인데, 그걸 딱히 불편해하거나 곤란해하지 않는 감각은, 이미 사람으로서 정상이 아니라고 생각해."

그렇게 말하더니 린다가 자조적인 웃음을 지었다.

"사실은 그거, 내가 선배에게 지적받은 말이었어. 나도 가정 내 별거 상태였는데, 별거하는 것도 이혼하는 것도 귀찮았어. 그때 선배 한 명이 나더러 향상심을 잃은 거고 내일을 더 잘 살아가려고 하는 의욕을 잃은 거라고, 확실하게 꼬집어주더라."

"하지만 말이야" 하고 미사오가 끼어들었다.

"선배에게 그 말을 들었을 때의 린다는 아직 30대였잖아? 내가 린다에게 그 말을 들었을 때는 쉰다섯 살이었어. 그래서 린다는 참 말도 안 되는 소리를 한다 싶었지."

그렇게 말은 했지만, 미사오는 집으로 돌아간 뒤에 린다의 말이 서서히 마음속에 스며들었다고 한다.

"생각해봐. 집에는 부엌이나 욕실이 하나밖에 없잖아. 그래서 상대가 사용하는 기척이 나면 자기 방에서 숨을 죽인 채 상대가 나오기를 기다리게 되거든. 게다가 냉장고를 열 때마다 상대가 사다놓은 음식이 눈에 띄고. 복도도 한 군데이고 짧으니까 서로 신경을 곤두세우고 눈치껏 다니지 않으면 딱 마주치게 되는 거지. 어렴풋이 들리는 소리에 귀를 기울이고 상대의 기척을 살피면서 생활한다는 건, 지금 생각해도 확실히 정상이 아니야."

"그래, 맞아. 유럽의 성처럼 길을 잃을 정도로 방이 많다면야 얘기가 다르겠지만. 그건 그렇고……" 하고 말하면서 린다가 나를 바라보았다.

"호리우치처럼 시골에 사는 사람은 소문이 나서 꽤 힘들겠지?"

"응. 아마도. 우리 마을에선 나쁜 소문은 바로 퍼지니까” 하고 대답하고 나서 커피잔을 입으로 가져갔다. 완전히 식어 있었다.

“잡지에서 읽었는데, 일본인은 자신이 행복한가 아닌가보다도, 남들에게 행복하게 보이나 안 보이나를 더 중요하게 여긴대” 하고 린다가 말했다.

가슴이 철렁했다.

내 마음을 들킨 것 같아서.

“그렇군, 그래서 유럽이나 미국에 비하면 이혼율이 낮은 건지도 모르겠네” 하고 미사오가 말을 이었다.

“체면이 중요했을 뿐, 내가 정말 매일 매일 생기 있고 즐겁게 살아가고 있는지 아닌지, 그런 건 린다의 말을 듣기 전까지는 자문자답해본 적도 없었는걸. 최근에는 각방을 쓰는 부부가 급증했다고 하더라. 일본은 주거비가 비싸고 세상 사람들의 이목에 신경 쓰는 사람이 많아서일까?”

“언제 만나도 어두운 얼굴을 하고 있는 중년 여성이 많아진 것 같아. 의미 있는 인생을 보내고 있다고는 보이지 않고 말이지” 하고 린다가 말했다.

의미 있는 인생, 이라니. 교과에서나 나올 법한 단어였다.

“하지만…….”

미사오와 린다가 무슨 말을 하든지 간에 나의 마음속에는 “하지만……”이 먼저 나온다. 린다는 인기 있는 만화가로 돈도 잘 번다. 하지만 나를 비롯해 많은 여자들은 그렇지가 못하다. 파트타임으로 일하면서 빠듯하게 살아갈 것이 뻔하다. 파트타임으로라도 일할 수 있는 동안은 그나마 낫다. 더 나이를 먹으면 어떻게 될까.

50대 여자의 삶은 이루 말할 수 없이 바쁘다. 시부모와 친정 부모를 연달아 간병해야 하는 사람도 있다. 일하지 않는 아들과 딸을 격려하면서 절망적인 기분에 빠지기를 반복하는 사람도 적지 않다. 그리고 남편이 헛되이 쓰는 돈에 마음 졸이며, 매일 몸도 마음도 편할 날이 없다. 갱년기에 체력이 부쩍 떨어지는 시기와 겹치니 한층 더 힘들다. 그럴 때 남편이 나 몰라라 하는 태도로 나오면 살의를 느끼는 것도 당연하다. 그래도 여자는 모두 참고 살아간다. 갑자기 '내 인생을 의미 있게 살 거야' 하면서 한 가정의 주부가 집을 나간다면 남아 있는 가족은 어떻게 될까? 이런 생각을 하자 뭐가 옳은지 알 수가 없었다.

"앞으로 50년만 지나면 우리도 모두 무덤 속 유골이야."

그렇게 말하고 나서 린다는 후우 하고 숨을 내쉬더니 눈을 가늘게 뜨고는 창밖을 바라보았다.

유골이라…….

"이혼하지 않고 상대가 빨리 죽어주기를 기다리는 것도, 생각해보면 말이 안 되잖아" 하고 미사오가 말했다.

별거도 이혼도 엄청난 에너지를 필요로 한다는 말을 많이 든는다. 체력이 떨어지는 50대는 더 말할 것도 없다. 조정이나 재판을 하게 되면 해결될 때까지 시간이 걸린다. 그리고 세상 사람들의 흥미로워하는 시선에 노출된다. 부모의 이혼에 반대하는 자녀와 사이가 나빠지는 일도 있다고 한다. 경제적으로 힘들어지는 사례도 많다.

하지만…… 혼인 관계가 파탄한다는 건 원래 그런 게 아닌가. 깨끗하고 쉽게 진척되지 않는 것이 당연하다. 그리고 망설임이 수없이 고개를 내민다. 하지만 생각을 거듭한 끝에 결론을 내는 수밖에 길은 없다.

"세상 체면은 개뿔!" 하고 느닷없이 미사오가 말했다.

"어머, 너도 그런 말을 다 쓰니?" 하고 린다가 놀리듯 말했다.

미사오와 린다는 마음을 터놓고 얘기할 수 있는 사이인 모양이다.

그런데 이 무리에 나를 넣어주었다. 그것만으로도 도쿄까지 올라온 보람이 있지 않을까.

신칸센을 타고 도쿄에서 출발해 나고야로 향했다.

「도쿄에서 돌아가는 길에 너희 집에 들러도 될까?」

둘째 딸 가나에게 메시지를 보낸 건 이주일도 더 전의

일이었다. 그런데…….

「미안해, 엄마. 소타가 열이 나서, 이번에는 안 되겠어.」

아무리 생각해봐도 내가 도쿄로 돌아갈 때쯤은 열이 내리지 않을까 싶은데. 왠지 미심쩍어서 도쿄에 오자마자 노조미에게 상의했더니 "뭔가 이상하네" 하면서 미간을 찌푸렸다. 그러자 더욱 걱정이 되어서 도쿄를 출발하기 전날 밤에 다시 메시지를 보냈다.

「저녁때 그쪽에 도착해서 다음 날은 아침 일찍 나갈 건데, 하룻밤만 묵어도 되겠니?」

「미안. 바빠서 엄마를 상대해드릴 시간이 없어.」

가나네 식구가 명절 때 집에 오기는 했어도 내가 가나네 집으로 간 적은 없었다. 매번 이런저런 이유를 들어 거절당하자 딸네 집에 놀러가는 것이 마치 비상식적인 행동처럼 여겨졌다. 독신인 노조미와는 달리, 가나가 남편의 눈치를 본다는 건 물론 알고 있다. 장모가 놀러와서, 게다가 자고 간다고 하면 남편으로서는 선뜻 내키지 않겠지.

하지만 뭔가 석연치 않았다. 장모가 하룻밤 묵는 것조차도 남편이 허락하지 않는 것일까.

식사나 침구 준비를 해줄 사람은 가나이지 결코 사위가 아닐 텐데.

세상에는 몇 살이 되어도 엄마에게 의지하는 딸도 있다

고 들었다. 특히 아이가 태어나면 자주 친정에 오는 딸도 많다. 하지만 가나는 그런 면이 조금도 없었다. 지금까지는 가나가 총명해서 그러려니 여겼다. 두뇌 회전이 빠르고 가사도 육아도 완벽히 해내기 때문에 친정엄마가 도와줄 일이 없는 거라고.

하지만 노조미는 전혀 다른 시각으로 보고 있었다. 가 엾어서 가나를 차마 보고 있을 수 없다고까지 말했다. 그 말이 사실이라면……. 그런 생각이 들 때마다 안절부절못 하는 기분이 되었다. 부모에게 집 안을 보여주고 싶지 않 은 이유라도 있는 걸까, 부모에게 보여줄 수 없는 비참한 생활을 하고 있는 걸까, 하고 제멋대로 상상이 되어 한층 더 불안해졌다.

「어쨌든 내일은 그리로 갈 거야. 어린이집에서 아이를 데려오면 저녁 6시 반쯤 된다고 했지? 나도 그 시각에 아 파트에 도착하도록 맞출게. 그럼 잘 부탁해.」

이렇게 되면 강행 돌파할 수밖에 없다. 딸의 생활을 봐 두지 않았다가 언젠가 후회할 날이 오면 어떡한단 말인가.

행여 가나가 스스로 목숨을 끊었다는 연락이라도 갑자 기 온다면……. 이런저런 상상을 하니 도무지 마음이 진정 되지를 않았다.

오늘 아침은 호텔을 나와 아무에게도 도움받지 않고 혼

자서 도쿄역까지 찾아갔다. 이런 일쯤은 초등학생이라도 할 수 있다고, 도시에서 자란 아이들이라면 비웃겠지. 분명 이만큼 나이 먹은 아줌마가 자랑할 일은 아니지만 그래도 나로서는 또 한 발짝 앞으로 나아간 거라는 자부심이 들었다.

신칸센을 타고 차창 밖으로 지나는 도심의 빌딩숲을 바라보았다. 차내 판매대에서 산 따뜻한 커피를 마시면서 노조미가 사는 원룸 아파트의 방 안 모습을 떠올렸다.

이번에 도쿄에 올라와 처음으로 노조미가 사는 집을 찾아갔다. 집으로 한 발 들어섰을 땐 너무나도 좁아서 숨이 막힐 것 같았지만, 하루 자고 난 다음 날에는 익숙해져서 아무렇지도 않았다. 인간이란 이렇게도 쉽게 환경에 적응하는구나 하고 스스로도 놀랐다.

편의점 도시락만 먹는다고 한 것치고는 냉장고 안에 채소가 잔뜩 들어 있었고, 찬장에는 여러 가지 건조 식품도 있었다. 본인은 절약하기 위해서라고 말하지만 식사에 신경을 쓰는 건강한 생활을 엿볼 수 있어서 노조미에 대한 신뢰감이 커지고 훨씬 더 안심이 되었다.

짧은 기간이었지만 단편적이기는 해도 도시 생활과 그 격차를 피부로 느낄 수 있었고, 미사오와 린다의 생활도 조금은 들여다볼 수 있었으며, 길을 오가는 사람들을 관찰

하면서 많은 것을 생각한 여행이었다. 단 사흘 동안에 느낀 것들이 집에서 되는 대로 지내는 몇 년치에 해당한다는 생각이 들자 죽기 전에 더 많은 곳을 다녀봐야겠다고, 강박관념과도 비슷한 조바심이 강하게 일었다.

JR 나고야역에서 내렸다. 평일이어서 가나는 정상 근무다. 될 수 있는 한 가나에게 부담을 주지 않을 생각이다. 가나가 집에 돌아오는 시각에 맞춰 아파트로 가고, 다음 날은 출근 시각에 맞춰 함께 나와 그대로 집에 돌아갈 예정이다. 짧은 일정이 되겠지만, 오랜 세월 동안 주부로 살다 보면 타인의 생활에 대한 감이 날카로워진다. 집 안을 한눈에 보기만 해도 그 사람의 생활뿐만 아니라 마음 상태까지 들여다볼 수 있다.

역 밖으로 나가면 길을 잃을 것 같아서 역 건물 내를 천천히 걸어 윈도쇼핑을 즐기면서 시간을 때우기로 했다. 서점이 있기에 손자에게 줄 그림책을 한 권 사고는, 배가 고파서 안미쓰[26]와 간단한 음식을 파는 식당으로 들어가 달걀 푼 기시멘[27]과 안미쓰를 먹었다.

그러고 나서 택시를 타고 가나의 아파트로 향했다. 돈은 들었지만 지금 내 처지에는 나고야철도로 갈아타는 일이 더 어려울 거라고 판단했다.

---

26 팥소와 아이스크림, 과일 등을 곁들인 일본 전통의 디저트
27 얇고 넓적한 면발로 만든 우동으로 나고야의 명물로 꼽힌다.

오후 6시 반까지는 아직도 두 시간 이상 남아 있었다. 하지만 가나의 생활 환경도 알고 싶었기에 일찌감치 가서 아파트 주변을 산책하기로 했다. 옷과 도쿄에서 산 기념품이 들어 있는 짐은 노조미가 택배로 시골집에 부쳐주었다. 오늘과 내일은 지금 입고 있는 옷 한 벌로 지낼 생각이라 작은 나일론 가방 하나만 든 홀가분한 차림이다.

택시가 정차한 곳은 녹음으로 둘러싸인 아파트 단지 안이었다. 잘 손질된 잔디 정원이 펼쳐져 있고 화단도 있었다. 그 옆 구획에는 그네며 미끄럼틀도 보였다.

택시에서 내려 가나네 식구가 사는 3동을 찾았다. 로비로 들어가 아파트 우편함에서 이름을 확인했다. 이곳이 틀림없다는 걸 알고 겨우 긴장감이 풀렸다.

근처에 쇼핑몰이 있다고 들었다. 그 1층에 있는 커다란 슈퍼마켓은 생선과 채소도 신선해서 가나는 날마다 그곳을 이용한다고 했다. 그 슈퍼에 가보고 싶었다. 3동 건물을 나와 주위를 둘러보니 찾고 말고 할 것도 없이 거대한 쇼핑몰 건물과 오렌지색 간판이 바로 한눈에 들어왔다.

큰 도로로 나가 신호를 건너 건물 안으로 들어가자 너무나도 넓은 데 압도당했다. 길을 잃지 않도록 주의해야겠다는 생각에 다시 긴장이 되었다. 별것 아닌 일에도 더럭 겁부터 나는 이 성격은 어떻게 좀 안 될까. 좁은 시골 마을에서 한 발짝도 나오지 않고 살다 보면 사람은 누구나 이렇게 되는 걸까. 이대로 죽을 때까지 시골에서 편안하게 지낼 수 있다면 문제가 되지 않겠지만, 늘그막에 도시에 사는 아들이나 딸네 집으로 이사하는 사람도 적지 않다. 양로원 같은 시설로 들어가는 사람도 마찬가지여서 생활 환경이 바뀌고 스트레스도 쌓인다. 앞으로 어떻게 될지 모른다고 생각하면 여러 곳에 다니면서 뭐든지 보고 듣고 체험을 늘려가는 게 좋지 않을까 싶다. 그것은 몇 살이 되어도, 늙은 몸에 채찍질을 해서라도 해야 할 일인 것만 같다.

1층 안쪽에 있는 슈퍼마켓을 발견하고 어떤 물건을 팔고 있는지 흥미진진해서 끝에서부터 끝까지 샅샅이 살펴보았다. 그러다 반찬 코너에서 발을 멈췄다. 지쳐 돌아올 가나를 위해서 조림과 튀김을 산 뒤에, 그 사실을 가나에게 문자로 알렸다.

딱 6시 반에 맞춰 문 앞에서 벨을 누르자 바로 가나가 나왔다.

"엄마, 어서 와. 나도 지금 막 돌아왔어."

방긋 웃는 얼굴로 맞아주었기에 일단은 안심했지만 얼굴에 역력히 보이는 피로한 기색은 웃음으로는 가려지지 않았다.

소타가 "할머니" 하고 부르며 허리를 끌어안았다. 오랜만에 만나는 데도 나를 잊지 않아주어 기뻤다.

"소타, 잘 지냈니? 보고 싶었어."

그렇게 말하며 웅크리고 앉아 소타와 시선을 맞추고 꼬옥 끌어안았다.

방 두 개에 거실과 부엌 겸 식당이 있는 구조라고 들었다. 현관에서 이어진 짧은 복도에 물건이 어지럽혀져 있고 먼지도 눈에 띄었다.

"엄마, 맛있어 보이는 반찬 사오셨네. 고마워요. 덕분에 살았어. 빨래 좀 해야 하니까 차 끓여서 마시고 계셔. 거기 전기 포트에 물 부어놨어."

그렇게 말하고 잰걸음으로 복도를 걸어갔다.

"베란다에 널린 빨래, 걷어줄게" 하고 가나의 등 뒤에 대고 말했다.

"괜찮아, 엄마. 피곤하지? 차 마시고 계셔" 하고 가나는 세탁실로 사라졌다.

소타가 TV로 애니메니션을 보고 있는 모습을 곁눈으로 확인하면서 재빨리 코트를 벗고 베란다로 나가 산처럼 가득한 세탁물을 빠르게 걷었다. 그러고 나서 냉장고를 열어 안에 든 재료를 확인했다. 된장국이 냄비째로 들어 있기에 꺼내서 가스레인지에 올리고 불을 켰다. 야채칸에서 시금치와 큰 토마토를 꺼내 먹기 좋은 크기로 자른 뒤, 아까 사온 반찬 중에서 닭튀김을 꺼내 잘게 썰어 참기름으로 단번에 센 불로 볶았다.

애니메이션이 끝났는지 소타가 칭얼거리기 시작했다.

"시끄러워, 소타! 조용히 해" 하는 가나의 날카로운 목소리가 세탁실에서 울렸다.

그 소리에 놀라 소타의 울음소리가 더 커졌다.

"조용히 하라니까! 그 소리에 짜증이 난다고!" 하는 소리가 들려오더니, 마치 도깨비처럼 무서운 표정을 한 가나가 거실에 나타나 떡 버티고 섰다.

이런 가나를 보는 건 처음이었다. 숨을 죽이고 쳐다보기만 할 뿐 몸이 굳어져서 꼼짝할 수가 없었다.

내 소중한 딸이 피곤에 지쳐 있었다. 신체뿐만이 아니라 마음도. 아무리 봐도 행복한 눈빛이 아니었다. 행복하기는커녕 절박해 보이는 눈빛을 하고 있다.

과거의 내 모습이 떠오르고, 어느새 눈물이 차올라 시야가 뿌얘졌다.

가나도 소타도 가엾어 견딜 수가 없다. 어떻게든 해주고 싶었다.

"소타, 할머니가 그림책 읽어줄게."

그렇게 말하면서 아이를 끌어안았지만 엄마에게 혼난 아이는 흑흑 흐느껴 울기만 했다.

만약 이 자리에 내가 없었다면 가나의 노여움은 폭발했을 것이다. 그러한 광경에 기시감이 있었다. 아마도 그건 아이에 대한 분노가 아니라, 무슨 일이든지 아내에게 떠맡기고 나 몰라라 하는 남편에 대한 분노와, 인정사정없이 불합리한 요구를 하는 시부모에 대한 분노였다.

"엄마, 미안. 나…… 머리가 이상해졌나봐."

가나가 그렇게 말한 순간, 참고 있던 눈물이 흘러나와 황급히 소매로 닦았다.

"하나도 이상하지 않아. 이런 건 보통이지. 넌 너무 지친 것뿐이야."

어느새 손자를 무릎에서 내려놓고 가나에게로 달려가 등을 토닥이며 필사적으로 쓸어주고 있었다.

차라리 이혼하고 돌아오면 좋으련만……. 그 말이 나오기 일보 직전이었다.

"그런데 엄마, 오늘은 어느 호텔에 예약했어?"

"응? 예약 안 했는데. 여기서 자고 갈 거야. 그렇게 문자 보냈잖니."

내가 말하자 가나는 놀라는 표정을 지었다. 친정엄마가 하룻밤 자고 가는 정도의 일로 왜 그렇게 놀라는 걸까.

"엄마, 지금이라도 근처 호텔 잡아줄게."

가나는 그렇게 말하고 당황한 듯이 바지 주머니에서 스

마트폰을 꺼내 엄지손가락을 부지런히 놀리며 검색했다.

"가나, 미안하지만 난 여기서 묵으련다. 소타랑 같이 잘 게. 그렇게 마음먹고 왔어."

그렇게 말하고는, 그새 기분이 풀려 그림책을 넘겨보고 있는 소타를 끌어안았다. 간지러웠는지 소타가 까르륵 웃음을 터뜨렸다. 온몸으로 기쁨을 드러내는 걸 보고 안심했다. 적어도 소타에게는 진심으로 환영받고 있는 것 같았다.

가나는 스마트폰을 주머니에 집어넣었다. 여느 때와 달리 딱 잘라 말하는 엄마의 모습에, 단념한 모양이었다.

식탁에 음식을 차리고, 기분이 좋아진 소타와 함께 셋이서 한가롭게 저녁 식사를 마쳤다. 그러고 나서 차례로 목욕을 하고 나니 눈 깜짝할 사이에 9시 반이 되어 있었다.

"아범은 항상 이렇게 늦니?"

"응, 그렇지 뭐."

"일이 바쁜가?"

"아마도."

아마도라니. 아직 결혼한 지 3년밖에 지나지 않았는데 이미 부부로서 말기 증상이 아닌가. 이래서는 앞으로 몇십 년이라는 긴 세월 동안 결혼 생활을 유지하는 데 무리가 있는 게 아닐까.

그날 밤은 사위 요스케가 귀가하기를 기다리지 않고, 소타를 사이에 두고 가나와 셋이 나란히 누워서 자기로 했다.

하지만 좀처럼 잠이 오질 않았다.

다음 날 아침에는 일찍 눈이 떠졌다.

가나와 소타가 깨지 않게 조심하면서 살금살금 이불을 빠져나왔다. 욕실에서 물 흐르는 소리가 들려왔다. 요스케가 샤워를 하고 있는 모양이었다. 어젯밤엔 몇 시쯤 들어온 걸까. 혹시 아침에 들어온 건가.

세면장을 사용할 수 없어서 부엌에서 세수를 했다. 커피를 마시고 싶었지만 가나 부부는 마시지 않는지 찬장을 찾아봐도 홍차 티백밖에 없기에 할 수 없이 홍차를 마셨다.

조금 지나자 가나가 일어나 나왔다.

"엄마, 잘 주무셨어?"

아침에는 빵을 먹는다기에 간단한 거라도 만들어주려고 부엌으로 들어갔다. 토마토를 넣은 스크램블드에그를 만들면서 토스터에 식빵을 집어넣었다.

"장모님, 안녕히 주무셨어요?"

뒤돌아보니 요스케가 서 있었다. 이미 양복을 입고 있다.

얼핏 술 냄새가 났다. 어젯밤에 꽤 마셨나 보다. 아직 몸에서 술이 다 빠져나가지 않은 듯했다.

맞벌이 부부가 별도로 돈 관리를 한다면 자유롭게 쓸 수 있는 돈은 많을 게 분명하다.

"어제는 늦었나?" 하고 물어보자 일순간이지만 요스케가 인상을 찌푸렸다.

"네, 뭐 조금 늦었습니다만."

요스케는 바로 웃는 표정으로 바꿨다. 그렇지만 무슨 참견이냐고 말하고 싶은 눈치였다.

가나는 그 모습을 곁눈으로 힐끔 보면서, 억지로 일어나 잠이 덜 깬 소타를 간신히 옷 갈아입히고는 어린이집에 데려갈 준비를 마치고 자신도 몸단장을 하기 시작했다.

"가나, 이것만은 알아둬."

가슴이 두근두근하면서도 단호한 목소리가 나왔다. 거울 앞에서 립스틱을 바르고 있던 가나는 무슨 일인가 하고 놀란 표정으로 나를 돌아보았다.

"있잖니, 가나. 더 이상 견딜 수 없게 되면 언제든지 돌아와라. 일자리든 뭐든 찾을 수 있을 테니까."

부엌에서 물을 마시고 있던 요스케는 뒤돌아보지는 않았지만 움찔하고 놀랐다는 것을 그 옆얼굴에서 알 수 있었다. 하나부터 열까지 아내에게 미뤄놓고 자신은 술이나 마시면서 자유로운 생활을 계속하다가는 언젠가 문제가 생길 거라는 걸 사위가 깨달아주면 좋으련만……. 그래도 느끼지 못한다면, 그땐 더 이상 어쩔 수 없는 거다.

하지만 요스케는 장모의 말을 듣지 못했다는 듯이 아무

렇지도 않게 말했다.

"전 식사는 괜찮습니다. 아침 일찍부터 회의가 있어서
요."

암담한 심정이었다. '바쁘다'는 말만 하면 뭐든지 허용
된다고 생각하는 모습이 젊었을 때의 남편과 겹쳐 보였기
때문이다.

정말로 일 때문에 늦은 건지, 아침 회의가 과연 있기나
한 건지도 모른 채 아내는 응어리진 마음을 안고 나이를
먹는다. 진짜일 수도 있고, 거짓일지도 모른다. 하지만 믿
을 수밖에 없다. 불신감으로 가득 차면 원만한 부부 관계
를 유지하기 어려워지고 결혼 생활이 뿌리부터 허물어지
고 만다.

그래서 일단은 믿는 척을 한다. 그 신경전이 얼마나 아
내의 마음을 멍들게 하는가. 그리고 컵 안에 물이 점점 차
오르듯이 불만이 쌓여가고 그러는 동안 컵 한가득 차올라
중년이 될 무렵에는 표면장력으로 어떻게든 억누르고 있
던 것이 더 이상 버틸 수 없게 되어 부원증을 일으킨다.

"자, 소타. 아빠 다녀올게. 엄마 말 잘 들어야 해."

소타는 슬쩍 아빠를 쳐다보았을 뿐이다.

식탁에는 요스케도 포함해 네 사람분의 아침식사가 차
려져 있다. 그것을 보았을 텐데도 "모처럼 준비해주셨는데

죄송합니다" 하는 말조차 없다.

요스케는 현관으로 향하더니 그대로 집에서 나갔다.

가나, 소타와 셋이서 아침을 먹고 나서 함께 집을 나섰다. 시간이 빠듯해졌는지 가나는 아까부터 자꾸만 손목시계를 들여다봤다.

"엄마, 혼자서 괜찮겠어? 신칸센 시각까지 꽤 남았지?"

현관을 열쇠로 잠그면서 가나가 걱정스러운 듯이 물었다.

"문제없어. 나고야는 처음이니까 여기저기 가보려고 해."

"미안해요. 아무 데도 안내해드리지 못해서."

"무슨 그런 소리를. 나야말로 갑자기 찾아와서 미안하지. 근데 요스케는 뭔가 화난 것 같던데 괜찮을까."

"그런 거 신경 안 써도 돼. 시아버지는 자주 묵고 가시는걸."

엘리베이터로 1층까지 내려가 자전거 주차장으로 갔다.

"소타. 바이바이."

"바이바이."

소타가 귀여운 목소리로 인사를 하고 손을 흔들어주었다.

가나가 소타를 자전거 뒤에 태우고 사라져갔다. 그 뒷모습이 보이지 않을 때까지 바라보면서, 인생의 쓸쓸함을 곱씹었다.

자신이 낳고 키운 딸이거늘 지금 가나는 모르는 동네에 살면서 모르는 남자와 결혼해 부모가 모르는 생활을 하고 있다. 어릴 때는 몸집이 작고 응석받이여서 걱정이었는데, 그건 환상이었나 싶다. 오래전에 부모 곁을 떠나 한 아이의 엄마가 되었다. 내 아이라고는 생각되지 않을 정도로 꽤 멀리까지 가버린 것이다.

　택시를 타지 않고 갈 수 있도록 가나가 가장 가까운 역까지 버스로 가는 방법을 메모로 적어주었다. 버스를 타고 역까지 가서, 다시 나고야철도를 이용해 나고야역까지 갈 예정이다. 역 구내 지도도 상세히 그려 설명해주었다. 또 한층 지혜로워진 것 같았다.

　버스에서 내려 역으로 가는 도중에 통유리로 된 큰 카페가 눈에 띄었다. 커피를 마시고 싶어서 발길을 멈췄다. 시간도 아직 넉넉하니 잠시 들렀다 가자.

　가나네 집에는 홍차밖에 없었다. 나는 평소에는 늘 일하러 가기 전에 인스턴트 커피를 두 잔 마시고 근무가 끝난 후 돌아오면 잘 때까지 또 몇 잔을 마신다. 약간 중독 기미가 있는 건 자각하고 있었다.

　카페로 들어가 카운터에서 카푸치노를 주문하고 우유 거품이 듬뿍 넘실거리는 머그컵을 받아 들었다. 어느 자리에 앉을까 하고 카페 안을 둘러보았다. 그때였다.

앗?

구석 자리에 앉아 있는 사람은 요스케가 아닌가. 등을 구부리고 앉아 스마트폰을 들여다보고 있느라 나를 보지는 못하고 있다.

불같이 화가 치밀어 올랐다. 가나는 아침에 일어나서 자신을 단장하는 일은 제쳐둔 채 소타를 챙기고 어린이집에 보낼 준비로 허둥댔다. 예전에는 그렇게 멋쟁이였는데, 오늘은 단 몇 초 만에 머리를 빗고 립스틱만 바르고는 숨을 헐떡이며 자전거에 아이를 태우고 사라져갔다. 오늘은 내가 간단한 아침 식사를 만들고 정리도 해주었지만 평소에는 그 일도 모두 가나가 할 것이다. 요스케가 집을 나선 뒤 상당히 시간이 지나 있었다. 왜 요스케만 이렇게 느긋하게 지낼 수 있는 걸까.

요스케의 옆자리에 살그머니 앉아 등 뒤에서 그의 스마트폰을 살짝 들여다보았다.

"시간이 꽤 여유로운가 보군."

나즈막하고 위압적인 목소리가 튀어나오고 말았다.

요스케는 놀라서 얼굴을 들더니 내 얼굴을 확인하고는 눈을 더 크게 떴다.

"연인이랑 달콤하게 메시지를 주고받는 중인가? 하트 마크가 한가득이네."

그렇게 묻자 요스케가 당황해하면서 스마트폰을 뒤집어놓았다.

자식 부부의 일에 부모가 참견해서는 안 된다. 그런 것쯤은 상식 중의 상식이다. 내 부모님 역시 우리 부부의 일에는 참견한 적이 한 번도 없다.

하지만 지금은 도저히 잠자코 있을 수만은 없었다.

그런데 만약 내가 쓸데없는 참견을 한 탓에 가나 부부의 사이가 틀어져서 이혼이라도 하게 된다면…….

그런 상상을 해봐도, 그래서 뭐가 어떻다는 건가 하는 기분이었다. 가나가 이혼한다 해도 불행해지기는커녕 행복의 시작이라고밖에 생각되지 않았다.

"맞벌이하고 있지 않나? 왜 가나한테만 가사와 육아를 떠맡기는 건가?"

요스케는 마치 내 말이 들리지 않는 것처럼 아무 대답도 하지 않고 나를 보려고도 하지 않았다. 그 바람에 내 목소리만 점점 더 커졌다.

"적당히 좀 하게나. 가나는 몸도 그리 튼튼하지 않으니까."

고개를 들자 점원도 다른 손님들도 우리 쪽을 주시하고 있었다.

요스케가 벌떡 일어나더니 문 쪽을 향해 걸어갔다. 누

가 봐도 머리가 살짝 돈 아줌마가 모르는 남자에게 시비를 걸고 있는 것 같지 않은가.

　—부부 싸움은 개도 안 먹는다.

이 속담을 만든 사람은 분명 남자일 것이다. 여자가 진지하게 화를 내고 있는데 남자는 그것을 무시하거나 얼버무리려고 한다. 이러한 상황을 표현한 속담이 아닌가.

여자는 불평등에 절실하게 화가 나 있는 것이다. 그것을 히스테리라고 웃어넘기는 남자라면 이 세상에서 멸망해도 좋다.

아아, 어찌 된 일인지 요즘 나, 과격해졌다. 도무지 억누를 수가 없다.

"이봐, 요스케! 대답을 하라고!"

나 자신도 깜짝 놀랄 정도로 큰 소리였다.

기가 좀 죽었나 했는데, 요스케는 어이없다는 눈초리로 날 쳐다보더니 그대로 재빨리 카페를 빠져나가고 말았다.

나중에 가나가 횡포를 당할지도 모른다. 하지만 가나에게는 직업이 있다. 심지어 일류기업에서 비전 있는 직무를 맡고 있다. 이혼하더라도 먹고살 수 있다. 두려워할 게 뭐가 있겠는가. 여차하면 내가 나고야로 이사 와서 소타를 돌봐줘도 된다. 나고야는 도시지만 내가 근무할 일자리 정도야 금세 찾을 수 있을 것이다.

가나는 싸움을 피하기 위해 가만히 참고 사는 그런 엄마를 보고 자랐다. 그런 생각을 하면 내게도 책임이 있다. 모르는 사이에 딸들의 마음속에 여자는 인내하는 게 당연하다는 의식이 퍼져 있는지도 모른다. 노조미는 결혼이라는 것에 절망하고 있고, 가나는 결혼이란 이런 거라고 체념하고 있다.

부모가 생각하는 것 이상으로 아이들은 부모를 똑바로 보고 있는 것이다. 애정이 넘치는 가정에서 자라난 아이는 자신과 똑같은 가정을 만들 수 있지만, 가정 내 별거 등 평범하지 않은 가정에서 자란 아이들은 남자와 여자가 싸우면서도 서로 양보하고 배려하면서 함께 살아가는 당연한 부부의 모습이나 가족의 형태를 알지 못한다. 상대를 끔찍이 싫어하고 무시하면서 겉으로만 부부라는 형식을 계속 유지하는, 그런 정상이 아닌 상태를 가족의 모습이라고 믿고 있다.

어쩌면 생각보다 많은 가정이 그럴지 모른다. 어느 한쪽이 상대의 안색을 살피고 조심스러워하면서 살아간다. 그런 부부 관계를 보며 성장하는 자녀가 적지 않을 것이다. 이 나라의 가족은 그것을 오랫동안 몇 세대를 거치며 계속해온 게 아닐까.

돌아오는 신칸센 안에서는 편히 앉을 여유마저 있었다.

혼자 신칸센을 탄 적이 없었기에 도쿄로 갈 때는 극도로 긴장했지만 이제 익숙해졌다. 빠르게 적응했다. 겨우 이 정도를 가지고 두려워했다니, 웃을 거리도 되지 않는다.

딸들이 부디 행복했으면 좋겠다. 가나는 천진난만한 웃음을 잃어버렸다. 내가 머무는 동안에 가나는 단 한 번도 소리 내어 웃지 않았다. 가나도 나처럼, 해마다 인생의 손실을 거듭하고 있는 것 같다는 생각이 자꾸만 들었다.

알면 알수록 괴로워진다. 하지만 역시 찾아가길 잘했다. 나는 앞으로도 딸들이 돌아올 수 있는 곳에 있자.

엄마가 팔십이 넘도록 내게 그렇게 해주었듯이.

5

"표정이 어둡네."

우체국에서 막 나오는데 느닷없이 누군가 말을 걸었다. 놀라서 얼굴을 들어보니 사요코가 눈앞에 서 있었다.

"나? 그래? 그렇게 어두웠어?"

"응, 엄청나게 어두워."

그렇게 말하더니 더 가까이 얼굴을 들여다본다. 이혼하려는 걸 사요코가 알 리 없다. 지즈루는 함부로 말하는 사람이 아니다.

그렇다 해도 조금만 방심하면 우울한 기색이 금세 얼굴에 드러나는 모양이다. 정신 차려야지.

"사요코. 그야 나도 어두울 때가 있겠지. 먹고살기 바빠 여유가 없는걸."

그렇게 말하고 나서 억지로 아하하 하고 웃어 보였다.

하지만 사요코는 웃지도 않고 나를 빤히 쳐다보았다. 그리고 "있잖아, 스미코" 하고 부르더니 한 발 더 가까이 다가와서는 바짝 얼굴을 들이댔다.

"지즈루가 이혼한 거 알아?"

너무 놀라서 눈을 크게 뜨고 사요코의 얼굴을 쳐다보았다.

"지즈루가? 거짓말!"

"아야, 아파, 놔줘!"

나도 모르게 사요코의 팔을 꽉 잡고 있었다.

"어떻게 된 거야? 지즈루가 이혼했다니, 그게 언제야?"

내가 경악하는 표정을 지어서였는지 사요코의 얼굴이 차츰 득의양양해졌다.

"역시 생각했던 대로야. 넌 여전히 소문을 잘 못 듣는구나. 친구들 사이에서는 그 얘기로 떠들썩한데."

사요코는 정말 어이없다는 말투로 외국인이 하듯이 양손을 벌리고 푸른 하늘을 올려다보았다.

엄마가 돌아가신 후로는 마을에서 도는 소문이 귀에 들어오지 않았다. 내 이혼 생각으로 머릿속이 꽉 차 있었고,

남들이 이런 상황을 눈치채지 못하게 하려고 사적인 얘기를 하지 않으려 조심했기 때문이다.

"있잖아, 지즈루가 결혼한 후로 계속해서 남편에게 폭력을 당했다네."

"아…… 그랬어?" 하고 몰랐던 척하기만도 벅찼다.

"너 지금 시간 있어? 진짜 몰랐어? 그럼 잠깐만 여기 앉아봐."

사요코는 이야기가 길어질 것 같았는지 우체국 앞에 있는 연못 옆 벤치를 가리켰다.

"이주일쯤 전에 말이야" 하고 사요코는 앉자마자 빠른 말투로 이야기하기 시작했다.

사요코의 말을 들어보니, 지즈루의 "사람 살려!" 하는 비명이 근처에 울려 퍼진 건 저녁 8시경이었다고 한다. 어느 집이든 가족이 모두 모여 있을 시간대여서인지 110 신고[28]가 몇 건이나 이어져 바로 경찰이 달려왔다. 이로 인해 지즈루 남편의 폭력은 마을 안에 다 알려졌고, 지즈루는 갈비뼈와 골반이 부러져 지금도 입원 중이라고 했다.

"세상은 진짜 이상해" 하고 사요코가 울분을 참지 못하겠다는 듯이 한껏 얼굴을 찡그렸다.

"이 정도로 화가 난 게 인생에서 몇 번째일까."

---

28 우리나라의 112에 해당하는 일본의 범죄 신고 번호

생각할 때마다 화가 치밀어 오르는지, 적이 바로 앞에 있는 것처럼 허공을 노려보고 있다.

"도둑맞은 사람이 잘못이라니, 성폭행당한 여자가 잘못한 거라고 떠드는 웃긴 풍조가 옛날부터 있었잖아" 하고 사요코는 불만을 터뜨렸다.

"…… 응, 혐오스러워."

"이 세상에는 남편의 폭력에 관해서도 그렇게 보는 사람이 있다니까."

"뭐? 폭력을 당한 지즈루가 잘못이라는 거야? 그렇게 말하는 사람이 있다고?"

"물론 폭력 남편을 옹호하는 사람은 없지. 시의회 의원이고 겉보기엔 멀끔한 신사인 만큼 충격도 컸고 말이야. 그게 문제가 아니라, 지즈루가 불쌍하고 비참한 아내가 되어 있다고."

"응? 근데 왜? 그건 맞는 말이잖아."

"뭐? 너야말로 무슨 소리를 하는 거야?" 하고 사요코가 느닷없이 큰 소리를 냈다.

"지즈루는 비참한 여자가 아니라고! 그 애는 고3 때 농구부 주장이고 엄청나게 멋있는 여자였으니까."

마지막에는 목소리가 막히더니 "…… 그러니까" 하고 사요코의 목소리가 떨려 나왔다. 눈물이 그렁그렁 차서는 당장이라도 떨어질 것만 같았다. "어떻게 말해야 알아들을까?" 하고 말하며, 두꺼운 천으로 된 토트백에서 티슈를 꺼내 코를 풀었다.

"아, 알았다. 모두 지즈루를 불쌍하다고 동정하지만, 사실은 동정이 아니라 지즈루를 아래로 내려다보게 되었다는 뜻이구나?"

그렇게 묻자 사요코는 몇 번이나 고개를 크게 끄덕였다.

"그렇다니까. 옛날 사람들이 말하던 '흠 있는 사람'이라는 말이랑 비슷한 느낌이야. 자신들도 지금까지 남편 때문에 상당히 고생해왔지만 폭력을 당하지는 않았던 만큼, 지즈루보다는 낫다고 생각되나봐. 즉 지즈루보다 자기들이 위라는 거야. 마치 지즈루에게 전과가 있는 것처럼 깔보고 있어. 정말 화가 나."

"지즈루도 참 큰일이네. 간신히 폭력 남편과 헤어졌구나 싶었는데, 산 넘어 산이라더니⋯⋯."

"그렇지만 세상에 알려지는 것도 때와 장소에 따라서는 필요한 일이야" 하고 사요코가 진지하게 말했다.

"뭐? 무슨 말 하는 거야? 소문나고 싶어 하는 사람이 어디 있다고."

"그렇다면 하나 묻겠는데, 스미코 넌 지즈루가 저대로 남편의 폭력을 아무에게도 알리지 않고 참고 살아가는 게 좋았다는 거야? 거봐, 그건 아니지? 순찰차가 오고 그 난리가 났으니까 남편도 이혼에 응하지 않을 수 없게 된 거고. 남편의 가족도 진심으로 사과했다더라. 만약 남편이 이혼에 응하지 않아서 재판으로 간다고 해도 이웃 사람들의 증언이 있으니까 분명 지즈루가 이길 테지만."

"듣고 보니 그러네. 그런 의미에서는 남들에게 알려지는 게 꼭 나쁜 것만은 아니구나."

"게다가 2차 피해도 막을 수 있잖아. 저렇게 유명해졌으니 이제 그 아르마니 남자랑 결혼하려는 여자는 이 마을에 없겠지."

"응, 그렇겠네."

"나도 공을 세우고 있어. 잘못한 건 어디까지나 남편이고 지즈루는 조금도 잘못한 게 없다고, 원래는 아주 멋있는 스포츠우먼이라고 사람들을 만날 때마다 내가 얘기하거든. 그 말이 마을 안에 소문으로 퍼지면 지즈루도 아무렇지 않게 얼굴을 들고 살아갈 수 있을 테니까."

즉 스피커로서 자신의 공적도 크다고 말하고 싶은 모양이다.

"맞는 말이네. 그럼 내 고민도……."

나도 사요코에게 도움을 받을까, 하고 문득 생각했다.

"뭔데, 뭔데? 너도 뭔가 고민이 있는 거야? 뭐든 나한테 말해봐. 비밀로 할게."

머릿속에서 또 한 명의 내가, 그만둬! 위험해! 하고 경종을 울리고 있지만 왠지 입이 제멋대로 움직이고 말았다.

"사실은 말이지, 나도 이혼하려고 생각하고 있어. 지즈루한테도 조금 상의한 적이 있긴 한데."

"뭐, 농담이지? 난 그런 말 들은 적 없어."

자신이 제일 먼저 알지 않으면 성에 차지 않는 모양이다.

"잠깐, 잠깐만, 자세히 말해봐. 뭔가 도움이 될지도 모르니까."

사요코가 갑자기 팔을 붙잡았다.

"찻집에라도 가서 천천히 얘기 좀 들어줄래?" 하고 내가 청했다.

"찻집은 안 돼. 노래방이 좋아" 하고 말하며, 조금 전까지만 해도 등을 구부린 채 울고 있던 사요코가 벌떡 일어났다.

노래방 〈가수 천국〉은 텅 비어 있었다.

"왜 이혼하고 싶은 건데? 무슨 일 있었어?"

점원이 음료를 놓아두고 나가자 사요코가 재빨리 물었다.

이제 뭐든 감출 것도 없지 않은가.

두려울 게 뭐가 있단 말인가.

나는 당당하게 살아가고 싶으니까.

천장에 매달린 미러볼이 빙글빙글 돌아가자, 어스레한 방에 빛과 그림자가 어지럽게 교차되었다. 그 신비로운 분위기에 홀렸는지 묘하게도 말하고픈 마음이 강해졌다.

"실은" 하고 내 마음과 상황을 솔직하게 털어놓았다. 사요코는 응응 하고 끄덕거리며 내 눈을 똑바로 바라본 채로 중간에 끼어들지 않고 경청해주었다.

"지금 네가 한 말, 우리 남편한테도 백 퍼센트 들어맞는다."

그래서 어떻다는 말인가. 고작 그 정도로 이혼하고 싶다니 말도 안 된다고, 그렇게 말하고 싶은 걸까. 그럼에도 불구하고 참고 사는 스스로를 대단하다고 말하고 싶은 걸까.

역시 말하지 말걸 그랬다고 크게 후회하고 있는데, 사요코가 불쑥 내뱉었다.

"그렇구나, 그런 이유로 괜찮은 거라면…… 나도 이혼하고 싶어."

놀라서 사요코를 쳐다보았다. 하지만 사요코는 오히려 덤덤하게 내게 질문을 던졌다.

"그런데 넌 이혼하면 먹고살 수 있어?"

"어떻게든 될 거 같아. 지금 일하는 데는 예순다섯 살까지 다닐 수 있으니까. 그다음에도 어떻게든 일자리를 찾아서 계속 일할 생각이야. 그래서 이혼할 때 재산 절반을 받고 싶은데 남편이 집도 예금도 자기 거라고 우기고 있어서 참 난처해."

"진짜? 너무 싫다. 뭐 그런 지독한 욕심쟁이가 다 있냐. 아, 걱정하지 마. 지금 들은 얘긴 비밀에 부칠게. 내가 말하긴 뭣하지만, 이래 봬도 입은 무거우니까."

입이 무겁다고? 어처구니가 없어 사요코를 쳐다보았다.

아니, 잠깐만. 진짜일지도 모른다. 입이 무겁다고 신뢰받고 있으니까 너도나도 사요코에게 털어놓는 게 아닐까? 사요코가 말을 퍼뜨리는 건 어쩌면 남에게 알려져도 상관없는 부분만인 게 아닐까?

하지만 사요코가 이렇게 성실하고 총명한 여성이었나? 그건 좀 아닌 것 같은데…….

머릿속이 혼란스러워졌다.

―우리끼리만 하는 얘기야. 아무한테도 말하지 마.

사람들은 그렇게 말하면서 누구에게나 이야기한다. 나역시 그게 바로 사요코라고 여기고 마을에 소문이 퍼지길 바라면서 사연을 털어놓은 것이었다. 남편의 '재산 독점 사건'으로 소문이 퍼지면 남편도 마음을 바꾸지 않을 수 없을 거라는 데 생각이 미쳤기 때문이다. 지즈루의 남편이 폭력을 마을 사람들에게 들키는 바람에 도망쳐 숨을 수도 없게 되어 바로 도장을 찍어준 것과 같은 효과를 기대하고 있었다.

"그런데 사요코. 지금 내가 한 얘기, 딱히 비밀도 아냐" 하고 말해보았다.

"그래? 이미 누군가한테 얘기한 거야?"

도쿄의 미사오와 린다뿐만 아니라, 고향에 사는 지즈루에게도 몇 번이나 한 이야기다.

"지금으로선 너뿐이야."

하지만 그렇게 말하자 사요코는 만족스러운 듯이 크게 고개를 끄덕였다.

이것을 인생의 마지막 거짓말로 하고 싶었다.

작전은 생각보다 훨씬 성공적이었다.

수다쟁이 사요코가 상상 이상의 효과를 올려준 것이다.

일주일도 채 지나지 않아 남편의 사촌인 다쓰히코에게서 전화가 걸려왔다.

"소문이 난 것 같아서 말이죠, 이대로라면 가문 전체의 수치가 될 테니 난처합니다."

밝은 목소리로 추정해보건대, 그렇게 난처해하는 것 같지도 않았다. 아마도 아주버니에게 부탁받았을 테지.

남편은 예전부터 자신의 친형보다 사촌인 다쓰히코와

사이가 좋았다.

"어떻게든 이혼을 단념해줄 수는 없을까요? 애초에 원인이 뭡니까?"

전화 건너편에서 종이가 스치는 듯한 소리가 났다. 아마도 메모나 그런 걸 읽고 있는 것 같았다. 어떻든지 간에 그 정도로 친하게 지내온 것도 아닌데 거리낌 없이 사적인 일에 끼어드는 게 성가셨다.

그래도 다쓰히코는 타고나길 시원시원한 성격이어서인지 내 결심이 굳은 것을 알고는 "잘 알겠습니다. 그렇다면 그대로 전하지요. 그럼 이만" 하고 전화를 끊었다. 생각한 대로 심부름꾼에 지나지 않았던 모양이다.

하지만 안심한 것도 잠깐이고, 일요일이 되자 아주버니 부부가 찾아왔다. 미리 연락도 없이 별안간 현관 앞에 나타난 데 화가 치밀었다.

"동서, 적당히 좀 하지 그래. 이혼이라니, 집안의 수치잖아."

큰동서는 화난 것처럼 말했지만 눈에 생기가 돌고 있는 걸 보니 이 지루한 시골 마을에서 오랜만에 일어난 스캔들을 즐기고 있는 듯했다.

"우리 가문에 이혼한 사람은 한 명도 없소. 대체 무슨 생각을 하는 거요. 다카오는 성실하게 일해왔는데 대체 뭐가 마음에 안 드는 겁니까? 게다가 이제 제수 씨도 나이를 먹을 만큼 먹었겠다, 왜 이제 와서 이혼하겠다는 거요? 내 참, 수치스러워서. 제수 씨야말로 앞으로 이 마을에서 손가락질 받으면서 살 수나 있겠소?" 하고 아주버니가 협박하듯이 말했다.

"우리 나쓰미의 혼담에도 지장이 있다고" 하고 큰동서가 말을 이었다.

"동서가 그렇게 제멋대로 굴면 가문 전체에 얼마나 폐가 되는지를 생각해야지."

"아, 몰랐네요. 나쓰미는 결혼이 결정되었나 보죠?"

"결정되지 않았으니까 하는 말 아닌가. 정말 사람을 뭘로 보고. 동서 부부가 이혼하면 나쓰미 결혼이 더 불리해진다니까 그러네!"

마지막은 찢어질 듯한 목소리였다.

─어떻게 되든 나쓰미는 결혼 못 할 것 같은데요. 지금까지 남자친구가 생긴 적이 한 번도 없었잖아요. 작은어머니인 나한테도 항상 깔보는 태도를 취한다고요. 그렇게 오만불손한 인성을 지닌 못된 아가씨는 지금껏 본 적이 없습니다.

그렇게 말해주고 싶었지만, 하지는 않았다.

"어쨌든 생각을 바꿔주시게나."

아주버니가 이번에는 달래듯이 부드러운 목소리로 부탁했다.

"그 사람도 이혼에 동의했어요."

"그 말은 들었소. 그렇지만 제수 씨가 그리 나오니까 저도 그렇게 말이 나온 게지. 안 그렇소? 이 세상에 정년퇴직을 코앞에 두고 아내와 헤어지고 싶은 남자가 어디 있겠나?"

이야기의 방향을 바꾸고 싶었다. 이혼할지 말지를 이제 와서 다시 문제 삼고 싶지도 않거니와 하물며 시아주버니 부부와 의논하다니, 진짜 싫다.

아니, 잠깐만. 생각하기에 따라서는 절호의 기회라고도 할 수 있지 않을까? 아주버니 부부가 함께 찾아오다니 좀처럼 없는 일이니까.

"그 사람은 집도 예금도 다 자기 거라고 우기고 있어요. 법률에서도 부부의 재산은 절반씩이라고 정해져 있는데 말이죠."

"동서, 지금 무슨 말을 하는 거야? 서방님이 열심히 일해서 번 돈이니 재산은 당연히 서방님 거지" 하고 큰동서까지 남자 편을 들었다.

"저도 계속 일해왔습니다."

"고작 파트타임인 주제에!" 하고 아주버니가 함부로 말을 뱉었다.

"제수 씨 탓에 다카오가 굉장히 쩨쩨한 욕심쟁이처럼 소문이 났단 말이오."

"그 말이 맞는걸요."

"뭐라고?"

당장이라도 때리려고 덤벼들 기세였다.

지면 안 돼, 스미코.

"게다가 가사와 육아도, 시어머니 간병도 저 혼자 도맡아 했고요."

간병이라는 말에 큰동서가 갑자기 시선을 딴 데로 돌렸다.

"말이 안 통하는군. 이런 멍청한 처를 얻어서 다카오가 진짜 고생이구먼."

그렇게 말하면서 내 안색을 슬금슬금 살피고 있다. 일부러 내 화를 부추기려고 하는 듯했지만, 그런 수법에 걸려들 것 같으냐. 내가 화를 내면 역시 여자란 감정적이라 대화가 안 된다느니 뭐니 하는 말을 퍼뜨릴 게 뻔하다. 옛날부터 남자들의 상습 수단이다.

"법률대로 분배해주지 않으면 재판을 할 수밖에 없습니다. 여기저기 변호사에게도 이미 상담했으니까요."

가능한 한 차분한 목소리로 말하자 아주버니의 안색이

싹 변했다.

"장난하시오?"

고함 소리가 방 안에 크게 울렸다.

나는 옛날부터 큰 소리가 무서웠다. 흠칫 놀란 것을 눈치채지 못하게 하려고 가볍게 숨을 들이쉰 다음에, 아주버니를 똑바로 쳐다보았다. 필사적이었다. 여기서 질 수는 없다. 나의 남은 인생이 걸려 있다. 지금 나는 천국이냐 지옥이냐, 그 갈림길에 서 있다.

큰 소리로 호통을 쳐도 겁먹지 않자, 부부는 나를 증오하듯이 쏘아보고는 못마땅한 얼굴로 차를 마셨다.

"어이, 가자고."

아주버니는 찻잔을 거칠게 식탁에 내려놓더니 자리에서 일어섰다.

역시 생각한 대로였다.

자존심이 강한 남편은 이혼하고 싶지 않다고는 입이 찢어져도 말하지 못한 것이리라. 그러고는 허세를 부리고 우스울 정도로 부자 행세를 하고 싶어 하는 남편의 성격이 공을 세웠다. 남들에게서 쩨쩨하다고 여겨지고 싶지 않은 마음 하나인지, 아니면 느긋한 성격의 사촌 다쓰히코가 중재에 나서준 덕인지 빨리 결말이 났다.

남편은 지금의 집에 그대로 살기로 하고 나는 예금을 전액 받았다. 전액이라고 해야 300만 엔이지만.

이혼신고서에 도장을 찍어 관공서에 내자 정말로 맑고 개운한 기분이었다. 그리고 연금 분할 수속도 무사히 끝냈다. 물론 금액은 얼마 되지 않았다.

부동산 회사에 본가 시세를 감정받았더니 600만 엔이었다. 팔 생각은 없지만 만약을 위해 어느 정도 되는지 알아두고 싶었다.

예금 300만 엔은 손대지 않고 두고 싶다. 큰 병에 걸리지 않는 한, 나는 앞으로 20년 정도는 더 살 것이다. 집은 지금보다 더 노후화될 거고 보수 비용이 커질 날이 분명 올 것이다. 그날을 위해서도 대비해둬야 한다. 예금은 없다고 생각하는 편이 좋을 것 같다.

앞으로 조금씩이라도 돈을 모으자.

자, 이제 인생 재출발이다.

그 누구의 인생도 아니다. 한 번밖에 없는 내 인생이다. 두 번 다시 누구에게도 억압받지 않는 생활을 시작한다. 잘난 척 지도받을 일도 없다. 한 가지 한 가지 모든 일을 스스로 판단하고 자유롭게 행동할 수 있다.

♦ ♦ ♦

이혼 후 석 달이 지났다. 전남편을 떠올리는 횟수는 현저히 줄었다. 그런데도 굳이 쓸데없는 말을 전해오는 사람이 끊이지 않았다.

—스미코의 전남편이 걸어가는 걸 봤어. 아주 축 늘어져 있더라.

—건강도 잘 챙기지 못하는 게 분명해. 살이 뒤룩뒤룩하더라고.

그 사람이 잘 지내든 그렇지 않든, 전남편 일 같은 건 알고 싶지도 않았다.

그래도 문득 어느 순간에, 가사 능력이 없는 남편이 대체 어떻게 살고 있을까 하는 생각이 불현듯 머리를 스칠 때가 있다. 그때마다 스스로에게 일렀다. 이제 그 사람 생각은 하지 말자, 그 사람의 문제는 내 문제가 아니다, 그 사람의 인생은 그 자신이 책임질 일이다, 이제 나와는 관계 없는 인간이다, 하고.

지금 나는 행복하다. 결혼 상태였을 때와는 비교도 할 수 없을 만큼 환히 웃을 수 있게 되었다. 그 사실을 남들에게 들을 것도 없이 스스로 알 수 있었다. 남의 비위를 맞추기 위한 억지웃음이 아니라, 저절로 배어 나오는 웃음이다.

속박에서 해방되어 자유를 얻기 위해 용기를 가지고 싸운 것이다.

그리고 그날, 우연히 역 앞에서 남편이 걸어가는 모습을 보았다.

소문대로 꾀죄죄하고 추레해서 더 늙어 보였다. 다음 순간, 가책의 상념이 덮쳐올 것만 같았다. 꼭 내가 인정사정없는 극악한 인간인 것처럼 느껴졌다.

서둘러 가방에 손을 넣어 스마트폰을 꺼내들었다. 허둥대며 메모 앱을 열어 거기에 쓰인 글을 눈으로 좇았다.

나는 노예가 아니다.
나는 누구의 명령도 받지 않는다.
나는 존엄성을 지키며 살아가고 싶다.
그러려면 이혼밖에 없다.

그 문장들을 한참 동안이나 읽었다. 그리고 크게 심호흡을 했다. 기분이 안정될 때까지 몇 번이고 심호흡을 반복했다.

이런 날이 언제까지 계속될까. 전남편을 마주치지 않고 살 수 있는 마을, 전남편 이야기를 듣지 않고 지낼 수 있는 곳으로 이사하고 싶다는 생각이 들기도 했다.

우선 여행이라도 가볼까.

도쿄와 나고야에 다녀온 이후, 텔레비전 위에 놓인 저금통에 여행적립금이라고 부르며 오백 엔짜리 동전을 모으고 있다. 저금통이 가득 차면, 어디로든 떠날 수 있지 않으려나.

일을 하다가 점심시간이 되면 그전처럼 동료들과 함께 수다를 떨면서 도시락을 먹기가 불편했다. 분할 후의 얼마 안 되는 연금액을 지적하고, 이혼 후의 생활은 만만치 않다고 말하고 싶어 하는 여자들이 득시글거렸다. 그래서 재빨리 도시락을 먹고 자리에서 일어나곤 했다.

이혼은 쉬운 일이 아니다. 누구나 괴로움 끝에 결심하는 것이다. 남의 그런 심정을 쑤시고 건드리는 게 뭐가 그리 즐거운 걸까.

"이혼했다면서?"

탕비실에서 도시락통을 씻고 있는데 급식 센터의 경비 아저씨가 들어왔다. 일흔 살 전후쯤 되었으려나.

"나도 말이지, 마눌님이 이혼하자고 해서 옥신각신한 끝에 헤어졌거든. 그때는 진짜 비참한 기분이었지. 집에 돌아가면 전기는 꺼져 있지, 밥도 없지."

무슨 말이 하고 싶은 건지. 일부러 듣기 싫은 소릴 하러 온 건가.

"……그러셨어요?" 하고, 도시락통을 씻는 데 집중하는 척하면서 돌아보지도 않고 무성의하게 대답했다.

"그래도 지금은 괜찮아. 마음이 울적할 때는 일을 열심히 하는 게 제일이지. 일이 있다는 게 이렇게 감사하다고 느낄 날이 올 줄은 몰랐어."

"……그렇습니까?" 하고 말하면서, 돌아보지 않기 위해 젓가락과 젓가락 통을 필요 이상으로 꼼꼼히 닦았다.

"지금은 혼자만의 즐거움을 찾았지. 낚시와 밭 가꾸기야" 하고 경비 아저씨가 웃으며 말을 계속했다.

"가끔은 딸이 찾아와준다우. 의외로 즐거워. 그러니까 여자는 전남편이 어떻게 되든 신경 쓸 필요가 전혀 없다고."

"네?"

나도 모르게 돌아보았다.

"그러니까, 전남편의 인생은 본인이 하기 나름이란 거야. 타인은 멋대로들 말하고 싶어 하지만, 한가한 사람들을 상대하는 건 시간 낭비지."

아무래도 자기 나름의 서툰 방법으로 이혼녀를 격려해주려는 모양이었다.

"남자는 둔감해서 확실히 말해주지 않으면 모른다고 세

상 사람들은 그렇게 말하잖우?"

"……네."

이번에는 질책당하는 기분이 들었다.

부당한 일을 당할 때마다 불만을 말하지 않은 네 잘못이다, 남자가 알아들을 수 있게 설명할 의무를 소홀히 한 게 잘못이다, 라고 말하는 거겠지.

그런 건 듣지 않아도 수없이 생각했다. 젊을 때는 수차례나 말했다. 그래도 남편은 조금도 바뀌지 않았고 사이만 불편해질 뿐이어서 어느새 말하지 않게 되었다.

"말하면 알아줄 거라고 하는 그거, 거짓말이야."

"네?"

"사실은 아내가 일부러 말하지 않아도 남자는 알아. 함께 살고 있는걸. 귀찮은 일은 전부 아내에게 떠맡기는 것도, 아내가 피곤해 녹초가 된 것도 남자는 실은 다 알고 있어. 알고도 모른 척할 뿐이지."

"……고맙습니다."

"어라, 인사를 받을 줄은 몰랐는데."

그렇게 말하며 경비 아저씨는 가린토 만주[29]를 하나 쓰윽 내밀었다.

"이거, 줄게."

---

29 흑설탕을 넣은 반죽에 팥소를 넣은 뒤 기름에 튀겨낸 화과자

"받아도 돼요?"

"내가 주제넘게 참견을 한 값이야."

그렇게 말하더니 머그컵에 녹차를 찰랑찰랑 붓고는 탕비실에서 나갔다.

나도 나이를 먹은 모양이다. 다른 사람의 자상한 배려가 몸에 스미도록 고마웠다. 바로 얼마 전까지만 해도 남의 사생활에 참견하다니 귀찮은 사람이라고 화를 냈을지도 모른다. 남의 마음을 다 아는 것처럼 잘난 척하기는, 하면서.

이 세상 인간의 99퍼센트가 자기밖에 생각하지 않는 쓰레기인 건 틀림없다고 생각하지만, 그 99퍼센트의 사람들에게도 한 조각의 다정한 마음이 있다. 내가 그렇듯이.

이혼 후 한 가지 속상한 것은, 해질녘이 되면 오래 지내온 그 집이 그리워 견딜 수가 없다는 사실이다. 툇마루에서 바라보던 나무들, 석양이 드리우던 부엌, 거실 소파, 2층의 재봉틀방, 비닐 풀장을 꺼내 어린 딸들이 물놀이를 하던 여름날의 마당, 그때의 웃음소리, 그 광경을 멀찍이서 바라보던 이웃집 고양이 두 마리.

간절히 그 광경이 떠오를 때면 혹시나 내가 엄청난 잘못을 저지른 게 아닐까 하는 생각이 들 때가 있다. 그대로 참고 견디면서 남편과의 생활을 계속했더라면 그 집에 있을 수 있었을 테고, 세상 사람들의 주목을 끌지 않고서 조용히 살아갔을 것이다.

그런 생각에 후회가 밀려오려고 할 때마다 고교 시절의 스미코가 모습을 드러내어 타이르곤 했다.

—이건 새로운 일을 시작할 때의 고통이야.

—이 상황에 익숙해져 강해지는 수밖에, 이제 다른 길은 없어.

그래, 사실은 알고 있었다. 시간이 해결해준다는 걸.

그것을 알 정도로, 나는 어른이 되었다.

오늘 저녁은 여자친구들 모임이었다.

참석할 거라고 말하자 지즈루가 엄청나게 반대했다.

—사요코 스피커의 먹잇감이 될 뿐이야. 말이 부풀려져서 마을에 소문이 돌 게 뻔해.

하지만 나는 미사오 어머니의 방식을 따라 하기로 마음먹었다. 남들이 이래저래 탐색하기 전에 자신이 먼저 당당히 말하면 된다.

겨우 해방되었으니 이제는 정정당당히 살아갈 것이다. 거짓말을 하지 않아도 되는 생활을 하는 거다. 환갑이 가까워진다. 젊었을 무렵에 내가 그리던 어른의 이미지에 조금이라도 다가서고 싶었다. 이 세상의 기쁜 일, 슬픈 일 다 경험해서 말이 통하고 의지할 수 있는 할머니를 꿈꾸는 거다. 괜한 폼 잡지 말고 솔직하게 살아가자. 나답게 지내고 싶다.

확고한 자신의 신념을 갖춘 여자, 남의 의견에 현혹되어 우왕좌왕하지 않는 심지 굳은 여자, 남자들의 영혼 없는 말에 일일이 상처받거나 우울해하지 않는 강인한 여자. 그런 여자가 되는 거다, 나는.

그런 결심을 새로이 하면서 이자카야에 도착했다.

아직 5분 전인데 이자카야의 룸에는 이미 사요코, 히로에, 아야노 세 명이 모여 있었다. 늘 습관적으로 지각하는 아야노까지 와 있다니 놀랄 일이다. 그리고 말없이 조용히 있는 모습도 생소했다. 평소 같았으면 얼굴을 마주 본 순간에 수다가 시작되어 끼어들 틈도 없었는데.

지즈루는 조금 늦게 온다고 했다. 퇴원한 지 얼마 안 되었기에 무리하지 않아도 된다고 사요코가 말했다는데, 지즈루는 반드시 오겠다고 답했다고 한다.

마실 것과 안주를 내려놓고 점원이 방에서 나갔다.

건배를 마치자 맞은편에 앉았던 사요코가 몸을 앞으로 쑥 내밀었다.

"스미코, 그 후로 어떻게 지냈어?"

내가 대답하기도 전에 아야노가 거듭 물었다.

"사요코한테서 들었는데, 폭력도 바람도 도박도 없었다며?"

"그렇지 뭐. 적어도 폭력은 없었어. 바람은 피웠는지 아닌지 전혀 모르겠고."

"아내가 모르는 거면 바람은 안 피운 거지" 하고 아야노가 단언했다.

"맞아. 아내는 남편의 외도에는 민감하거든. 현관을 들어설 때의 분위기만으로 안다니까. 마음이 여기에 없다는 느낌" 하고 경험이 있는지 사요코도 단정지었다.

"그럼 스미코, 왜 이혼한 거야?" 하고 히로에가 물었다.

"싫어져서" 하고 간단명료하게 대답하자 모두 몸이 굳은 듯, 다시 자리가 조용해졌다.

"……그렇구나. 뜻밖의 대답이지만 알기 쉽네" 하고 히로에가 침묵을 깼다.

"싫어서 헤어져? 그래도 된다면…… 나도 벌써 헤어졌지" 하고 아야노가 불만스러운 듯이 말했다.

"솔직히 말할게. 지금 나 엄청 충격받았어" 하고 히로에가 말을 계속했다.

"우리 모임 때마다 모두 남편 흉보기 대회를 하면서 스트레스를 풀었잖아? 나뿐만이 아니다, 모두 고생하고 있다, 모두 참고 사는 거야, 그러니까 나도 더 힘내야지. 그렇게 용기를 얻을 수 있어서 이 모임에 오는 게 낙이었어. 그런데…….”

“나도 히로에랑 완전 똑같은 기분이야” 하고 아야노가 말했다.

“지즈루의 경우는 폭력 남편이었으니까 이혼하는 게 당연하다고 생각하지만, 스미코 남편은 우리들 남편이랑 똑같은데, 스미코만 참는 걸 그만두고 혼자 빠져나갔다니.”

“왠지 나, 아까부터 이상하게 초조해. 이대로 괜찮은 걸까 하고. 나만 남겨진 것 같은 느낌이 들어” 히로에가 그렇게 말하더니, 술잔에 든 사케를 쭉 들이켰다.

“실은 나도 그래. 여자는 모두 참고 살면서 남편이랑 평생 해로하는 게 당연하다고 생각했거든” 사요코는 그렇게 말하고 튀김 두부를 젓가락으로 자르며 말을 이었다.

“난 남편이 가업을 이은 주류 판매점 일을 돕고 있을 뿐이고, 파트타임 일을 해본 경험도 없어서, 이 나이에 경제적으로 자립하는 건 무리니까.”

“무슨 말을 하는 거야? 사요코는 연립주택을 한 동 받으면 되는 거 아냐? 부러울 정돈데” 하고 히로에가 말했다.

“문제는 돈뿐만이 아니야. 사실 나는, 혼자서 세상을 살아갈 배짱이 없어” 하고 아야노가 말했다.

“응, 그렇지. 나도 그런 배짱 없어. 가족 중에 적어도 한 명은 남자가 있어야 세상 사람들이 얕보지 못하니까" 하고 히로에도 동조했다.

나도 오랫동안 그렇게 생각해왔다. 하지만 그건 착각이 아니었던가. 세뇌라고 바꿔 말해도 좋을 정도다. 정말로 우리 여자들은 그 정도로 약한 존재인가.

애초에 세상을 살아갈 배짱이란 건 구체적으로 무얼 가리키는가. 평소 이웃이나 친척들 간의 교류 같은 번거로운 일은 전부 아내의 몫으로 돌아왔다. 비난이나 공격을 받는 맨 앞에 서게 된 사람은 남편이 아니라 늘 아내인 우리들이었다. 우리 전 부부의 경우를 말하자면 혼자서 세상을 살아갈 수 없는 건 내가 아니라 오히려 남편이다. 다시 말해, 여자가 약한 게 아니라 남편이 없는 여자를 깔보는 풍조가 있는 것뿐이다.

"무슨 말이야? 내가 특별히 강한 사람일 리 없잖아" 하고 말해보았다.

"남편이 먼저 세상을 떠난 할머니들을 봐도 알 수 있는걸. 모두 잘 살아가고 있어. 우리 엄마도 아버지가 돌아가신 후에 즐겁게 지내셨거든."

"스미코, 그건 다르지. 세상 사람들은 남편을 먼저 보낸 여자에게는 따뜻하다니까. 남편을 끝까지 돌봤다는 훈장도 있고 말이야" 하고 아야네가 말했다.

"이런저런 생각을 해봤는데" 하고 사요코가 아야노의 술잔에 술을 따르면서 말했다.

"인간은 각자 인내의 한계점이 마음속에 있는 거 아닐까. 그 한계점이 스미코나 미사오의 경우는 낮은 거지. 그러니까 두 사람 다 이혼한 거라고 생각해."

"역시 분석가네" 하고 아야노가 감탄했다는 듯이 말했다.

"사요코는 옛날부터 인간 관찰의 천재였으니까" 하고 히로에도 치켜세웠다.

그러자 사요코가 작은 콧구멍을 벌름거리며 여느 때의 득의양양한 표정이 되어 말을 계속했다.

"스미코는 고등학교 때부터 미사오랑 사이가 좋았잖아. 옛날부터 두 사람은 닮은 데가 있었어. 미사오가 이혼했다면 역시 스미코도 이혼하는 거지."

"그렇군" 하고 아야노가 크게 고개를 끄덕였다.

"그러고 보니, 두 사람 다 고교 시절부터 남자들한테 잘 보이려고 아양을 떨거나 그러진 않았잖아."

아양을 떠는 여자가 된다는 건, 젊을 때는 상상도 하지 못했다. 하지만 그렇게 하지 않으면 여자가 살아가기는 어렵다는 것을 취직하고 나서 질리도록 잘 알게 되었다.

그리고 마침내, 나는 아양을 떤다는 음습하고 굴욕적인 연기에서 해방되었다.

"스미코는 얌전했지만 고등학생 때부터 자기 의견이 확실했어."

"그럴지도 몰라. 문화제에 출품할 작품을 결정할 때도 남학생들한테 기죽지 않고 자기 주장이 분명했지."

"듣고 보니 그랬네. 지금 생각났어."

본인을 제쳐두고 셋이서 마음대로 이야기를 이어나가고 있다.

"독신 시절에 좀 더 남자 보는 눈이 있었다면 얼마나 좋아. 그러면 그런 제멋대로인 남자랑은 절대로 결혼하지 않았을 텐데."

사요코가 소주에 탄산수를 탄 음료에 레몬을 짜 넣으며 말했다.

"그건 서로 마찬가지 아냐? 피차일반이잖아. 오래 같이 산 아내한테 싫증이 나는 건 남편 쪽도 똑같지."

"아야노! 그건 아니지. 피차일반이라니."

나도 모르게 큰 소리를 내고 말았다. 모두 놀란 듯 손을 멈추고 내 쪽을 바라본다. 그래도 개의치 않고 제멋대로 입이 움직였다.

"싫증 나는 거랑 싫어진 건 전혀 달라."

언제까지고 이 세상은 남성 우위다. 그런 사회 구조 속에서 남자와 여자가 피차일반인 게 하나라도 있을까.

주인님과 하녀가 '피차일반'이라고? 그런 간편한 한마디로 끝내려 한다면, 참을 수 없다. 그런 말에 절대로 속고 싶지 않다.

"스미코, 왜 그래? 그렇게 큰 소리를 내고. 너 뭔가 분위기가 달라졌어" 하고 히로에가 말했다.

"달라진 거 없어. 원래대로 돌아갔을 뿐이야."

존엄성이 있는 나 자신으로 돌아간 것이다. 고교 시절의 내 모습으로.

"원래 남자와 여자 한 쌍은 대등한 관계가 아니잖아. 남자는 주인님의 위치에 턱 앉아서 여자를 복종시키지. 그게 결혼의 구조야."

다음 순간, 무거운 긴장감이 돌았다.

"그런 어려운 말을 해도, 우리 같은 애들은 잘 몰라" 하고 아야노가 부루퉁하게 말했다.

"전혀 어려운 게 아니잖아. 남자는 경제력과 사회의 지배력을 독점해서 여자를 내리누르고 있어. 애초에 부부도 처음부터 자립한 인간끼리의 조합이 아닌 거지."

"스미코, 왠지 좀 무서워. 이혼하고 나서 굉장히 기가 세진 것 같아. 그러다가는 여자다움이 사라질 거야" 하고 아야노가 위협하듯이 말했다.

"여자다움? 어이가 없네" 하고 내뱉었다.

이미 세뇌에서는 풀려났다. 남자답다는 말에는 긍정적인 이미지가 있다. 강하고 총명하며 판단력이 있다. 모두 좋은 뜻뿐이다. 하지만 여자답다는 말은 다르다. 끊임없는 애교, 상냥한 웃음, 조심스러운 태도, 깊은 배려. 그런 걸 언제나 어디서나 요구받는다. 변변한 뜻이 없다. 한마디로 여자는 주제넘게 나서지 말라는 의미다.

이제 곧 있으면 환갑이다. 인생은 얼마 남지 않았다.

타인에게 무슨 말을 듣든, 무슨 말이 퍼지든 상관없다.

최근에서야 진심으로 그렇게 생각하게 되었다. 그래서 어제는 급식 센터의 센터장에게 직접 담판을 지으러 갔다. 과일 자르는 방법을 부르는 명칭을 바꿔주길 바란다고.

—당신의 제안, 굉장히 좋아요. 지금까지 이렇게 복잡하게 부르고 있었다니 깜짝 놀랐습니다. 다음 달 식단표부터 빨리 변경합시다. 영양사에게 지시해두죠.

마음을 단단히 먹고 센터장실의 문을 두드렸던 터라 맥이 풀어지고 말았다.

어느 사이엔가 시대가 바뀌고 있는 것 같다. 고베에서 새로 막 부임해온 센터장은 40대 독신 여성이다. 말투가 부드럽고 웃는 모습이 상냥해 보여서 어차피 무사안일주의자겠지 하고 내 마음대로 단정짓고 있었지만 겉보기와는 달리 결단이 빨랐다.

―그런 제안은 대환영이니까 언제든 찾아와주세요.

그 한마디로, 비로소 파트타임 일에 자긍심을 갖게 되었다.

"나 말야, 강해진 게 아니야. 고등학교 때의 정의감 넘치던 올곧은 나 자신으로 돌아온 것뿐이야. 원래의 나로 돌아왔을 뿐이라고."

얼마나 먼 여정이었던가. 원래대로 돌아올 뿐인 일에 30년이나 걸렸다.

깨닫고 보니 분위기가 또 조용해져 있었다.

"한마디로 넌 잘했다는 거네?" 하고 히로에가 말했다.

다들 이혼에 찬성할 수 없는 듯했다. 나 역시 더 이상 설명할 생각은 들지 않았다.

"지금쯤 스미코의 전남편은 곤란하지 않을까?"

어느새 아야노의 눈이 심술궂은 표정으로 바뀌어 있었다.

"나하고는 관계없어. 이미 타인이니까."

아무렇지도 않은 얼굴을 가장해 말했지만, 사실은 동요하고 있었다.

"스미코, 차가운 사람이었네" 하고 아야노가 말했다.

"놀랐어. 오랫동안 함께 살았는데. 인간이란 슬픈 존재야."

히로에의 말투에 기분이 상했다.

—그런 종류의 정은 폐해밖에 안 된다고 봐.

문득 린다의 말이 떠올랐다.

그랬다. '정'의 폐해에 휘말리지 않도록 조심해야 했다.

"남편분, 분명 고생하고 있을 거야. 빨래라든지 밥이라든지. 반상회 회람판도 있고 말이지."

그 말이 너무도 의아해서 아야노와 히로에를 쳐다보았다.

—빨래와 밥과 회람판 때문에 너희들은 결혼 생활을 계속하는 거니?

여자들이 모이면 반드시 남편 흉보기 대회가 열리곤 했다. 모두 같은 고생을 하고 있다. 그래서 이혼한 데 공감을 얻을 거라고 생각했지만 아무래도 내 생각이 안일했던 것 같다. 여기에 있는 부자유한 여자들은 자유를 얻은 여자를 질투하고 있다.

부자유하지 않으면 친구가 될 수 없다.

그렇게 말하고 있다.

이제 이 모임에 나오는 건 그만둘까. 이 세 명과 나 사이에는 보이지 않는 벽이 있다. 이미 다른 세계에 살고 있다.

"그렇게 헤어진 상대를 걱정하는 건 여자뿐이야. 전남편이 헤어진 전처의 생활을 걱정해줄 거라고 생각해?" 하고 시험 삼아 물어보았다.

"그야 걱정하겠지" 하고 아야노가 말했다.

"그렇지 않아. 남자는 보살핌을 받는 측이니까, 전처 걱정 같은 거 하지 않아" 하고, 뜻밖에도 히로에가 똑 부러지게 반론했다.

사요코는 아무 말도 하지 않는데, 어떻게 생각하는 걸까. 사요코에게 시선을 돌리자 의견을 묻는다는 걸 눈치챘는지 젓가락을 내려놓고 말했다.

"우리 남편이 자주 하는 말이 있어. 여자들은 걸핏하면 자기가 피해자라고 주장한다고."

"아, 그거, 우리 남편도 항상 그렇게 말해. 남자도 고생하고 있는데 그것도 모르는 바보냐고."

어느 시대나 그렇다. 백인 대 흑인, 서구인 대 아시아인, 선진국 대 개발도상국, 그리고 남자 대 여자…….

손꼽자니 끝이 없다.

자신이 우위라고 생각하는 자는 항상 말한다.

―피해자 코스프레 하지 마.

―분하면 추월해봐.

"유연성이라고 해야 하나, 인생에는 타협이 필요하다고 생각해" 하고 히로에가 말했다.

"가정에서 여자의 역할은 크잖아. 가족의 윤활유가 되는 건 여자뿐이니까" 하고 사요코도 말했다.

"남편분, 고생할 거야, 분명" 아야노가 한마디 더 거들면서 내 쪽을 흘끔 쳐다봤다.

이혼한 것을 후회하게 하려는 것 같다. 뒤집어 말하면, 그 정도로 부러운 걸까. 아니면 이혼했으니 내 신분이 낮아졌다고 여겨 얕보고 있는 걸까.

"이대로 괜찮겠니? 남편이 불쌍하지도 않아?" 하고 히로에가 물었다.

어처구니가 없다.

남편이 생활에 곤란해하는 만큼, 아내는 자신의 자유를 깎아내며 살아온 것이다.

"어쨌든 나는 남편의 하인으로는 돌아갈 수 없어. 지금은 그 누구의 하인도 아니라서 행복해."

누구든 지배받는 건 싫기 마련이다. 하지만 이제 더 이상 말하지 말자. 얘기가 통할 것 같지 않다. 그래서 화제를 바꿨다.

"그러고 보니 지즈루가 늦네. 어떻게 된 거지?"

그때 "기다렸지?" 하고 밝은 목소리를 내며 지즈루가 들어왔다.

"아, 지즈루? 분위기가 확 달라졌네?" 하고 아야노가 말했다.

"못 본 사이에 피부가 좋아진 건가?" 하고 히로에도 거들었다.

"비행기 태워도 아무것도 안 나와" 하고 지즈루는 마치 10대 소녀처럼 쾌활하게 웃었다. 이토록 해맑게 웃는 얼굴을 보는 건 오랜만이다.

"달라진 게 아니라 본래의 지즈루로 돌아온 것뿐이야" 하고 사요코가 말을 계속했다.

"농구부 주장 지즈루로 돌아왔어. 누구의 노예도 아닌 지즈루로, 당당하고 발랄한 지즈루로…….'"

사요코가 말을 잇지 못하고 아래를 내려다봤다. 모두 깜짝 놀라 덩달아 울음이 나오려고 해 이를 악물었지만 나는 끝내 참지 못했다. 눈물 한 방울이 툭 떨어졌다.

"모두 고마워. 어차피 경찰을 부를 거면 30년 전에 불렀으면 좋았을걸, 하고 후회하고 있사옵니다."

지즈루가 익살스러운 말투로 너스레를 떨었다.

"하지만 이제 괜찮아. 지금은 늘 신나고 행복한 기분이야."

하루는 결코 24시간이 아니다.

이혼하고 나서 처음으로 생각한 것은 바로 이거였다.

시간이란 게 신기한 생물처럼 길어지기도 하고 짧아지기도 한다는 것을, 예전에는 알지 못했다. 그렇게나 시간이 부족해서 항상 시간에 쫓기며 살았는데, 지금은 느긋하게 시간이 흘러가고 있다.

저녁 식사와 목욕을 마친 뒤에, 엄마의 기모노를 뜯어 에이프런이나 방석 커버를 만드는 게 매일 저녁의 즐거움이 되었다. 그리고 입문서를 한 손에 들고 일본 단시 하이쿠[30]를 짓는 두뇌 훈련도 하고 있다.

그렇지만 급식 센터에서의 일을 시급이 높은 이른 아침 조로 바꿨기 때문에 저녁 8시가 지나면 졸리다. 매일 새벽 4시 반 출근이므로 세수만 하고 화장도 하지 않은 채 요구르트를 한 입 먹고 나서 바로 집을 나선다. 새벽 출근 때는 근거리라도 자동차 출퇴근이 허용되기 때문에, 낡긴 했지만 애마인 경차를 운전해 출근할 수 있다는 것도 이점이었다. 그리고 무엇보다 오후 1시가 지나면 집에 돌아올 수 있어서 정말 좋다.

아니 그보다, 뭐니 뭐니 해도 남편의 밥을 생각하지 않아도 되는 생활을 할 수 있다니 꿈만 같았다. 아침 일찍 일어나 밥과 된장국을 만들 필요도 없다. 휴일 전날 밤에는 심야까지 책에 빠져서 읽고, 다음 날 아침에는 늦게까지 잠을 자도 아무에게도 불평을 들을 일이 없다.

엄마가 돌아가신 후의 본가는, 처음에는 텅 비어 쓸쓸한 기분도 들었지만, 여기저기에 엄마의 체취가 남아 있어

---

30 5·7·5의 3구 17자로 구성된 일본의 단시(短詩). 주로 계절이나 자연을 소재로 하는 서정시이다.

지금도 함께 살고 있는 듯했다.

나의 생활 패턴에 맞게, 생각날 때마다 조금씩 가구의 배치를 바꾸고 있다. 집 구석구석까지 정성껏 청소하고 홈센터에 가서 벽지와 문에 바를 종이를 사와서 새로 발랐다. 종이가 밀려서 틀어진 부분도 있지만 초보자치고는 잘한 거라고 생각하기로 했다.

현관도 거실도 들꽃으로 장식하고, 물건은 최대한 적게 두어 깔끔하게 정리하고 있다. 어차피 혼자라면 어지럽힐 일도 없다. 그리고 무엇보다 누구의 눈치도 보지 않고 아무 때나 집에 친구를 부를 수 있게 되었다.

지즈루는 이혼 후 본가로 들어가 어머니와 함께 지내고 있는데, 바나나 케이크를 구웠다고 하면서 이따금 가지고 온다.

사요코나 아야노, 히로에도 부르고 각자 반찬이며 마실 것을 가져오게 해 적은 비용으로 모임을 열려고 계획 중이다. 그 친구들하고는 사고방식에 차이가 있고 대화를 나누다 보면 넌더리 날 때도 있지만, 그래도 익숙해져 있다. 그녀들의 생활은 나에겐 이미 과거가 되었다. 아무리 비참한 결혼 생활이라도 이혼해서 가난하고 불안하게 혼자 사는 것보다 더 낫다고 생각하는 사람도 있기 마련이다. 나 역시 얼마 전까지만 해도 그렇게 생각하지 않았는가. 사람에게는 다양한 가치관이 있다. 자신과 다르다고 해서 부정한다면 이 시골 마을에서는 고독에 빠지게 된다.

게다가 의외로 모두 나를 상냥하게 대해준다. 내 가난한 생활을 걱정하고 있는 듯, 연말에 받은 인스턴트 커피라든지 마당에 열린 유자나 수제 잼 같은 것을 가져다주기도 했다.

고교 때부터 오래 만나왔기에 근본은 선하다는 것도 잘 알고 있다. 이제 나이도 지긋하겠다, 너무 멀지도 가깝지도 않은 관계를 유지해나가면 된다고 생각하게 되었다.

이혼하고 나서 나 스스로 예전보다 '좋은 사람'이 된 기분이 들 때가 있다. 사소한 일로 질투하지도 않게 되었고 무엇보다 타인과 자신을 비교하지 않게 되었다.

그리고 예상했던 대로, 생활비도 크게 줄었다. 전남편의 낭비로 짜증이 나는 일도 없어졌고, 오직 내 판단만으로 돈을 쓸 수 있는 행복을 맛보고 있다. 내가 좋아하는 음식을 맘껏 만들어 먹는 행복도 있다.

지금은 급식 센터의 파트타임 일자리 수입으로 그럭저럭 살아가고 있지만, 저축을 거의 할 수 없는 게 고민이었다. 그 고민을 상담하자 사요코가 주 1회의 일자리를 소개해주었다. 고령자 집에 가서 저녁을 만들거나 청소를 하는 일인데, 마음을 써야 해서 힘들 때도 있지만 꽤 쏠쏠한 용돈벌이도 되고 다양한 부부 관계나 가정의 모습을 볼 수 있어서 즐겁다. 운전하는 게 좋아져서 백중날[31]이나 연말 시즌에는 택배 배달원 아르바이트도 하려고 생각하고 있다.

지즈루는 도시락 배달일뿐만 아니라 최근에는 식물점에 근무하면서 정원사 일도 하기 시작했다. 예전에 스포츠 우먼이었던 만큼, 늘씬하고 키가 커서 멀리서 봐도 꽤 멋있다.

그날 저녁, 귤껍질을 까면서 텔레비전을 보고 있었다. 오늘 일하러 다녀온 고령자의 집에서 잔뜩 나눠준 귤이다.

그때 가나에게서 메시지가 왔다.

「엄마, 잘 지내? 다음 달에 소타 학예 발표회가 있는데 보러 오실래요? 좁지만 우리 집에서 주무셔. 몇 박이든 좋으니까. 지난번에 엄마가 다녀간 후로 애 아빠 태도가 달라졌어. 무슨 심경의 변화인지, 아침에 소타를 어린이집에 데려다주고 있어. 나는 아침에 여유가 생겨 살 것 같아. 이 사람한테는 비밀인데, 최근에 난 출근 전에 역 앞에 있는 카페에 들르기도 해. 엄마가 와준 덕에 집안 분위기가 달라진 것 같아. 학예회 끝나면 기시멘 정식이 아주 맛있는 가게로 안내할게요. 언니도 시간이 되면 오겠다고 했으니까 소타를

<hr>

31 음력 7월 15일로 전통적인 보름 명절의 하나

애 아빠한테 맡기고 셋이서 나고야성도 보러 가요.」

몇 번이나 다시 읽었다. 너무도 뜻밖이어서 여우에게 홀린 것 같았다.

그날 아침, 카페에서 그렇게도 당돌하고 무례했던 사위 요스케가 마음을 바꿔줄 거라고는 꿈에도 생각하지 못했다.

"이봐, 요스케!" 하고 아무도 없는 방에서 소리 내어 거들먹거리는 말투로 불러보았다.

"현시점에서는 합격으로 해둘게. 왠지 수상쩍지만 말이야. 언젠가 불시에 찾아갈 거니까 방심하지 말라고."

그런 후에 엄마의 문갑에서 편지지를 꺼내 미사오에게 편지를 썼다. 평소에는 휴대폰으로 메시지를 보냈지만 오랜만에 손편지로 쓰고 싶어졌다. 중학교와 고등학교 시절에 교환일기를 쓰고 편지를 주고받던 추억이 정겹게 떠올랐다.

미사오에게.

지금까지 조언해줘서 고마워.

이혼은 내게는 불행을 의미하는 게 아니라, 회생시켜주는 거였어. 누구에게도 지배받지 않는 생활은 상상했던 것보다 훨씬 근사해. 남편의 존재가 주는 중압감으로부터 벗어나고 나니 새삼 알게 되었어. 지금은 몸도 마음도 가볍고 자유로워졌어.

별거와 이혼은 완전히 다르네. 우리 엄마 집에서 지내던 때에도 남편의 기척이 없어서 상쾌한 기분이었지만, 이혼 후의 개운한 기분은 비교할 수도 없어.

그렇게도 까다롭고 거만하고 편식도 심한 데다 자기 외에는 전부 바보라고 생각하는 남자랑 용케도 30년 이상을 살아왔네. 항상 두터운 비구름이 드리워져 있는 것처럼 답답하고 괴로운 결혼 생활이었어. 혼인신고서, 그 종이 한 장으로 이렇게 오랜 세월을 속박되어 살아왔다니. 그곳에서 탈출하는 일이 왜 이렇게나 어려웠을까. 지금에 와서는 그걸 이해할 수가 없어.

좀 더 빨리 헤어졌으면 좋았을걸. 그런 생활을 오로지 참으면서 인생을 헛되이 보내고 말았어. 인생의 귀중한 시간뿐만 아니라 건강한 정신까지도 말이야.

지금 생각하면, 아이들 나이에 상관없이, 아이들이 어렸을 때라도 한 발짝 앞으로 내디디려고 생각했다면 가능했을 거고 그렇게 했어야 했어. 왜 그러지 못했을까. 그건 분명히, 당시는 인생이 짧다는 걸 실감하지 못한 데다 주위의 시선이 신경 쓰여서 자신을 소중히 여기는 가장 중요한 감정을 마음속에서 키우지 못했기 때문일 거야.

언제나 잘난 척하면서 아내를 억압하는 주제에 일상생활에서는 어린아이처럼 아내에게 보살핌받는 게 당연하다고 생각하는 그 인간이 없는 생활은, 말로 다 표현할 수 없을 정도로 행복해. 고등학교 시절의 나를 겨우 되찾은 거야.

남편은 자신의 인생을 눈치 보지 않고 살아가지만, 아내는 자신을 죽이고 남편의 눈치를 보면서 살아가야만 해. 일 년에 단 몇 번, 널어놓은 빨래를 걷어주는 정도의 일에 수없이 고맙다는 말을 하고 마치 빚이라도 진 것 같은 느낌을 받았던 일이 지금은 믿어지지가 않아.

결혼은 수많은 아내에게 비극의 시작이야.

그렇지만 지금은 남편에 대한 증오가 왠지 사라졌어. 증오는커녕 감사한 마음마저 들어. 오랜 결혼 생활을 경험해왔기에 그야말로 많은 지혜가 생기고 현명해진 것도 사실이고, 인내와 고통과 굴욕은 지금 나의 능력과 자신감으로도 이어져 있어. 감사라는 표현을 쓰기는 아이러니하지만.

그리고 나의 내면에서 다른 누군가에게 의지하던 마음이 사라진 것 같아. 지금까지 남편에게 기대왔다고는 생각도 하지 못했기 때문에 약간 놀라고 분하기도 해. 하지만 그건 아마 상대가 남편이든 친정엄마든, 내 신변에 위급한 일이 생길 때 동거인에게 의지하고자 하는 마음 정도였을 거야.

지금은 온전히 혼자니까 정말로 단단히 정신 차려야겠
어. 그래서 평소의 나답지 않게 누구에게나 상냥하게 대
하고 호감을 주는 사람이 되려고 노력하게 된 거야.

마을의 소문과 사람들의 시선은 생각했던 것만큼 신경
쓰이지 않아. 내 인생의 남은 시간이 줄어든 지금, 즐기
는 자가 이기는 거라고 진심으로 생각하니까.

어차피 사람은 모두 언젠가 죽게 되고 말이지. 만약 이혼
하지 않고 그 생활을 죽을 때까지 계속했더라면 어땠을
까, 하고 상상만 해도 오싹해져.

약속대로 다음 주에 도쿄로 놀러 갈게. 저렴한 호텔도 예
약해놨고 특가 항공권도 끊어놨어.

인생 짧으니까 즐겁게 지내야지.

마지막으로 한마디.

이혼은 내 훈장이야.

왜, 내 말이 틀려?

(끝)

모든 선택은 존중받아야

어머님은 짜장면이 싫다고 하셨다는 노래를 들으며 가슴 울컥했던 사람이 많을 것이다. 세상의 많은 어머니들은 왜 닭 다리를 싫어하고 생선 머리를 좋아하시는 걸까.

산타클로스의 비밀을 알아버리는 나이보다 어머니의 비밀을 알아차리는 나이가 훨씬 더 나중이겠지만, 늦게나마 이렇게 어머니의 마음을 알게 된 철든 자식들은 비로소 어머니가 '싫어하시던 음식'을 챙겨드리게 된다. 그런데 그런 어머니 옆에는, 늘 앞에 놓인 생선의 알찬 가운데 토막과 토실한 닭 다리를 집어 들면서도 아무런 의문이나 미안함을 느끼지 못하는 아버지가 있었다. 그 아버지가 평생 단 한 번이라도 닭 다리를 아내에게 양보해본 적이 있을까.

누군가 당연한 듯이 누리는 편안함과 행복은 누군가의 배려와 양보 덕이라는 사실을 잊지만 않아도 인간관계는 한결 숨통 트이고 편안해질 것이다. 더구나 내 가까이에 있는 소중한 사람의 사랑이라면 꼭 한 번 되짚어볼 일이다.

나도 이제 음식 분배를 어머니에게 맡기지 않는다. 먼저 닭 다리를 집어 어머니에게 내밀고, 오늘도 역시 사양하는 어머니 앞에 고집스럽게 놓아드린다. 그러면 잠시 뒤 혼잣말처럼 들려오는 아버지 목소리. "아, 퍽퍽해."

ㅡ저기요, 아부지. 평생 드셨으면 됐잖아요.

물론 속으로만 외칠 뿐이지만.

친구로부터 남편이 세상을 떠났다는 상중엽서를 받고 놀란 주인공 스미코의 마음속에 가장 먼저 솟아난 감정은 "…… 부럽다"였다.

다소 충격적인 단어로 시작된 이 소설은, 한마디로 꽤 리얼하다.

웃지도 울지도 못할 이 강렬한 한마디에 사로잡힌 순간부터 나는 책 속으로 빠져들었고, 스미코와 함께 울고 웃는 번역, 아니 생활이 시작되었다. 마지막 장을 덮고 났을 때 스미코는 이미 책 속 글자로 각인된 주인공이 아니라 내 곁에 함께 살아가는 친구가 되어 있었다. 주말에 예쁜 카페에서 만나 커피 한잔 앞에 놓고 수다를 떨고 싶을 정도로, 소설 속 주인공을 만나고 싶기는 처음이다.

58세의 평범한 주부 스미코는 그 시대 우리네 엄마들이 대부분 그랬던 것처럼, 결혼과 출산을 계기로 다니던 직장을 그만두고 전업주부가 되어 남편과 아이들을 돌보며 가정을 건사하고 자신의 일은 뒷전으로 돌리는 전형적인 '여자의 삶'을 살아왔다. 아이들이 어느 정도 크고부터는 파트타임으로 일하며 돈도 벌지만 가사와 육아에는 손 하나 까딱하지 않으며 가부장적이고 이기적인 남편에게서 무시와 굴욕을 느끼던 생활에 환멸과 한계를 느끼고 오롯이 자신만을 위한 '자유'를 꿈꾸게 된다. 그 자유를 위한 선택이 주인공에게는 '이혼'이었다.

시대가 많이 달라졌다고는 하지만 요즘 젊은 여성들이 겪고 느끼고 있는 현실과 크게 다르지 않을 것이다. 여전히 결혼과 출산으로 인한 경력 단절, 독박 육아, 꿈꾸던 이상과는 다른 결혼 생활의 현실과 남편과의 갈등으로 힘들어하는 젊은 세대가 분명히 존재한다. 지금 이 순간에도 그들은 무거운 가슴을 쓸어내리며 아파하고 있을지 모른다.

이 소설은 50대 여성이 주인공이지만 우리네 어머니, 누이, 친구 그리고 나의 이야기이며 너무도 생생한 우리의 삶이다. 각자 다른 사고관으로 다른 선택을 하고 다른 삶을 살아가는 여러 등장인물을 통해 자신을 투영해보고 돌아보며, 각자가 안고 있는 고민과 갈등의 실마리를 찾을 수 있지 않을까.

특히 남성들이 많이 읽어봤으면 싶은 이야기다. 어머니의 삶을 떠올려보고 아내(또는 여자친구)의 입장도 되어보고, 또 아버지가 되어 딸들의 미래를 그려보면서 어떤 아들, 어떤 남편, 어떤 아버지가 되고 싶은지 한 번쯤 생각해본다면, 여러 역할을 어떻게 해나가야 할지 막막하던 마음에 자그마한 힌트가 될 수 있을 것이다.

저자 가키야 미우는 결혼난, 저출산, 고령화, 재해, 주택 대출 등 현실에서 우리가 마주치고 있는 사회 문제를 특유의 유머러스한 감성과 날카로운 시선으로 너무도 리얼하게 풀어내는 작가로 유명하다. 무엇보다 생생한 인물 묘사와 거침없고 솔직한 대사로 우리가 차마 꺼내놓지 못한 속내를 그대로 저격하면서 좋은 의미로든 나쁜 의미로든 사람들이 늘상 쓰고 살아가는 가면을 거침없이 벗겨내고 좀 더 솔직하게 자신과 마주할 수 있는 계기를 만들어준다. 현실에 있을 법한 인물상과 삶의 고민들을 여러 각도에서 샅샅이 작품에 투영하여 심경 변화와 감정선을 섬세한 필치로 그려내고, 불합리한 현실을 기발한 상상력으로 유쾌하게 꼬집는다. 그래서 현실 세계에서 살아가는 인물들의 고민과 갈등, 사회의 모순을 사실감 있게 묘사하며 건드리는데도 거북하거나 불편한 느낌이 들기는커녕 때로는 시원하게, 때로는 찡하게 파고드는 매력이라니!

가키야 미우 작가의 책을 여러 권 읽고, 드라마 또는 영화화된 작품을 보면서 그의 매력에 빠져, 언젠가 이 작가의 책을 꼭 번역하고 싶다는 소망을 품었던 것을 고백한다. 그리고 작은, 아니 이 큰 소망은 어느 날 《이제 이혼합니다》라는 이 작품으로 내게 찾아오면서 이루어졌다. 주인공에게 몰입되어 공감하고 분개하고 응원하면서 번역하는 동안, 여러 번 자판 치던 손을 멈추고 먹먹한 가슴을 달래야 했다. 찔끔 눈물을 흘리다가 때로는 실금실금 새어 나오는 웃음을 참아가며, 얼른 뒷장을 넘기고 싶은 조급함과 차마 그다음을 읽기 어려운 두려움을 번갈아 겪으면서 마침내 번역을 마쳤을 때는, 손에서 떠나보내기가 너무도 아쉬웠던 작품이다. 소설이 끝나고도 여전히 스미코를 응원한다. 지금도 어딘가에서 앞으로의 인생을 조금 더 행복하고 자유롭게 살고자 새로운 도전을 하고 있을 이 세상의 모든 스미코를.

어쩌면 '요즘 세상에 이런 남자가 어딨어, 이런 여자가 어뒀어' 하고 생각하는 독자도 있겠지만, 저자가 '사람은 자신이 실제로 듣지도 보지도 못한 일에 대해서는 현실감이 없다는 한마디로 웃어넘기고, 상상력이 부족하면 타인에 대한 동정심도 일지 않는다'라고 표현한 말을 곱씹어보지 않을 수 없다. 요즘은 소설보다 더 소설 같고 드라마보다 더 드라마 같은 일들이 이 세상에 현실로 넘쳐나지 않는가.

오히려 요즘 세상에 있을 법하지 않은 남자이기에, 요즘 세상에 이렇게 살 것 같지 않은 여자이기에, 그래서 죽을 만큼 괴로워도 터트리지 못하는 종기처럼 혼자 감내하고 있는 사람이 분명 있을 것이다. 수치와 모멸을 드러내고 싶지 않다는 자존심도 있겠지만, 그보다도 숨이 쉬어지지 않을 만큼 아프기에, 나를 사랑하는 부모에게도 가까운 친구에게도 털어놓지 못하는 여린 마음에, 주인공 스미코처럼 오늘까지 그렇게 살아온 이들이 있을 것이다.

새로운 출발을 다짐하면서 꼭 필요한 옷만 몇 벌 추리던 스미코가 마음속으로 이렇게 읊조린다.

'벌써 쉰여덟이지만, 아직 쉰여덟이다.'

별것 아닌 듯 툭 던지는, 잔잔한 말 한마디에도 또 한참 호흡을 가다듬어야 했다.

벌써 쉰여덟이라고 좌절하고 한 발 앞으로 내디디기를

주저하던 주인공이 오랜 갈등과 두려움을 이기고 자유를 찾아 재출발하면서 아직 쉰여덟이라고 독백할 때 카타르시스를 느꼈다면, 과장이 아니냐고 할지도 모르겠다. 이런 분일수록 꼭 이 책을 읽어보면 좋겠다.

이혼을 부추기는 이야기도, 결혼 생활을 남녀 갈등의 온상으로 치부하는 이야기도 아니다. 다만 혼자 사는 인생도, 결혼 또는 이혼하는 인생도 모두 각자 행복하게 살기 위한 하나의 소중한 선택이라는 걸 다시 한번 깨닫게 한다. 행복은 그 모양도 색깔도 저마다 다르기에 모든 선택은 존중받아야 하고 소중하게 다뤄져야 하지 않을까. 저자가 보내는 메시지처럼 자신의 선택과 삶을 남과 비교할 필요도 없고, 남이 나를 어떻게 볼지 신경 쓰지 않아도 될 것이다.

누구보다 스스로를 사랑하며 소중히 여기고, 남들도 또한 존중받아야 할 귀한 존재임을 잊지 않는다면. 그리고 무엇보다 자신의 곁에서 공기 같은 존재로 묵묵히 있어주는 내 사람을 그저 당연하게 여기며 시야 밖에 두지 말고, 늘 돌아보며 배려하려 애쓴다면. 그러면 상대를 아프게 하는 일은 훨씬 줄어들 것이다. 또한 어느 날 느닷없이 이별이 찾아오더라도 후회하기보다는 깊은 사랑으로 추억할 수 있을 것이다.

이 소설을 읽고 자신을 더욱 사랑할 수 있기를,
소중한 사람의 마음을 더욱 존중할 수 있기를…….

옮긴이 김윤경

이제 이혼합니다

초판 1쇄 발행 2023년 11월 30일

지 은 이   가키야 미우
옮 긴 이   김윤경
펴 낸 이   한승수
펴 낸 곳   문예춘추사

편   집   김이슬
디 자 인   박소윤
마 케 팅   박건원, 김홍주

등록번호   제300-1994-16
등록일자   1994년 1월 24일
주   소   서울특별시 마포구 동교로 27길 53, 309호
전   화   02 338 0084
팩   스   02 338 0087
메   일   moonchusa@naver.com

I S B N   978-89-7604-620-8 03830